复仇计划

长篇侦破小说

宋晶 著

FUCHOUJIHUA

中国华侨出版社

图书在版编目(CIP)数据

复仇计划/宋晶著. —北京:中国华侨出版社,2010.3
ISBN 978-7-5113-0238-0

Ⅰ.①复… Ⅱ.①宋… Ⅲ.①长篇小说-中国-当代
Ⅳ.①I247.5

中国版本图书馆 CIP 数据核字(2010)第 028698 号

● **复仇计划**

著　　者／	宋　晶
策　　划／	刘凤珍
责任编辑／	杨　君
责任校对／	志　刚
装帧设计／	木鱼书籍
经　　销／	全国新华书店
开　　本／	710×1000 毫米　1/16 开　印张 18　字数 250 千字
印　　刷／	北京中印联印务有限公司
版　　次／	2010 年 4 月第 1 版　2010 年 4 月第 1 次印刷
书　　号／	ISBN 978-7-5113-0238-0
定　　价／	30.00 元

中国华侨出版社　北京市安定路 20 号院 3 号楼 305 室　邮编:100029
法律顾问:陈鹰律师事务所
编辑部:(010)64443056　64443979
发行部:(010)64443051　传真:(010)64439708
网　址:www.oveaschin.com
e-mail:oveaschin@sina.com

复仇计划

内容简介

　　故事发生在刚刚进入 21 世纪的一个沿海城市。莫晓南和莫晓北是对双胞胎姐妹，莫晓北大学毕业后苦心经营着自己的影楼，姐姐莫晓南却一直瞒着妹妹在悄悄进行着一场复仇计划。根据一个神秘女人的来电，刑警队从废弃的石桥下打捞出一具无名尸，而无名尸同失踪案中的焦建中基本吻合。莫晓北恰遭杀死焦建中的真正凶手绑架，她通过自己的机智，将信息传递了出去，莫晓北被王佳魁他们成功解救，并将凶手抓获，由此焦建中离奇失踪案告破，但石桥下面的那具无名尸又成为悬案。

　　警方追捕老黑，不料老黑却意外撞车身亡，唯一的线索断了……在绝尘崖上，莫晓南留下了一封信，便纵身跳下，把一切秘密带到了另一个世界，而她留给王佳魁的证据，证明了谁是真正的凶手。

目录

复仇计划

复仇计划

目录

复仇计划

第一章　序幕

王佳魁没有想到，也绝对想不到，刚才眼前这个人，竟在以后的也是渤海有史以来最离奇的案件中，扮演了一个重要角色。

命运，谁也无法预测。就如现代文明，可以预测风雨，但却很难阻止它的来临。生活也一样，该发生的好像早晚都要发生。

1

在渤海这座城市，很少有人知道绝尘崖这个地方。一是因为身边有太多不可胜数的美景，再就是因为它地处偏远，交通不便，所以人们对这个小得不能再小的地方便忽略不计了。

绝尘崖壁高千仞，临海傲立，距下面的大海足有百丈，因此看上去大海显得是那么遥远。海浪疯狂地拍击着礁石，溅起无数的水珠，腾起濛濛细雾，使眼前的一切显得模糊……天际乌云密布，一场暴风雨即将来临。

莫晓南身穿一袭白色长裙婷婷玉立地站在崖边，清秀的脸上异常平静，她将一束白菊花一枝枝向崖下扔去。突然间，悲伤涌出，潸然泪下……十年前的今天，有一个女人，她头发散乱，身穿宽大的白色衣服，虚虚晃晃奔跑在似乎是没有边际的广场上，她的声音虚无飘渺般浮在空中：……我要飞，你们找不到我了……我要飞，找不到我了……她爬上高高的烟囱，然后张开双臂，慢慢飞了下去，像一只风筝，又像一块布片……

复仇计划
长篇侦破小说
FUCHOUJIHUA

复仇计划
FUCHOUJIHUA

"晓南——"突然传来的呼喊声，使莫晓南惊醒，眼前虚幻的场景瞬间消失。妹妹莫晓北气喘嘘嘘来到了崖上，"姐，到处找你，手机也不开，你看我都忙糊涂了，刚才突然想起来今天是——"

天空突然传来一声闷雷，仿佛来自天际，又好像来自更加遥远的宇宙，她们同时向天空望去，"快了，就快了……"莫晓南压抑着某种情感，接着天空又传来更响亮的雷声。

莫晓北看看天际翻卷过来的乌云，不由分说拽着莫晓南就往坡下走去，莫晓南跟了几步，似乎不忍地又回头望了望。

莫晓南和莫晓北是对双胞胎，今年正好三十岁，两个人并不像绝大多数双胞胎那样，无论从形体上还是神态上都那么相近相似，妹妹莫晓北比姐姐高出足有半头，而且两个人性格上也不尽相同，莫晓南内向，目无下尘，莫晓北则快人快语，喜怒哀乐都呈现在脸上。

出租车停在了"温纱"影楼门前，此时已是暴雨如注。这座影楼，经过莫晓北艰苦卓绝的三年打拼，在渤海同行中已佼佼领先。影楼装饰得金碧辉煌，显示出一股豪华夺目的气派，王佳魁坐在大厅一角的接待椅上，今天他特意换了一身休闲便装，看见莫晓北进来，他忙起身迎了上去。一个员工跑了过来，分别给莫晓北和莫晓南递上了毛巾，莫晓北边擦着头上的雨滴，边把莫晓南向王佳魁做了介绍。

"你看，真不好意思，我本来是顺路来看晓北的，她说你在图书馆工作，我正好想找几本书，结果她就到处联系，又不知为啥突然就跑了，电话里还一再说让我等着她……"王佳魁感到歉意。

莫晓北也想解释刚才的行为，却被莫晓南打断了，她不想让外人过多知道她们家的情况，就问他需要哪方面的书籍，莫晓北赶紧向莫晓南介绍："他叫王佳魁，是市公安局的，我的高中同学，上大学后又上了研究生，现在从省厅调回渤海了。这不，刚回来没多长时间就来看我了。"

莫晓南没再说话，便要走，莫晓北也没多想，急忙从大厅的会客区拿上一把伞追到门口。返回来时，她看见王佳魁若有所思地还看着门口，就问他怎么了，还没等王佳魁回答，一个员工过来请她在提货单上签字，王佳魁就告辞了。

莫晓南在渤海市图书馆工作，这份工作不仅来之不易，而且她认为非常适合自己。这里远离喧嚣，与人打交道也少，可以说是闹市中难得的宁静港湾，藏书大厅平时只有她一个人，常常安静得让人不知身在何处。

桌上的座机电话响了，是莫晓北打来的。此时她坐在影楼经理室里，一只脚还放肆地翘在了办公桌上，声音里充满了兴奋："姐，我这个影楼二楼原来不是有个公司租着嘛，现在到期了人家不打算租了，我准备把它租下来，改成'情人吧'，专供人们谈情说爱，这和我的婚纱影楼也挺配套，你看怎么样……"

话筒里莫晓南的声音很小："听起来不错。我正想找你，晚上叫上黄全一起来家吃顿饭。"

"叫他干什么，话不投机。"莫晓北顿时扫兴。

"不行，一定要叫上他，我有事，我等你们啊。"莫晓南不由分说把电话挂了。

莫晓北把脚收回来，刚才的兴致一扫而光，她知道姐姐莫晓南的话是不可违抗的。

黄昏的时候，莫晓北来到莫晓南家。一进门，把随身包往沙发上一扔，浑身便松懈下来："累死我了，哪个环节操心不到都不行。姐，二楼的'情人吧'我想让张炳文来装修。"

莫晓南边往厨房走，边说让她自己联系就行，一听这话，莫晓北便从沙发上起身也来到厨房，她有点气不顺："你俩到底准备怎么样？他一年四季不着家，这下好，又在省城开了一家分公司，更见不着人影了，这还像个家吗？"

复仇计划
FUCHOUJIHUA
长篇侦破小说

"去省城发展也不是什么坏事。再说他不是定期都交给我钱吗，还要怎么样？"莫晓南择着菜，语气显得很平静。

"姐，你是缺钱吗?!"莫晓北有点生气了，"在我的印象中，你从来就没把钱看重过，记得我大学毕业后，一时找不到理想的工作，最后才决定开婚纱影楼的。当时所有的资金不都是你给我的吗，你连自己最喜欢的首饰想都不想就都当了，你和张炳文之间根本就不是钱的问题，你也用不着拿这些来搪塞。告诉我，他外面是不是有人了？"

莫晓南让她不要乱猜测，莫晓北突然想起王佳魁了，她准备过几天给他送几张婚纱优惠卡，顺便让他帮忙了解了解张炳文，她把这个意思说了出来。

莫晓南在切菜，听到这里，把刀往案板上一放，认真地告诉莫晓北，自己家的事不要外人掺和，尤其是夫妻之间的事，更不要什么公安局的人来插手，再三叮嘱她记住这点。莫晓北有点委屈，把手里的葱往水池里一扔就往外走，她不找公安大侦探，找个私人小侦探总可以吧，莫晓南还想说什么，一看锅里的油已经起烟了，赶紧忙活。

莫晓北来到客厅，坐在沙发上打开了电视，手里的遥控器在不停地换台，她还在生气，张炳文都这样了还护着他，要是这事放在自己身上那是坚决不行，她莫晓北眼里可不容沙子。正想着，门铃响了，她知道是谁，无精打采地把门打开。

门外是黄全，莫晓北也不搭话，低头往旁边让了一下，莫晓南从厨房迎了出来，请黄全去餐厅吃饭，莫晓北却一言不发。

餐桌上的饭菜很丰盛，莫晓南把一盘鱼换到黄全面前，请他品尝，黄全客气地寒暄了几句后，三人一时都无话可说，各自低头吃饭。

"黄全，好长时间不见你了，你看，晓北又忙，以后常来啊。"莫晓南在没话找话。

"忙点好啊，哪像我，八点上班，六点下班，就那么点死工资，想干什么都受限制。"黄全话里带着牢骚。

莫晓北斜了他一眼："你够不错了，端着铁饭碗还想干什么？想当局长当得上吗。"

她明显在挑衅。

"我不跟你说这些，咱俩这方面永远说不到一起。"

"哼，难道除了这些还有能说到一起的?!"

"晓北你怎么回事?!"莫晓南不悦，让黄全别理会，今天请他来，是有件事求他帮忙，接着，她不顾莫晓北的诧异对黄全说，因为有个远房亲戚的孩子在街道办事处上班，想到工商、税务这一类的单位，原来活动了两三年也没弄成。

黄全面有难色，自己虽然在人事部门工作，但像这样的事儿难度太大，恐怕他的能力达不到。莫晓南当然清楚他的难处，就问他们局是不是有个庄位轮副局长，说着，用公用筷子给他夹了些菜，黄全说庄位轮还是他的主管局长呢，莫晓南又随意地问这个人是不是从省城调过来的，但黄全确实不清楚。莫晓南告诉他也是听别人说的，她让黄全帮忙引荐一下就行，剩下的事她来办。黄全斜眼看了一下莫晓北，对莫晓南说这个问题倒是不大。他心里想不过是个顺水人情，对自己也没有什么损失。

黄全走了。莫晓北抱着靠垫坐在沙发上，心里有点琢磨不透，在印象中她们本来就亲戚很少，而且平时也很少来往，更何况是什么远房亲戚的孩子了。她小声埋怨起莫晓南，这种事能管就管，管不了就算了，就黄全这种人，如果求他一件事，他会让你拿出十件来做补偿。莫晓南说会让黄全满意的，让她就别管这些事了。莫晓北不想再提黄全，因为莫晓南根本不了解他，而且她和黄全之间，也根本就没有什么以后了。

莫晓北今天还要加班，她拿起自己的手包，莫晓南让她别走了，这里是郊区，晚上总感觉有点不太安全。莫晓北走到门口说，怎么也不和她商量就突然让点点在学校寄宿了，莫晓南解释主要是快上初中了，让她过过集体生活也不是什么坏事。点点是莫晓南的女儿，莫晓北一直不太赞同莫晓南的教育方式，认为她对孩子过于溺爱，但是这次莫晓南的举动却出乎她的意料。

莫晓北走后，家里便无声无息，莫晓南坐在沙发上在看《尼罗河惨案》的光碟，因为关闭了声音，所以只有画面。画面里是一座古城堡，游人在边走边观赏，丝毫没有察觉一个阴谋也从中悄然酝酿……突然一块巨石从天而降……看到这里，一丝惊诧从莫晓南眉头滑过……她来到窗前，看着黑黑的夜空，心里在暗暗发誓。

第二天，莫晓南就给黄全打了电话，她很快来到了这所机关大院。黄全将莫晓南领上了八楼，他们来到一个挂着副局长牌子的门前停下，黄全上前谨慎地敲了几下，等里面传来应答声后，便把门推开一条缝，然后侧身让开。莫晓南看了他一眼，自己走了进去。门外，黄全轻轻把门带上了。

办公室宽大又寂静，庄位轮坐在深处的办公桌前在批阅文件，莫晓南不紧不慢的高跟鞋声由远至近，同时传来她轻飘飘的声音。

"庄副局长，你好难找啊……"

庄位轮抬起头，他当然想不到，由此他的命运将被彻底改变。

2

市公安局刑警队没有设在局机关大院里，办公地点在郊区。这个院子不大，只有几排平房，院落里古木参天，一进来就有种年代久远的凝重感。王佳魁没有单独的办公室，和几个刑警在一个办公室里办公。他在桌子上整理着一支五四手枪，小吴刚从刑警学院毕业，在这里实习，她跑了进来，周身充满了朝气，兴高采烈地问王佳魁能不能带她去。

"你在家留守，赶紧把拐卖婴儿那起案子给省厅发去。"

"不就一个结案报告嘛，不急。"

"甭管怎么说，这次行动你是去不了啦。"

看王队没有一点理会自己的意思就走了，小吴跺了跺脚。

刑警秦海涛开着桑塔纳警车，"嘎"地停在院中央。他看到刚从办公室里急急走出来的王佳魁，就匆忙下车，王佳魁冲他一摆手，让他上车，两人上了另一辆吉普车。

王佳魁他们正在侦破一起失踪案。失踪者叫焦建中，开了一个烟酒门市部，于三天前开着自己的白色面包车从家里出门后就杳无音信，手机一直处于关机状态。刚才根据线人举报，有人在省城发现了焦建中那辆面包车，犯罪嫌疑人有可能在其亲戚家落脚，他们已经同当地派出所取得了联系，现在正火速赶往省城。

秦海涛说，如果真的是焦建中的那辆车，这个案子看起来并没有我们想像的那么复杂，估计两天 OK。王佳魁顿了一下，猜到了什么，就说他肯定有事。秦海涛一脸喜气，原来是他老婆快要生了，杨子捅捅他，问是男孩还是女孩，秦海涛胸有成竹，得意地说当然是儿子啦，刑警小李不明白，就是 B 超还有不准的时候，他怎么这么自信。

"就我这虎背熊腰，还能有错吗？"秦海涛调侃道。

"得了吧，没听说生男生女跟高矮胖瘦有关。"杨子不屑。

"这你们就不懂了。"秦海涛一本正经的样子，他挥挥手，"同志们，你们还年轻，这方面还没经验，到时候交学费，我告诉你们秘方……"

杨子才不吃这一套，一副老成的样子："得了吧，指不定谁教谁哪，这生男生女完全取决于男方的那个是 X 还是 Y……"

秦海涛乐了："我早就知道你没结婚就什么都懂，你小子这么有经验，早说呀?!"

吉普车内充满了笑声。

在当地派出所配合下，王佳魁他们对嫌疑人的亲戚家进行了走访，但是嫌疑人并没有回来，王佳魁焦急地说，什么叫大海捞针，就是捞也要把他捞出来。正在这时，嫌疑人出现在了胡同口。他背了一个挎包，低着头，疲惫不堪地走了过来，就在不经意间，他看见在他姨家的小区门口站着几个警察，他一下愣在了那里。几乎同时，王佳魁他们也发现了他，嫌疑人一惊，转身就跑，王佳魁大喊一声，他们迅速追了过去。

复仇计划

FUCHOUJIHUA

街道上熙熙攘攘，车水马龙。嫌疑人在人行道上拼命地向前奔跑，在他身后三四十米处，王佳魁一行紧追不放。就在嫌疑人慌慌张张往身后看时，撞倒了一个行人，行人骂骂咧咧地要拉住他理论，他一甩手，急不择路闯进了路边的一个装饰公司。

装饰公司是个里外套间，外间有两个员工正在电脑前讨论着什么，突然间闯进一个人来，他们愣住了，不知道发生了什么。嫌疑人脸色惨白，一扭头看到了经理室，惊慌失措中便撞门而入。

张炳文舒适地靠在椅背上，正在满面春风地打电话，没想到有人突然破门而入，他一时没反应过来。嫌疑人脸上流下了冷汗，左右看看，发现了茶几上果盘里的一把水果刀，他一把抓了起来，上前指着张炳文，恐吓他别出声。突如其来的变化，使张炳文不知所措。

王佳魁他们追进装饰公司时，那两个员工还站在原地在发愣，其中一个好像突然明白了过来，赶紧向他们指了指经理室，秦海涛上前一脚把门踹开。

嫌疑人用水果刀顶在张炳文的腰部，看着眼前的这些警察，嘴里不停地喊着不要过来，这时，刑警已悄悄接近了他，王佳魁掏出一张照片走上前，轻声问嫌疑人认识不认识照片上的人，就在他探头之际，刑警们突然上前，眨眼工夫就把他制服了。

经最后认定，嫌疑人与焦建中失踪案并没有关联，他是在渤海市无意中捡到了一车牌后，挂在了自己的白色面包车上，而这车牌正是焦建中的车牌。嫌疑人因为前一段失手打伤人躲了起来，看到警察还以为是为这件事来抓他的。

张炳文惊魂未定，他送最后离开的王佳魁来到门口时，王佳魁注意到他的手流血了。张炳文勉强笑了一下，刚才是被水果刀划破的，王佳魁让他赶紧处理一下，就走出了装饰公司。

也许这就是所谓的无巧不成书吧，王佳魁没有想到，也绝对想不到，刚才这个人，也就是张炳文，竟在以后的也是渤海有史以来最离奇的案件中，扮演了一个重要角色。

第二章 蹊径

对付这种领导，一个是用钱砸，再一个就是击中他的要害，使其不得不就范，这两年这号人黄全见多了，只是轮到自己身上一时还没转过弯来，这下他彻底明白了。

1

莫晓南所住的生活小区虽然在郊区，但小区规划颇为大气，瀑布、长廊、亭台楼阁，几乎是应有尽有。张炳文开着他的灰色面包车驶入地下停车场，停车场里配有电梯，可以到达每个楼层，他按下了"33"这个数字。

他已经很久没回家了，打开房门进来后，他下意识地四处打量了一下，这时设计师小梁打来了电话，说的是莫晓北"情人吧"装修的事，张炳文让他抓紧时间设计，只要莫晓北满意就行。刚放下电话，莫晓南回来了，两人见面后既客气又冷淡。

"回来了。"

"啊，刚才去总公司看了看……"

"今天还走吗?"

"走，马上走，还要赶回去。"

之后是沉默，最后还是莫晓南开口了："炳文，抽时间咱们还是把手续办了吧，这样你也……你也给人家一个交待……"

张炳文停了停，在烟灰缸里把烟掐灭后，从沙发上站了起来："我在省城刚起步，公司还有好多事情，这事儿，以后再说吧……"说完

复仇计划
FUCHOUJIHUA
长篇侦破小说

他便换鞋要走，莫晓南知道不会有什么结果，便不再做声，拎上菜进了厨房，任由他去。

晚饭准备好后，莫晓南便来到书房坐到书桌前，她用毛笔沾了沾墨汁，然后神闲气定地开始在宣纸上抄写《红楼梦》的第二卷。第一卷她断断续续抄了近一年，只要一拿起笔，她就有种莫名的心静，静得仿佛心都空了一般。

门铃响了，她估计莫晓北又忘了带房门钥匙，便不慌不忙将毛笔在笔洗中涮涮，然后挂在了笔架上。莫晓北进来后直接到了餐厅，她确实有点饿了，这几天忙得没顾上吃一顿正经饭，她挟了几筷子菜，大口吃了起来，

"姐，你不是说有事吗?"

"是，明天我回水镇，星期五你把点点接回来吧。"

莫晓北点点头，虽然有点意外，但她想莫晓南从小在水镇长大，时常想起那里也属正常，不过千万别有再回去的打算。莫晓南放下碗筷，停了停说："十岁那年我回到了水镇，和点点现在的年龄一般大。记得那时，突然有一天妈妈告诉我，说姑妈马上就来了，要带我去一个山青水秀的地方……后来我才知道那里叫水镇。我记得那天特别冷，见到姑妈的时候，冻得都说不出话了……唉，姑妈、姑父没有孩子，他们把全部的爱都给了我……可是就那样，仍然挡不住我对爸、对妈，还有对你的思念……"莫晓南有些伤感，收拾起碗筷进了厨房。

莫晓北也跟了进来，问莫晓南是不是水镇还有什么她牵挂的人，莫晓南说当然有，姑妈还在水镇，莫晓北说指的不是姑妈。

"男朋友?"莫晓南笑了，"没有，那会儿很单纯，这方面特别不开窍，张炳文也是邻居给介绍的。"

"那——你就没有初恋?"

"没有，和张炳文认识没多久就结婚了。"

"哎，整个一个资源浪费，大好的青春时光葬送在了他手里。"

"没有，其实我挺满足。这不，我回渤海来，他不也跟着来了嘛。"

"得了，别替他涂脂抹粉了。"

"不早了，休息吧，明天我还要赶火车。"

莫晓南不愿意再说下去。

星期五的时候，莫晓北记着要去接点点的，但是从影楼出来的时候就已经晚了。她开着自己的捷达车上了主干道后，看着停在前面没有尽头的车辆，感到自己走错了路，不一会儿，车开始慢慢向前流动，穿过十字路口，莫晓北将车拐进了一条小街道。正走着，前方不远处一个交警在打手势，示意她停车，莫晓北只好将车停在路边。交警走过来，让她出示驾驶证，莫晓北感到莫名其妙，怎么了就拿驾驶证？交警见她一脸无辜的样子，一下乐了，她怎么就没感觉到就她的一辆车在由西向东呀，莫晓北这才注意，果然所有车辆均由东向西在行驶，她也笑了，什么时候改成单行道了，交警说早改了，入口的时候为什么不注意标牌，莫晓北就想解释，交警不容她往下说，伸出手："拿本吧，罚二百，扣三分。"

莫晓北一看没有通融的意思，就返回到了车里。驾驶本是找到了，但她决定先给王佳魁打个电话再说。电话通了，她一上来就说自己被扣了，王佳魁没听明白，忙问她被谁扣了，莫晓北说自己走错了单行道，正说着交警走过来，上前敲了敲玻璃窗，莫晓北没挂手机，先下了车。

"你怎么回事？本呢？"

"交警同志，请稍等，我在给你们公安局的人打电话。"

"公安局的人多了，谁呀？"

"那个……刑警大队的。"

"不行，快拿本来吧，都像你这样我们还怎么执法？"

莫晓北一看没戏，生气地挂了手机。交警特别利落，迅速开好罚单交给莫晓北，让她十日内到工商银行交款，然后把底联交到他们大队。莫晓北边上车边气鼓鼓地说，谁知道他们大队在哪儿，她发动了

复仇计划
长篇侦破小说
FUCHOUJIHUA

车，车蹭着这个交警"呼"地开走了，交警在后面自我调侃了一句："现在的淑女不多喽。"

等莫晓北赶到学校的时候，学生已走得差不多了，点点一眼就看到了她跑了过来，莫晓北说妈妈出差了，没告诉她实情。

车开了一会儿，莫晓北问坐在旁边的点点想吃什么，点点因为常随她出去吃饭，所以无所谓。莫晓北说那咱们就去吃水煮鱼吧，出出汗，去去火。点点眨了眨眼，她不明白要去什么火，这时王佳魁打来了电话。

"晓北，生气了吧？刚才开会，没及时给你去电话。"

"生你什么气呀？又不是你罚的我。"

"话是这么说，但总是我没帮上忙，这样吧，晚上请你吃饭，就算我赔礼了。"

听这话，莫晓北心里舒服，所有的不愉快顿时烟消云散，她悄悄对点点说有人买单了！接着她对王佳魁说："你这个电话倒还算来得及时，嗯……这样吧，我再带一位漂亮的女士过去，一会儿咱们在海边的川海酒楼见……"

夏日黄昏的海边是最美的时候，海风习习，海涛阵阵，海滨大道上的霓虹灯像一道彩色的项链，在落日余辉中镶嵌在美丽的海湾。

莫晓北领着点点来到酒楼时，正好王佳魁也到了，他四下看了看，因为莫晓北说还要带一位女士来。莫晓北把点点推到他面前，看着他说："这不是吗？我给你介绍一下，这位是漂亮的点点女士。"

王佳魁笑了，十分绅士地对点点来了一个"请"的动作，莫晓北看在眼里，满是欣赏。来到包间，王佳魁把大权交给了莫晓北，她也当仁不让，看着菜谱很快就点完了。服务生出去后，王佳魁说她要和一位女士来，他还以为是莫晓南呢。

"哎，这倒奇怪了，你怎么会想到我姐呢？怎么没想到我给你带来一位漂亮女孩呢？"

王佳魁感到她说的在理，但他确实以为莫晓南能来。菜陆续摆上了餐桌，因为他们都开车，王佳魁只能以茶代酒敬了莫晓北。莫晓北问他最近在忙什么，王佳魁一时不知从何说起，莫晓北就郑重地问起点点，让她猜猜这位王叔叔是干什么的，点点有点茫然，想了想说："不会是抓小偷的吧？"

莫晓北和王佳魁一愣，接着同时笑起来，莫晓北摸摸点点的脸蛋说："你这个小精豆，真聪明！来，吃菜吃菜。"说着，她和王佳魁的筷子同时伸向了一盘名叫芙蓉豆虾的菜，接着又同时夹到了点点的盘子里。

"我呀，很惭愧，小偷还真没抓几个。"王佳魁对她们说。

"叔叔，您真是抓小偷的？"点点惊讶了。

莫晓北问王佳魁，他们刑警大案队都破什么大案，王佳魁想了想说："……破大案、破大案，就是抓逃犯，救人质，杀人、抢劫一锅端。"

莫晓北笑了，对点点说王叔叔破案破得都合辙压韵了。王佳魁吃了几口饭，好似不经意地问了声："莫晓南呢？"莫晓北正要去洗手间，告诉他出差了，就急匆匆走了出去。

从洗手间出来，莫晓北对着水池上方的镜子看了看自己。虽然已到而立之年，但面色依如二十出头，青春靓丽，她对自己很满意。从走廊上过来，正要路过一个半敞着门的包间，从里面传出了黄全清晰的声音，她下意识地站住了，来到门口，悄悄往里看去。

包间里有七八个人在吃饭，黄全揽着一个女孩，把酒杯送到了她的唇边，女孩嗲了几声后喝了下去。莫晓北眉头微微皱了一下，但很快就释然了，她长出一口气，轻松地走了过去。

王佳魁正和点点说笑，莫晓北进来后也不说话，闷头吃了起来，吃了一会儿，她放下筷子，直言不讳地问起王佳魁："你，你都这把年龄了，为什么还不结婚？"

王佳魁扑哧乐了，往椅背上一靠，眼睛望着她说，这个年龄怎么

复仇计划　长篇侦破小说　FUCHOUJIHUA

了，她怎么不想想她自己的现状。莫晓北说她有自己的人生规划，王佳魁说彼此彼此。莫晓北的眼神游离了一下，然后盯着他问："我们俩现在是一种什么关系？"

王佳魁想了想，清清嗓子后郑重地说："青年男女应当保持真诚的关系。也就是说，要有这样一种关系：无论对任何事物，不夸大，也不低估。如果彼此不欺骗，如果尊重自己也尊重他人，这时候，不管保持什么样的关系——友谊的、爱慕的，等等关系——那都是健全的关系。"

听着他有点朗诵的味道，莫晓北故作惊讶地大加称赞。王佳魁轻轻地摇摇头，告诉她这段格言不是他的，然后压低嗓音，学着男中音说："这是前苏联教育家——马卡连柯说的。"接着，还用大拇指在自己的上唇夸张地左右撇了两下，点点一下乐了。

2

庄位轮家的房子虽然面积不小，但装修一般，陈设也属中等，有种过时的感觉。他晚上下班回来了，庄妻迎上去把他的包接了过来。庄位轮重重地往沙发上一坐，发起了牢骚，什么文山会海的，不是制定这个制度，就是检查那个落实，有屁用。他见庄妻笑眯眯地看着自己，心中不解。庄妻让他等着，接着，把一个纸袋放到了他面前，还兴奋地拍了拍，提醒他这是过节送的那些东西兑换了五万。见庄位轮兴致不高，她又想提件高兴的事，这时门铃响了，庄位轮向她示意，庄妻明白，拎起袋子进了卧室。

本机关的小刘来了，落座后，小刘拘谨地说打扰了，但庄位轮用手掏着耳朵不语，小刘有点尴尬，断断续续说自己还是为原来的那件事而来。

"现在不好办呀——"庄位轮打着官腔，"到处都面临着机构精简，你再换个处室，精简下去了，那不弄巧成拙了吗？"

"咱们单位也减呀？"小刘没想到，很是不解。

"那当然，有红头文件，我一直压着呢……"庄位轮喝了口茶。

"噢，什么时候裁减呀？"小刘有点着急。

"这可不好说……"庄位轮吹了吹杯子里的茶叶。

"那……前几天，我想进的那个处不是又进了一个人吗？"小刘没有转过弯来。

"哎，工作需要嘛……"庄位轮放下茶杯。

小刘顿了顿，随后豁然开通，不再往下问了，知趣地从包里拿出一个信封放在茶几上。

"这是什么？"庄位轮明知故问。

"是……是材料，原来给过您，内容不够，这次我又补充了一下。"小刘感到有些底气了。

庄位轮说那就放下，看看再说，彼此心照不宣。小刘走后，庄妻从卧室里出来，看到银行卡和纸条上写的密码及钱数，一下有了笑容，说："你看你看老庄，还是送这个实惠，不过怎么有零有整的？"

庄位轮想了想，上回送过四千，庄妻纳闷，为什么是这个数，不零不整的。

"按照法律这是个杠杠，你不懂。"庄位轮皱着眉头说。

"那一共就是三万……你看人家，就是比有的人聪明。……老庄啊，咱这两个儿子，虽说有了个一官半职，可是要熬到你这位子，我看还真有点悬……"妻以夫荣，母以子贵，庄妻在替两个儿子着急，恨不得明天就能到了庄位轮这个位置。

"急什么？我还没退呢。"

"抓紧点，你不是说年龄段儿很重要嘛？"

"他俩还太不成熟，做事情不会迂回，嘴比心狠，手腕肤浅……唉，成不了什么大气候。"

"职位只要上去了就下不来，想那么多干什么。"

"我不比你清楚？！好了好了，整天就知道你那两儿子。"

庄妻赶紧去了厨房，她熬了龟汤，准备给他好好补补。

第二章 蹊径

复仇计划

长篇侦破小说

FUCHOUJIHUA

复仇计划

FUCHOUJIHUA

黄全坐在办公桌前在翻看报纸，每版都看过了，不是认真，而是感到无聊。办公室一位四十多岁的大姐拿着一叠报表进来，她边整理边说，又要机构改革了，这次他应该动动了。黄全笑了笑，继续看报，大姐关心地告诉他调配科还缺一个科长的位置，黄全自嘲地笑了一下："这么多人盯着一个坑，哼，没戏。"

他放下报纸，眯起了眼睛，这时，他发现有只苍蝇，一动不动地趴在天花板上。盯了一会儿，他决定去找庄位轮。因为办公楼的电梯检修，人们都改走楼梯，黄全在上楼的时候碰到了正在下楼的庄位轮，两个人正好走了照面，他赶紧打招呼，庄位轮冷冷地点了下头，径直下楼走了。看着他的背影，黄全感觉应该找个理由再找庄位轮，他想起莫晓南给什么人调动工作的事，决定先侧面问问莫晓北，但她的办公室和手机都没人接。

黄全刚才打电话的时候，莫晓北正和影楼的化妆师小圆在逛商场，商场里热闹又嘈杂，小圆在化妆品柜台咨询事宜，莫晓北就靠在柜台前四处张望，这一看不要紧，她突然发现王佳魁和一个女孩边说边上了滚动电梯。小圆回头看莫晓北时，感到有点不对劲，就顺着她眼神往电梯上看，结果眼前是人头攒动，莫晓北拉着小圆就走，小圆也不问为什么，紧跟着就上了电梯。

男装楼层顾客明显少了许多，小吴在环形收银台前四处巡视，旁边的王佳魁和指挥中心通完电话后，他示意小吴收队，两人迅速离开。莫晓北和小圆匆匆忙忙上来了，四处搜寻中，她突然发现王佳魁和那个女孩快速从不远处的柜台闪了过去，顾不了许多，她拉着小圆就追，正要拐过一个柜台，脚猛一下碰到了柜角，痛的她唏嘘起来。小圆既为她着急，又弄不明白在找谁，逛商场也没这种逛法，跟抓贼似的。这句话提醒了莫晓北，她恍然大悟，对呀，他们肯定是在抓贼。

小梁按照莫晓北的要求，把自己曾经设计过的地方拍了一些录像资料，他正在莫晓北的电脑上输入设计方案，黄全来了。看小梁不言不语在忙活，他坐的无聊，便顺手拿起小梁放到一旁的摄像机。

摄像机里的画面很清晰，是一个档次很高的咖啡厅，里面几乎无人，淡淡的音乐也很有情调。黄全懒散地看着，看着看着突然睁大了眼睛：在咖啡厅一角，庄位轮和莫晓南面对面而坐，莫晓南一只手推给庄位轮一个纸包，庄位轮在接的过程中双手放到了她的手上，莫晓南把手马上抽开了……黄全感到惊诧，也就是前两天，他作为中间人给他们穿针引线，没想到事态发展的速度如此之快，他没有想到，也想不到。他赶紧关掉了摄像机，紧张的倒像自己在作贼一般。愣了片刻，也没和小梁打招呼就匆匆走了。

莫晓北回来了，端起水杯一饮而尽，还自言自语唠叨了几句，小梁这才抬起头，告诉她刚才有人找她，莫晓北问是什么人，小梁摇摇头，她也没心思再问，让他回去把方案弄好了再说，看到放在桌子上的摄像机，她便打开柜子放了进去。

一个人静下来，情绪也渐渐松弛了，无心想别的，她眼前一下浮现出王佳魁的身影。

3

黄全这两天有点神情不宁，一上班就坐在那里想心事，他一直在琢磨摄像机里的东西，这意外的发现让他顿悟到什么，似乎也想明白了什么，他心里有了底气。

来到庄位轮办公室门外，黄全理直气壮地敲了敲门，见里面无人应答，便推门而入。小公室内空无一人，环视四周，他一时不知是站着还是坐下，正在这时庄位轮进来了，径直坐到椅子上，不冷不热地问他有什么事。黄全走到桌前，问了问自己的情况。庄位轮低头在看文件，没有回答，黄全马上大着胆子，直接提到了调配科长职位的安排。

庄位轮依旧没抬头，说："小黄，要安心工作，人事变动不是那么简单的事情，涉及到方方面面，我这儿还要处理一个文件……"

复仇计划
长篇侦破小说
FUCHOUJIHUA

这既是敷衍又是逐客令，黄全一时语塞，感觉结果大出意外，只好怏怏不乐地退了出来。在走廊上他定了定神后，知道该怎么办了。对付这种领导，一个是用钱砸，再一个就是击中他的要害，使其不得不就范。这两年这号人黄全见多了，只是轮到自己身上一时还没转过弯来，这下他彻底明白了，只要彻底明白了，他觉着也就没什么不好办的了。他打电话约了莫晓南。

咖啡厅内荡漾着轻柔的背景音乐，这个咖啡厅就是黄全在摄像机里看到的那家，事先他找了好几处才确定下来。他要了两杯咖啡，突然生出想慢慢品味的感觉。

几分钟后，莫晓南优雅而至。坐下后，她问黄全是不是有什么急事，黄全笑笑，答非所问，意味深长地说："把您叫到这儿来，您不见怪吧？"说完，还夸张地四周环顾了一下。

莫晓南不知其意，微微一笑，没有回答。黄全不想马上进入正题，他早就感到莫晓南不是个世俗之人，就问她亲戚小孩的工作调动成了没有。莫晓南告诉他正在进行，没说成，也没说不成，接着从包里掏出一个信袋放到他面前，告诉他这是一点心意，本来是想买件礼物送给他的，关于调动的事让他费心了，请他务必收下。

莫晓南是有备而来，自从莫晓北说明她和黄全的关系后，莫晓南对黄全也就知道该怎么办了。黄全瞟了一眼，知道里面是什么，就又推了回去。接着，他就说自己工作这么多年了，虽说没什么成绩，但也还算努力，可是有的时候，真他妈跟孙子一样，看莫晓南不解，他继续说："我们单位调配科有个职位，我想争取一下。"

见她仍不明白，黄全索性摊开了，请她去给庄副局长说情。看莫晓南依旧疑惑不解，就示意她，这个咖啡厅她应该不陌生。莫晓南一下就明白了，坦然一笑，问他什么条件。

黄全压低声音："您帮我把事儿办成，您的事儿……我守口如瓶。"

莫晓南长出一口气，轻轻说道："黄全，我没有什么事，你的事，我也办不了。"说完站起身，轻飘飘离去。

黄全气恼，却又无处发泄，他拿起桌上的信袋打开，证实了里面是钱后，狠狠装进了手包里。

几天后，黄全来到了一个生活小区，小区门旁有个水果摊，他戴着墨镜，站在那里佯装在看水果，实则却在注意水泥柱上的牌匾，牌子上写着：有事来事务所。

看看四周没发现什么熟人，他便若无其事地走了进去。这个小区是九十年代初期建的，虽然楼房已经陈旧，但院子很开阔，"有事来事务所"设在一楼的一套居民住宅里，门开着，黄全进来后把门关上。

屋里陈设非常简单，里间只有一张桌子，一个长沙发。汪所长四十来岁，戴着眼镜，留着胡须，见来客户了，他站起身来，主动又深沉地与黄全握了握手，然后从桌上拿起一张名片递了过去，说："欢迎到有事来事务所，鄙人姓汪，是这里的所长，请坐。"

这是汪所长一贯的开场白，对谁都一样。接下来，他让黄全有什么事尽管讲，客户所要求的事项，只要不违法，他们都尽量满足。

黄全从包里掏出两张五寸的照片，汪所长接过来看看，也不问原由，老道地指着其中一张上的莫晓南和莫晓北，告诉他，在这两个女人中有一个是第三者，问他是哪一个。黄全不由得心悦诚服，真神了，看来这个汪所长不是混饭吃的，他把莫晓南的情况都提供了出来。

汪所长指着另一张照片上的庄位轮说，他想要的是这两人婚外恋的证据。黄全有点亢奋，江所长丝毫没受他情绪的影响，表情依然如初，问他想要什么样的证据。黄全想了想说，两个在一起的照片，或者是录像带，都行。

汪所长深沉地点点头："成交。我们要先签合同，你还要先交一部分费用。"

黄全接过合同仔细看了一遍，虽然觉得价钱有点高，但还是下了决心。

复仇计划
长篇侦破小说
FUCHOUJIHUA

走出小区，黄全心里还在佩服这个汪所长，只是成交的这单生意贵了点。但一转念，舍不得孩子套不住狼，也觉着值了。

事情非常凑巧，没过几天，汪所长就把黄全约来了，他递给了黄全七八张照片和录像带，这是他们"有事来事务所"工作的成果。黄全一一看完，脸上洋溢出兴奋之情，不过他还是不太满意，照片和录像带的内容完全一致，也就是庄位轮和莫晓南在海边散步的情景，他以为是还要加钱的原因。汪所长知道他想多了，告诉他事态的发展根本还没有到他想象的那一步。

黄全站起来，请他们继续搜集，汪所长指着他手里的东西说："我可有言在先，这个东西我能保证它的真实性。但是，你出了这个门，一切后果与我们无关。"

黄全觉着汪所长小心过重，但他并不认同，说："还有，我们做的是合法生意，还是那句话，绝不能触犯法律，希望你也遵法守法。"

"你做你的生意，我做我的事。我也告诉你一句：法律与现实之间，还是有一段距离的。"黄全不满，说完走了。

汪所长琢磨一下，感觉黄全说的也不无道理，现实与法律之间确实是有距离，往往一些法律的出台，是要经过很长一段时间，而在这漫长的时间里，是需要现实生活中一些人付出代价。

4

夏日的晚上，尤其是海边，是情侣们最好的去处，成双成对的恋人在海风中相依相挽。莫晓北漫无目地，形孤影单地溜达着来到这里，凭栏远眺，她享受着海风的吹拂。这段时间在忙店里的事，一直没有和王佳魁联系，她也不知他在忙什么。他们是高中同学，那时王佳魁虽然学习成绩在班里是中游水平，但他的综合素质却是出类拔萃，再加上为人谦和，相貌端庄，所以成为班里不少女生追逐的对象。莫晓北虽然也在其中，但却属于有一搭无一搭的主，因为她那时大部分的精力一个是在想出国，还有一个就是突然间迷上了绘画，但她并不想考美院，只是喜欢，亦或是一种精神上的寄托。之后，她和王佳魁就各自上了大学，在大学里她也交过一两个朋友，但最后都无果而终，虽然也不是太在乎，但有时也会有种失落的感觉。大学毕业后她想出国的念头反而没有了，一心一意想找份安稳的工作，正在这时有朋友介绍了黄全。一开始她对黄全没有什么感觉，说不上好也说不上坏，只是感到年龄到了，该考虑了。可随着时间的推移，她越来越觉得和黄全格格不入，就像两条铁轨线，不可能合拢，为此她确实苦恼过，感到自己是在浪费生命。后来在姐姐的资助下开了这家影楼，就把全部精力投在了生意上，而她和黄全的关系在她看来也已走到了尽头，这个时候，王佳魁出现了。王佳魁在影楼出现的时候，莫晓北怦然心动，这种感觉她是从来没有过的，在爱情这个问题上，她是属于被动型，其实她是在这方面不太在意，或者说是不太开窍，看似好像什么都知道，其实是不懂，没心没肺的。

莫晓北掏出手机正想给王佳魁打个电话，莫晓南的电话先打进来了，告诉她明天去给外婆扫墓，又说几天都没到家里来，问她现在在什么地方，感觉好像在外面。莫晓北环顾四周，撒谎说自己和几个朋友在一起，让她放心。挂断电话，她竟然出现了少有的惆怅，想起了十岁那年与莫晓南分别时的一幕。当时姑妈拿着包裹领着莫晓南，外婆领着她，在火车站月台上道别。莫晓南似乎懂得了分别的痛苦，边哭还边喊着她，这一去，她们竟一别十年，等莫晓南再回来的时候，抱着一个大布包，她带回来了爸妈的骨灰……

莫晓北眼睛潮湿了，而那个问题在她心中又一闪而过，她决定明天再问问莫晓南。

扫墓回来，莫晓南和莫晓北顺路来到了海边，不知为什么莫晓北最近越来越想外婆了，可能从小是由外婆带大的缘故，人在的时候，这份亲情已经习以为常，不觉得什么，人不在了，她才慢慢体味出了

复仇计划
长篇侦破小说
FUCHOUJIHUA

什么叫"失去"。她想到了生养她们的父母，那个问号又冒了出来，十年前父母到底是什么原因去世的，外婆说是车祸，莫晓南也说是，可她总觉得什么地方有点不对劲，那时她正在上大学，满脑子想的都是出国，其它的基本没有多想。现在她越来越无法遏制心中的这个疑问。莫晓南不想和她讨论这个问题，不容置疑地再次告诉她就是车祸，让她以后不要再提及此事，这样对谁都好。

莫晓北点点头。她因为无意中看到了录像机里咖啡厅的那段录像，便习惯按着自己的思路想问题，虽然还不知道那个男的是谁，但她并没有感到有多大的意外，她试探起莫晓南，如果张炳文外面有了人，她会不会用同样的方式对待他。莫晓南不知道这是什么意思，莫晓北说以其人之道还治其人之身呗。

"不至于吧……不说这些了，有句话我想提醒你，你自己的事要考虑清楚，如果感觉不合适，当断则断。"莫晓南在指黄全。

"他早就不是我的候选人了，只是有件事儿还没了清呢。"莫晓北说。

莫晓南问什么事，莫晓北根本就不想告诉她，上前挽住她的胳膊说自己饿了，要去吃点东西。

5

那起焦建中失踪案还没有什么进展，王佳魁认为焦建中的社会关系并不复杂，没有仇杀、情杀的迹象，所以最大的可能就是图财害命。秦海涛认为活不见人，死不见尸，这种没有现场的案子最不好破，杨子感到现在还没有焦建中的下落，看来是凶多吉少。

"这样吧，咱们已经往周边省市发了协查通报，下一步还是要重点查找那辆白色面包车。还有，小秦，你说焦建中的那个门市部，进货渠道有点问题是吧?"王佳魁问秦海涛。

"焦建中的烟酒店还是比较规矩，店里九成都是真货，关于礼品盒里发现钱的事，售货员也说不清楚，只说有一次焦建中进了一批货，打开一个高档茶叶的包装盒查看，结果发现里面有现金，就赶紧收了起来。再说，这个店的售货员也是经常变动，不固定，所以了解的情况也就这么多。"

王佳魁说还要继续查找，别放过任何有价值的东西，秦海涛觉得难度不小，有可能从其它发案中找到突破口，或许有一天突然间柳暗花明。三个人正说着，莫晓北敲门进来了。王佳魁一看，脸上不由自主地露出了惊喜，秦海涛和杨子看在眼里，又是让座又是倒水的，反倒弄得莫晓北有点不好意思了，连忙解释她和王佳魁是同学关系。

"同学好，同学好哇，我的女同学怎么就不来看我呢？"杨子朝秦海涛挤挤眼。

莫晓北说也是路过，顺便带来了几张优惠卡，说着把婚纱照优惠卡递给了他们。秦海涛直喊遗憾，自己儿子用还早了点，不过杨子肯定能用上。杨子马上领会了他的意图，连连说自己肯定用得上，王队也能用得上，秦海涛故意碰碰他："去去去，王队还用得着这个?!"

莫晓北知道自己再待下去不好招架，就连忙告辞，王佳魁问她是不是有事，莫晓北正想回答，小吴端着两个饭盒进来了，看到莫晓北，不知为什么心里竟然生出醋意，故意问杨子他们怎么还不去打饭，然后把饭盒递给王佳魁，还告诉他今天的菜不错。王佳魁应了一声，再回头时，莫晓北已经走了。

小吴说刚才那个女的看上去挺有个性嘛，王佳魁答非所问说："有位名人说过，持久不变的并不是财富，而是人的性格。"

"那你说什么样性格的人容易犯罪？"小吴并不是明知故问，是想用这种方法与他进行沟通。

"嗯……一个人性格的形成，同他的遗传、成长经历、生活环境有直接关系。比如，从一个极端走向另一个极端，偏执、心胸狭窄、不善交流、报复心极强、极度自卑，等等，当然这些不能一概而论，有的犯罪，完全是出于保护自己的本能。"王佳魁大致说了自己的看法。

秦海涛和杨子打饭回来了，小吴看见他们，故意对王佳魁说，还

复仇计划
长篇侦破小说
FUCHOUJIHUA

要再问他一个问题，接着问他为什么还没结婚。杨子走过来凑到她面前，边吃边告诉她这个问题很重要，她为什么不问问眼前的他还没结婚，小吴斜了他一眼，杨子不管这套，语气中故意夸大了他的真诚，对她说："王队有句名言，你肯定不知道吧？"

小吴认真地摇了摇头，急切想得到答案。

"时间，是疗伤治痛最好的一副药。"杨子郑重其事地告诉她之后，让她好好琢磨琢磨这句名言，"咱们王队呀，现在还在疗伤哪，一切都得看……"说到这，他和秦海涛交换了一个眼神，秦海涛会意，赶紧配合他："缘分哪——"两人一起大声说道。

看他们俩有意为之，小吴有点坐不住了，端着饭盒出去吃了。

从刑警队出来后，莫晓北为影楼做广告的事来到了报社。她急匆匆往报社大楼里走的时候，迎面碰到了正从楼里出来的刘芳。刘芳看着莫晓北眼熟，她确定是莫晓北后，就大声喊了她的名字。莫晓北站住，回头仔细一看是刘芳，觉得意外。刘芳说自己就在十二楼，她先去买点吃的，马上回来。

从广告部出来，莫晓北来找刘芳，她们已经好几年没见了，原来住在一个大院，拆迁后就各奔东西了。编辑部的布局是每人一个隔断，一眼望去，偌大的空间只看见隔断里的几个人头，刘芳站起来看见了莫晓北，赶紧朝她招了招手。

刘芳从旁边拉来一把椅子让莫晓北坐下，开口就问她目前在什么地方高就。莫晓北想了想说，现在她是孤独的大雁，自己单飞，说着两手还做大雁飞翔展翅状。刘芳自知自己的优势，赶紧安慰她说，现在这个社会不一定非得那个啊，还说他们这里看着不错吧，其实有的也是聘用制，她又问莫晓北一个人在干什么，莫晓北掏出名片递给她。刘芳看了名片后，心里在惊讶，这个"温纱"影楼在渤海可是数一数二的，早知道当时拍婚纱照的时候找她该多好。刘芳酸酸地说，她现在是大老板了，莫晓北说什么大老板，就是自己给自己打工，整天累得晕头转向。

刘芳马上转了话题，问莫晓北的老公在哪里工作，莫晓北摇摇头，说自己至今单身。这下刘芳心里感到平衡了，告诉她这里也有一个身单影孤的，说着往后走了。片刻，刘芳将编辑部的李想领到莫晓北面前，并作了介绍。

莫晓北和李想都有点尴尬，刘芳对李想说："晓北自己开了家影楼，请你抽时间去实地看看，你是经济版的多照应着点，是吧，莫大经理？给张名片吧。"

莫晓北不得不掏出名片递给李想，李想也把自己的名片给了莫晓北。莫晓北感到自己该走了，也就就此告辞。

见李想看着莫晓北走出编辑部了目光还未收回，刘芳心里乐了，其实她一直想帮李想这个忙，虽然他们不负责一个版面，但在整个编辑部里，在业务方面她也只能求上李想帮她，尤其是在应急的时候，李想更是出手不凡。

莫晓北来到报社停车场，一时没想好要去那里，她想起了黄全借的那笔钱，就在车里给他打了电话，但她没说明事由，约好二十分钟后在黄全办公楼的大门口见面。

两人见面后，莫晓北也不绕弯，直接问黄全什么时候还钱，黄全冷笑了一下，干吗催的这么急，还怕不给是吧，莫晓北说："你我之间是你我之间的问题，钱是钱的问题，不要混为一谈。欠债还钱，这是天经地义的事儿。"

黄全也不着急，说："那好，你把话说到这儿我也挑明了，你影楼刚开张的时候，你盈利了但没上税的事，你不想让我多说了吧，谁知道以后你那儿还会有什么事?！"

一听，莫晓北就感到这笔钱没戏了，她点点头："行，黄全，算你狠。不过我也告诉你，后来我已经补上了税款，你既然这么说，这笔钱我也不要了，留给你买棺材吧!"

莫晓北气得扭头就走，黄全"哼"了一声，对莫晓北的态度，他

复仇计划
FUCHOUJIHUA
长篇侦破小说

已经完全无所谓了。

回到影楼，莫晓北心里还在懊恼，怪自己当初怎么那么幼稚交往了这么一个人，她算看透了这个黄全，还什么曾经的男朋友，简直就是狼。

晚上收工后，莫晓北和影楼的几个员工出来聚餐，这项活动她常不定期举行，一来凝聚人气，二来她也喜欢这种方式。这家饭店虽不大，但饭菜有特色，加上卫生条件不错，所以成为他们的聚点。吃到现在，饭店里只剩下他们这桌客人了，莫晓北显然已有醉意，不管小圆他们怎么劝，她端起酒杯又要一饮而尽。摄影师大李上前把杯子夺了下来，和小圆他们商量着怎么把莫晓北送回家。

"为什么不让我喝，我今天……高兴，高兴得一塌糊涂……人生……难得一知已，莫使……莫使金樽空对月……来，喝……"

莫晓北舌头有点硬了，嘟囔着不许走，还要找人来喝，醉眼蒙眬中，她拿起放在桌上的手机开始找号码，最后电话虽然打通了，她却趴在了桌子上。

她打的是王佳魁的电话，但她既不应答也不挂断，王佳魁不知道发生了什么事，又接连喊了几声，几个员工面面相视，不知道是该接还是不该接，还是小圆机灵，她拿起手机解释了一番，当她听到电话里这位男士在焦急询问地址时，心里佩服自己的老板在醉酒后打的这个电话，像这样的男士，老板没看错。她挂断电话，然后神秘地对大伙指了指手机，说人马上就到。

半小时后，王佳魁匆匆走进饭店。虽说小圆并不认识，但她是何等聪明，这是老板第一个想起来的人，肯定也就是最想见到的人，小圆马上就能感到自己的老板一定和这个人关系不一般。王佳魁上前轻轻喊了几声，看莫晓北一时半会儿醒不了，就问在座的谁知道莫晓北的住址。小圆愣了一下，但马上反应过来说自己知道，她没有想到眼前这个英俊的男人并不知道老板的闺房。

莫晓北是被王佳魁和大李搀扶着进来的，小圆轻车熟路领他们进了卧室，等一切安顿好后，他们三个人来到客厅。大李并不明白这里的事，客气地问王佳魁的情况，王佳魁作了自我介绍，并说和莫晓北是中学同学。小圆对大李耳语几句，两个人从沙发上站了起来，要告辞。王佳魁犹豫了一下，但最后还是决定再等等，让他们先走，他想确定莫晓北没事后再走。

小圆他们走后，王佳魁习惯性地打量了一下房间，他走到卧室门口，见莫晓北已经睡着了，便给她留了一张字条，随后轻轻碰上了房门。

第二天莫晓北起来晚了，在去影楼的路上她接到了李想打来的电话，当时她想不起李想是谁了，李想说是《渤海晚报》的，又提到了刘芳，莫晓北这才想起来。等她到了影楼后，李想已等候多时，莫晓北觉着有点过意不去，就问是不是他的朋友要拍婚纱照。

李想说市里准备搞一个集体婚礼，主办单位是他们《渤海晚报》，团市委、市总工会两家协办，这个活动要确定一家婚纱影楼和一家花店作为参办方，并说这次是渤海市第一届集体婚典活动，主色调为蓝色，以大海为背景，名称是《渤海晚报》第一届集体蓝色婚典活动，当然以后还要陆续举办绿色婚典、红色婚典等等，所以第一届是否成功非常关键。

莫晓北马上明白了他的意思，一再强调自己的影楼有实力。对这点李想有把握，但这项活动有几家影楼同时竞争，他让莫晓北要有心理准备，而且选上的影楼在这次活动中可能还没有盈利。莫晓北当然明白，就当是做广告了，李想说关键是要树立自己的品牌形象，他是经济版的记者，对企业品牌的重要性相当了解。

"那就太谢谢你了，关键时候能想到我这儿。行，什么时候你把方案给我，我全力以赴竞标。"刚说到这，她看见莫晓南走进了大厅。

莫晓北介绍了李想后，说了这个好消息，莫晓南自然是一番感谢，

复仇计划
FUCHOUJIHUA
长篇侦破小说

她邀请李想，明天也就是星期天到家里吃饭。不知为什么，莫晓南一见到李想，就认为他是莫晓北最合适的人选，尽管她连李想的基本情况还不清楚。李想有点犹豫，虽然他见莫晓北第一面时就对她产生了好感，但毕竟是刚刚认识。

莫晓南是来看二楼装修的情况，问莫晓北有没有需要她和张炳文沟通的，还没说完，莫晓北一眼就看见了走进来的王佳魁，赶紧向他招招手。

王佳魁没想到莫晓南也在，他是特意来看莫晓北的，莫晓南在，他感到不便提起昨晚的事。莫晓北倒不在乎，说昨天晚上让他见笑了，接着她想都没想就说明天莫晓南要请客，邀请他去。她觉着王佳魁来的真是时候，不用刻意安排，就能和他又见面了，脸上顿时洋溢出一种由心底发出的快乐。

莫晓南从第一次见到王佳魁，就有种想躲避的感觉，但莫晓北话已出口，出于礼貌，她也只得如此。

6

早市菜场的品种非常丰富，加上是星期天，采购的人络绎不绝。她们来到一个菜摊前选菜，莫晓北看看不远处的水产摊，要去买海货，莫晓南让她别走远。

庄妻退休后闲来无事，每个星期到超市，或者是来菜市场，成为她打发时间的好去处。这时，她扭动着粗壮的腰身来到一个摊位前。摊主边往袋子里给她抓螃蟹，边告诉是八块钱一斤，庄妻撇撇嘴，她在前边的几个摊位早就打听好了价格，谁也蒙不了她。

从摊主手里接过袋子，庄妻开始往外捡她不想要的螃蟹。摊主一看急了，都这价了还挑，就不想卖了，庄妻拿着一只螃蟹让摊主看，对他说根本就没几个圆脐的，简直是坑人，说着就嚷嚷起来，还拉住行人让他们评理。人们不知怎么回事，又爱凑热闹，就围了上来，好像多么同情弱者似的，不管三七二十一就说起摊主来。庄妻本来转了好几家都没买上，在这家又没达到目地，心里自然窝火，这样一来，她是越说越来劲，把手里的螃蟹狠狠扔进了旁边的虾池里。莫晓北这时正蹲在那买虾，腥臭的水溅了她一身。她站起来抖抖衣服，刚才她听到庄妻吵吵嚷嚷的，就对这个女人有了看法，所以出言不逊："你怎么回事？属螃蟹的！"

庄妻斜眼看看莫晓北，也不示弱："碍你什么事儿？你才是螃蟹呢。"

莫晓北上下打量打量庄妻，戏谑地说："对，这蟹子摊儿就是我家的，这一个个小蟹子都是我干儿子，四仰八叉的。哼，你不想要，我还不卖呢。"

庄妻初听有点不明白，就去看摊主，结果摊主是一脸茫然。她马上反应了过来，也上下打量了一下莫晓北，冷笑着说道："哼，你就是想卖，这也不是地方啊。"

莫晓北被激怒了，上前就抓庄妻，庄妻急忙躲闪，两人接着撕扯起来。围观的人有的看热闹，有的在劝架，七嘴八舌。莫晓南正好赶了过来，她把手里的菜一扔，上前拉住了莫晓北，此时庄妻感到了莫晓北不是好惹的主，便趁机溜开了，不过嘴里还强硬地骂骂咧咧的。

莫晓南看着远去的庄妻，让莫晓北不要跟这种人纠缠，不是怕她，是没必要。她们正要走，摊主叫住了莫晓北，还有好螃蟹要便宜卖给她，莫晓北一听乐了，就买了不少，看来这顿饭螃蟹是主打菜了。

莫晓南把厨房收拾得一尘不染，她和莫晓北正在准备丰盛的午餐。听到门铃响，莫晓北喊了一声点点让她去开门，片刻，点点进来了，悄悄告诉她来的不是那个抓小偷的叔叔。莫晓南看看她们神秘的样子，有点疑惑，赶紧走了出去。

李想捧着一大束鲜花，一个人站在客厅里，正不知所措，莫晓南过来招待起他。见莫晓北还没出来，就又返回厨房，莫晓北只好放下手里的活去客厅，点点颠颠地跟在了后面。

复仇计划 FUCHOUJIHUA 长篇侦破小说

莫晓北凑近鲜花，一股清香扑面而来，她没看李想，却对点点说这束花选的很有品味，点点不知道该如何回答，李想笑笑没有说话。莫晓北打开电视，随意聊了几句后，对李想说她要去帮厨，李想说了声客随主便。见莫晓北又进来了，莫晓南责怪她对李想的怠慢。

"有点点陪着哪……这个王佳魁，怎么还不来？"莫晓北嘀咕一句。

莫晓南看出了她的心思，也不好说什么。门铃又响了，莫晓北急忙跑了出去，莫晓南没动地方，继续做菜。

一进门，王佳魁递给莫晓北一袋东西，告诉她给点点的，莫晓北看是雪糕，就赶紧拿到了厨房。

李想上前和王佳魁打了招呼。王佳魁和点点显然熟悉多了，问了问功课后，点点就回了房间，客厅里就剩下了王佳魁和李想。王佳魁以为李想是莫晓北的大学同学，李想就简单介绍了自己，他说的非常客观，还特意强调了与莫晓北认识的时间。王佳魁介绍了自己，也非常简单。两个人一样，都是如此含蓄。

王佳魁来到点点房间，感觉这个卧室兼书房不错，点点说这算什么书房，都是课本，她妈妈那个才是呢，接着，她拉上王佳魁来到书房。一进来，王佳魁就注意到了挂在书桌上方的一幅字——"静水深流"。这四个字，一下让他有了无限的遐想。

书房的一面墙被宽大的壁柜所占据，里面排满了书籍，见点点打开了书柜，他大致看看后来到书桌前。桌上的一打宣纸，引起他的好奇，只见上面是一行行竖行的蝇头小楷，抄写的工整程度和笔上的功夫，绝不亚于他见到的范本，这让他大感意外，不用问，这是莫晓南的杰作。秀外慧中，他在心里感慨。

来到窗前，王佳魁眼前视线豁然开朗，楼下人工开凿的河流如一条绿色飘带尽收眼底，为数不多的几个建筑也成比例地缩小，像一个巨大的沙盘。

在窗户的右侧，无意间他发现了被窗纱遮掩住的一幅油画。现在是白天，如果晚上拉上窗帘，整幅画自然就显露了出来。这是名为

《吊床》的世界名画，王佳魁在他中学的老师家曾见过。现在再次欣赏，他感触颇多，不是画的本身，是时间和经历。

"人生的一切变化，一切魅力，一切遗憾，都是由光明和阴影构成的……"他不由自言自语，突然下意识中他有种感觉，一回头，见莫晓南静静地站在不远处，点点早已不在房间了。

"没想到，王队长对名画的理解还挺透彻。"莫晓南冷冷地说。

"没有，只是曾经对画画感兴趣一些，嗯……"王佳魁指指书桌说，"没想到，你的毛笔字写得这么好……"不知为什么，他一见到莫晓南就总感觉有种东西怎么也抓不住。

"闲来无事，打发时间。"莫晓南面无表情，淡淡地说。

这时，莫晓北的声音随着她兴高采烈地进来了："开饭啦——对了，王佳魁，你以后看什么书尽管来，你看我姐这书不少吧。"

王佳魁说以后少不了麻烦，就随她出去了。莫晓南走到书桌前，特意看了看一个锁着的抽屉。

复仇计划
长篇侦破小说
FUCHOUJIHUA

第三章 风波

自从开始计划中的第一步，她知道一切的一切刚刚开始，进展中就势建坝，或顺势决堤，是她计划的宗旨，因为自己不可能是这个"工程"的主宰，虽然最后结局难以预料，但必须这样，不是覆水难收，这是使命，是她人生的全部意义。

1

快下班的时候，莫晓南接到黄全约她见面的电话，她猜肯定还是关于他的什么一官半职的事，就问在什么地方，黄全说在咖啡厅，老地方。

还是那个咖啡厅，还是那个角落，碰巧的是放的还是那首柔柔的音乐，这次是莫晓南要了两杯咖啡在等待。黄全赶来后，第一句话说的是，在这里又见面了。莫晓南没有说话，她知道他一定有事，从他的语气上她能感觉到，他好像胸有成竹。

黄全先拐了个弯，说自己和莫晓北之间不合适，莫晓北太固执，对他也一直不冷不热的，男人嘛，面子要紧。

莫晓南看着他，轻轻说："你们确实不合适。女人，面子更要紧。"

"就是就是，尤其……尤其像您这样……是把面子看得比什么都重的人。"

听黄全阴阳怪气的，莫晓南不想和他兜什么圈子，黄全也不客气，拿出照片放在了她面前。看到黄全得意的神情，莫晓南拿起照片，一张一张仔细看过后，又轻轻放回到他面前。

"您……不感到吃惊？"这下黄全到有点吃惊了。

"你是怎么弄到的？"莫晓南微微一笑。

"要想演戏，就离不开行头……那是我的事儿，现在你和庄副局长可都在戏台子上了，这大幕只要我一拉开……"黄全说到这里，还故意耸了耸肩。

"不就是你要当什么……"莫晓北一时想不起来了，"这种事你怎么不去找庄位轮？"

"找他，他不还得同你商量吗？再说了，这种事儿，找女的，比找男的合适。"黄全是想好了才找的她，他认为比直接去找庄位轮更有杀伤力。

"黄全，你还真说对了，我也告诉你一招。"莫晓南往沙发上一靠。

黄全眼睛一亮，凑上前请教。

"你找另外一个女人，比找我更合适。"见黄全不明白，莫晓南就指指照片上的庄位轮，看他还没琢磨清楚，她站了起来，抛下一句：是他家的女人……

黄全完全没有料到。

从咖啡厅出来，莫晓南想透透气，就一路走到了海边。天刚擦黑，海面已是朦朦一片，隐隐约约的汽笛声，让人产生了天地遥远的感觉。

她今天穿着白色衣裙，围了一条黑灰相间的纱巾，苍白的面容，在纱巾被海风吹起时若隐若现。想起刚才看到的照片，她虽然意外，却也得来全不费工夫，有种不请自到的感觉。

王佳魁和杨子调查案子回来时，杨子选择了海边的这条街道，人少车也少，速度比较快。这条路在渤海风景区，王佳魁一直在看窗外，结果不经意间，他发现了莫晓南，她站在海边围栏处，尽管离路灯还有段距离，但王佳魁还是看到了。

杨子突然听到王佳魁喊他停车，赶紧一个急刹车。王佳魁下车后向海边走去，杨子也想下去，又感觉不妥，就把车倒了回去，视线恰好可以看到他们，他两眼紧盯着，唯恐漏掉什么重要情节。

莫晓南下意识地感觉到自己身后有人，她回过头。其实王佳魁在她身后也就刚停了十几秒钟，他环顾四周确定了是莫晓南一个人，他先开口了，关切地问了她和莫晓北。莫晓南回答非常简单，而且眼睛一直在看着海面。王佳魁看天色不早，想送她回家，莫晓南冷冷地拒绝了，王佳魁让她早点回去，还说有什么事一定给他打电话。莫晓南点点头，并没有看他。

车刚起动，杨子就迫不急待地问那个女人是什么人，王佳魁不语。

"哎，现在这种女人不多喽。"杨子煞有介事地感叹。

王佳魁看看他，这才多大就女人女人的，好像他经历过多少情感似的。杨子不以为然，这方面是自己的专长，他似有满腹经纶般地对王佳魁分析起来：这个时候她一个女人来海边干什么，再看她的穿衣打扮和气质，就知道是属于那种超凡脱俗的人，更重要的是，他们在说话的时候，她根本就没怎么看他，要是换成别的什么女人，见了警察叔叔早就贴上去了，自己刚才虽然没那么近距离地接触她，但对于女人，他一看就能分出三六九等来，这种女人是让你近近不得，远又远不去，做什么事，准不和别人商量，独独来，独独去，特有主意。

王佳魁不由地说这正是叫人担心的，杨子说他这不是担心，是关心。其实担心什么或关心什么，王佳魁自己也说不清楚。

2

"情人吧"的工程完工了，无论是设计还是装修，莫晓北都挺满意，小梁悬着的那颗心总算放下了，他如释重负。知道张炳文安排小梁就要去省城了，莫晓北不想失去这个机会，她要给他洒洒毛毛雨。

"嗯……你说我这姐夫，一个人在省城我们也不放心是吧，生活上总得有人照顾吧？小梁，你也帮我们多操点心，这张炳文生活上如果有什么事儿，要是他跟什么不顺眼的人交往了，你告诉我一声。"

见小梁一头雾水，莫晓北干脆捅破了这层纸，语气中明显带着严厉："他要跟什么不三不四的女人来往，你告诉我。"

小梁紧张了，端着水杯的手抖动了一下，莫晓北缓了缓，安慰他说："你怕什么，我这可是为张炳文负责。小梁，你是个老实人，你不希望我姐这一家，不，我们这一家，出点什么事吧？"

小梁当然不希望，只好点头称是，下了楼，他擦了擦脸上的汗。正好李想来了，莫晓北便趁热请他参观"情人吧"。转了一圈，李想感觉确实不错，告诉她要来个锦上添花，莫晓北让他等等，她眼睛一亮，猜到了一定是蓝色婚典活动选上了自己的影楼，李想点头称是。

"太好了，看来今天说什么我也要请客了。说，想吃点什么？"莫晓北用对待哥们似的口气对他说，李想站起来，怎么能让女士破费，让莫晓北跟他走，他是有备而来。

莫晓北第一次走进这个植物餐厅，这里到处是错落有致的绿色植物，其间镶嵌着红的、紫的、黄的、粉的花朵，姹紫嫣红，让人看得有点眼花缭乱。

李想领她来到一个角落，莫晓北感慨起来："啧啧，瞧瞧人家的创意，就这环境，吃糠咽菜也觉得顺溜呀。哎，渤海什么时候有的这家餐厅，我怎么不知道？"

李想坐到她对面，告诉她这个饭店刚开张，这几天饭菜打七折。莫晓北也真没把他当外人，说他原来是为了省钱才来这里的，她想到什么说什么，并没有考虑到别人的感受。

"你整天忙在那个影楼里，拉你出来散散心。你看这儿的环境，可以缓解压力，放松心情。"

听此言，莫晓北倒不好意思了。服务员送来菜单，李想点了有玫瑰、百合和水果的四样菜，一个菊花汤，还要了红酒。莫晓北这才仔细打量了一下李想，看李想注意到了自己，赶紧收回眼神往远处一撇。这一看不要紧，正好见黄全和一个时尚女孩勾肩搭背地从远处的植物间走了过去。冤家路窄，她小声嘀咕了一句，接着她问道，世界上什

复仇计划
FUCHOUJIHUA
长篇侦破小说

么是好人，什么是坏人，问完又不等人家回答，就说这个问题应该问王佳魁。其实她问这个问题的本身，就说明了她对社会认知的单纯。

李想认为好人与坏人分不了那么清楚，不可能是黑与白界线那么分明，人是复杂的高级情感动物，边缘性的东西太多了，善与恶互相交叉，甚至混淆不清。莫晓北又提出，为什么有的时候好人反而得不到好报，坏人却屡屡占据上峰。李想想了想，认为她说的还是有点片面，就说："我懂你的意思，你是说好人往往被暗算，屡遭伤害是吧，因为在人生的战场上，好人永远不会使用坏人所使用的最有力武器……"

莫晓北急忙问是什么，因为她太想知道了。

"卑鄙。"

闻听此言，莫晓北一拍桌子，几乎要喊出来，对这两个字，她有太多的体会和感触，她把两个酒杯都倒上红酒，端起来敬李想，就为他绝对精辟的注解。李想端起酒杯，让她等等，他还没说完，他让莫晓北记住：好人永远常在，即使他或她的生命是短暂的……

两杯相碰，莫晓北有点激动，一口气把杯中的酒喝完了。

王佳魁接到了莫晓北打来的电话，大意是明天影楼的"情人吧"开张，邀请他来参加。王佳魁知道去不了，就先道歉，没有告诉她为什么，案子上的事不便说。莫晓北有点不高兴，告诉他不来可别后悔，有红包，便没再说什么挂了电话。王佳魁想了想，写了个纸条，又掏出二百块钱交给杨子，让他去花店订个大花篮，明天九点以前送到影楼。杨子接过来钱和地址，让他放心，一准办好。

"情人吧"顺利开张了，晚上收工后，莫晓北和员工们，还有李想，在饭店的一个包间里一起庆贺。莫晓北举起酒杯站起来，先祝今天影楼的"情人吧"开张大吉，之后又敬辛苦了一天的员工们，她让在座的都要喝干，今天一醉方休。

小圆夹了一只螃蟹送到莫晓北盘中，劝她少喝，大李点头说："就是，可别像上次那样。哎，晓北姐，今天那个警察怎么没来呀？"

哪壶不开提哪壶，小圆捅了捅他，大李也是个明白人，他看看李想，赶紧站起来，双手举起酒杯感谢李想，小圆也端起酒杯敬李想，说："这个蓝色婚典可是人家李记者给操办的，到时候那是我露脸的好机会，我要把那些新娘都化妆成七仙女一样，还有……"

莫晓北打断他们，让他们都坐下，她清楚如果没有李想的帮忙，恐怕事情没有那么顺利，上大学的时候老师就有句精辟的话：中国是个人情国家，人情大于一切。她要郑重地敬李想，为李想的为人，也为今天的高兴："来，李想，酒逢知己千杯少，我先干了。"喝完，她对大李说，"警察？你是说王佳魁吧，他忙着哪。"

李想知道她并不想在他面前避讳这个，就为王佳魁解脱说，这是锦上添花，不来也罢，他工作身不由己。莫晓北其实心里特希望看到王佳魁的到来，但事不如人愿，她给自己又倒上了酒，让他们别担心，今天她肯定喝不醉。这场晚宴真如她自己说的，她没有喝醉，自己打车回的家。

3

屋里很久没打扫了，邋里邋遢的连庄妻自己也看不过去，她先收拾好卧室，之后来到客厅。正打扫着，座机电话响了，她拿起电话，结果对方也不答话就挂断了。过了一会儿，电话又响了，对方仍然是不回答，她骂了一句神经病，狠狠地把电话扣下。

上午十点来钟，她买完菜走进了离家不远的一条幽静的小胡同。在前面不远处有个小伙子，走的速度挺快，走着走着，毫无察觉地从身上掉下来一个东西，他很快拐弯不见了。庄妻走上前，见是一个信封，再看看前后无人，便急忙塞进了兜里。

慌慌张张回到家，菜往地上一扔，鞋也没顾上换，她心里窃喜，以为捡了一个便宜，但没想到里面是照片。接下来，她是看一张，往茶几上狠狠地拍一张，速度越来越快，这正是庄位轮与莫晓南在海边

复仇计划　长篇侦破小说　FUCHOUJIHUA

的照片。她怒气填胸，抄起电话很快按了几个号码，她要质问庄位轮干的"好事"。电话里传来占线的声音，她按了重拨键，仍是占线。坐下等了片刻，她慢慢冷静下来，拿起照片又仔细看了一遍，结果有新的发现，在一张照片背面写有"市图书馆"几个字，这下她觉得心里有了底，收拾妥当便出了家门。

莫晓南正在藏书大厅阅读《福尔摩斯侦探录》，办公室姜主任打来电话，让她去东货场查验新进的一批书。她简单收拾了一下，便出了图书馆。结果她刚走，庄妻就来了，她先来到阅览室转了一圈，没发现照片上的那个女人，又怒气冲冲上了楼。

楼上是图书馆的行政管理部门，当她来到财务室门外时，马会计正好从里面把门打开，她见庄妻毫无顾忌地在上下打量自己，有点不高兴，庄妻甩着脸也不说话，继续往前走。马会计见庄妻在挨门寻找什么人，正想问问，姜主任走了过来。查找无果，庄妻从走廊的尽头又返回来，等她走近时，姜主任问她找谁，庄妻却反问他这里有多少个女的。

"女同志不少，你有什么事儿？"姜主任不悦。

"没事儿，看看，有事儿和你也没关系。"庄妻一侧身走了。

晚上回来，庄位轮看庄妻在一旁哭天抹泪的，就开导她说："现在是高科技，这种照片都是合成的，用电脑一拼，假的也成真的了，你又不是不知道，现在有多少人盯着我这个位子。"

他责怪她头脑简单。庄妻没想到这层，她揉揉眼睛。

"现在有人巴不得我出事儿，你还跟着搅和。说说这照片，你从哪儿弄的？"

庄妻便把经过说了一遍，庄位轮皱着眉头问她是不是去了图书馆，庄妻含糊其辞，庄位轮长出了一口气，说："现在单位里复杂呀，别说没事儿，就是真有事儿，家丑也不可外扬，多少人盼着你闹哪，咱们一出事儿，正好给别人腾了地方……你也是，老二都快结婚了你还不赶紧准备准备，净瞎操心，给。"

他从沙发旁边拎起一个纸袋递给她，庄妻接过来打开一看，立刻换成笑脸，里面是现金，足有十万。

早晨上班后，莫晓南继续整理书签。大厅里就她一个人，静得似乎掉根针都可以听到。这时庄位轮来了电话，声音非常小，他问她是否知道照片的事儿，莫晓南说不知道，庄位轮说这就奇怪了，有人还知道她的工作单位，莫晓南冷冷地说是不是有人恶作剧，还说现在说话不方便，就挂了手机。

放下电话，庄位轮皱起眉头，昨天晚上他躺在床上辗转反侧在想这件事，想了半天也没有想出个所以然，现在他把所有可能的人过了一遍，仍没头绪，因为可能的和不可能的，在他看来都有可能又都不可能。

正愣神的时候，答案送来了。

黄全不知道什么时候进来的，他凑到庄位轮跟前，关切地说他最近气色不太好，是不是哪里不舒服。庄位轮没心思周旋，问他有什么事，黄全用眼睛瞟瞟他说："昨天开大会时，我们在台下还说呢，庄副局长最近一段好像瘦了，看上去精神也不是那么好……"

庄位轮不知道他要说什么，看着他。黄全干脆挑明了，他当调配科长的事要他多多关照。说着，将手里的一个信封轻轻放在他面前，表明这是一份薄礼，不成敬意，请他笑纳。

庄位轮犹豫了一下，但还是打开了，里面是一张他和莫晓南的合影。他暗暗吃惊，抬头看时，黄全已无踪影。

莫晓南独自一人来到商场，她准备去超市采购些食品，顺脚就来到了卖女装的楼层。她已经很长时间没逛商场了，不是没时间，是没心情。自从开始计划中的第一步，她知道一切的一切刚刚开始，进展

复仇计划
FUCHOUJIHUA
长篇侦破小说

复仇计划

FUCHOUJIHUA

中就势建坝，或顺势决堤，是她计划的宗旨，因为自己不可能是这个"工程"的主宰，虽然最后结局难以预料，但必须这样，不是覆水难收，这是使命，是她人生的全部意义。

她在一件时装前停下，售货员走过来，在热情介绍的同时，迅速把上衣从衣架上拿下来递给她，速度之快，令她不好拒绝，只得走到试衣镜前。

世上的事就这么凑巧，庄妻恰好闲逛到这里，看到有人在此试衣服，她也想参考参考，因为她知道自己的眼光，买的总是一些压箱底的衣服。无意间，她从镜子里看到了莫晓南，她愣了一下，低头想想，感到这个女人好像在哪里见过，便再从镜子里上下细细打量。

这时莫晓南也注意到了镜子里的这个女人，在表情古怪地盯着自己，她停了停，顺手把试衣间打开，优雅地走了进去。庄妻没了主意，因为她还没弄清这个女人是谁。莫晓南从试衣间走出来，坦然地把衣服递给售货员后，旁若无人地离开了。也就是一瞬间，庄妻想了起来，是照片上的女人。对，就是照片上的那个女人！她赶紧跟了上去。

莫晓南发现庄妻跟着自己，便有意停了一下。在试衣间里的时候，她就琢磨外面这个女人，想来想去，想起来是那天在早市上，莫晓北买螃蟹时和这个女人曾经发生过冲突。庄妻见莫晓南停下，她也停住了脚步，因为事情来的太突然，她还没想好要怎么办。莫晓南慢悠悠地从电梯门前经过，也不知事先是谁按了电梯后就急着走了，电梯正好在过这层的时候门开了，莫晓南便趁势一转身走了进去。

等庄妻急急赶过来时，电梯已经开始下行。看着往下走的数字，她下意识地知道庄位轮在骗她，什么电脑拼成的照片，鬼才相信！

这次来，庄妻选择了早晨上班的时间，她仔细观察图书馆大门每一个进出的女人，果然，没多久她就发现了莫晓南，随之悄悄尾随而上。

和往常一样，莫晓南进了藏书大厅后，先把包挂在衣架上，然后套上工作服准备工作。一转身，看见了庄妻站在门口。她思量片刻，虽然并不知道这个女人的身份，但感到来者不善，便旁若无人地开始工作。

庄妻走过来，一声冷笑，随即把照片摔在桌子上。莫晓南明白了，明白了眼前这个女人的来历，也明白了她此行的目的。莫晓南不想在这件事上和她纠缠，但庄妻来势汹汹，开口便骂。莫晓南依然不动声色，平静地说她要是贱货，庄副局长也不是什么好东西。庄妻一愣，不知道该如何回答，因为莫晓南的态度着实令她感到意外。

"我是在请他帮忙，你想多了。"莫晓南轻轻补充了一句。

"我想多了？有这么请帮忙的嘛？"庄妻怒气冲冲。

"那你想让我怎么个请法儿？"莫晓南又柔柔地回了一句。

庄妻又一愣，也是，因为除了照片她什么也不清楚，而且照片也说明不了什么。莫晓南坐到桌前，也不看她，轻言细语地说："如果没什么事请便，我们在上班。还有，如果庄位轮把事情办成了，我会给你们好处的，是一大笔，一笔清。"

庄妻一时无计可施，不管怎么说，她今天证实了自己的猜测，等儿子结婚完再和她算账，所以抽身就走。莫晓南当然知道事情不会完，一切才刚刚开始，自从在咖啡厅她看到照片后，虽然在意料之外，但不妨碍整体计划的进行，这个插曲也许是润滑剂，可以加快进程的速度，所以她欣然接受。

4

焦建中失踪案有了线索，河南警方在当地一家汽修厂发现了焦建中失踪的那辆白色面包车，这辆车正在进行改装，但车架号和发动机号还没来得及改动。往汽修厂送这辆车的时候共有三个人，但汽修厂的人从来没见过他们，更别说曾经打过交道了，而且八成新的车只卖了六千，看来是急于脱手。车是找到了，但焦建中和卖车的这三个人还没有任何线索。

王佳魁告诉秦海涛和杨子，刚才局长又部署了一个紧急任务，最近全市几家高档宾馆接连被盗，案子总价值几百万，宾馆住的客人有的通过市长热线进行了反映。为这个案子，从分局也抽调了一部分警力，现在要全力以赴侦破此案。

莫晓北刚回到影楼，就看见王佳魁匆匆走了进来，她迎了过去，王佳魁让她去办公室再说。一进门，她就问怎么这么神秘，王佳魁也不答话，走到窗前拉开了窗帘，向外观察起来。莫晓北也看看窗外，实在看不出他要做什么。

"你看，你的窗户对面就是那栋居民楼，这个位置，是最佳观察点，晓北，我想借用你这间办公室。"

看王佳魁说的认真又严肃，她马上意识到肯定是与抓罪犯有关，便也想参与。王佳魁没有同意，而且还让她注意保密。

"我懂，别人要是问起来，这个人怎么老在你办公室里呀？我就说是我男朋友呗。"

王佳魁笑了笑，没作答，他看看手表，就又匆匆走了，莫晓北在后面本来想说她等他，结果还没来得及已经不见了人影。

回刑警队的路上，秦海涛来电话汇报了另一个观察点的情况，王佳魁告诉他，犯罪嫌疑人肯定要到影楼对面的那个地点取货，让他转告杨子，保持联系，不要打草惊蛇。在返回影楼的路上，他还特意买了一箱方便面。

见王佳魁提着方便面进来，莫晓北责怪起他："王佳魁，如果我们是初次相识，我肯定多多少少认为你是影响了我，可谁让咱们俩同校、同班，还曾经同桌呢。"

这时同事送来了盒饭，出去后，莫晓北把门关上，没再继续刚才的话题，她搬了把椅子放在窗前，正想让他吃饭，他手机响了。杨子向王佳魁汇报了观察点的情况。看他放下了电话，莫晓北把饭递给他，两个人一个坐在窗前，一个坐在桌前。

"王佳魁，你们这种工作是不是特刺激，充满了传奇色彩？"莫晓北边吃饭边说，王佳魁盯着窗外说，她看到的都是电影里的，没那么传奇，他刚开始干的时候是什么都不懂，所以什么都不怕，无知者无畏，但是越干反而越谨慎，既怕工作有闪失，又担心队员，没她想的那么惊心动魄。

"隔行如隔山嘛，我看的当然是电影和电视里的了，那你是不是觉得那里面的警察都特假？"

"文学作品，源于生活，高于生活。我觉得有的拍的还不错，我们分局有个局长，写了本侦探小说，我看了看还行，他把自己的经历升华了。"

莫晓北说莫晓南也爱看侦探小说，不过她看的都是名著，看他三下两下就把饭吃完了，就给他倒了一杯水。王佳魁说，上中学的时候怎么不知道她还有个姐姐，而且她们长的并不怎么相像。莫晓北来到他身边说，她们从小就分开了，自己是在渤海长大的，不然怎么会认识他呀。王佳魁看看时间，让她回家，因为屋里不能开灯，否则容易暴露目标。

莫晓北是不会回去的，有这个机会，她想单独和他聊聊，但嘴上却说要看他是怎么抓罪犯的。王佳魁告诉她，抓人就是瞬间的事情，其实更多的时候是调查和取证，像今天这种守候还是第一次，没有风吹日晒，没有蚊虫叮咬，还有吃有喝的。莫晓北说最主要的是有她陪着吧，王佳魁笑了笑，今天杨子他们说什么也不来这个观察点，他考虑既然同莫晓北熟悉也就没再坚持。

屋里很静，月光撒在了王佳魁凝重的脸上，他在观察那栋楼的一扇窗户。莫晓北坐在他身后的沙发上突然有种冲动，走到他身后，上前轻轻抱住了他。王佳魁举着望远镜没动，劝她回去，莫晓北猛然松开了他，说："你盯你的，我在沙发上歇会儿，有什么事儿叫我啊。"

她给自己下了一个台阶。

夜空如洗，几颗小星星在颤抖，深夜的城市，已抹去白日的嘈杂，

复仇计划
FUCHOUJIHUA
长篇侦破小说

静寂、空旷。已是夜里两点，王佳魁看莫晓北在沙发上已经睡着了，便从衣架上取下一件衣服给她盖上，然后又站在窗前向外凝视……

莫晓北睁开眼睛时，窗外已是醒来的城市，看看盖在身上的衣服，她坐了起来。听到门外有人敲门，她以为是王佳魁，赶紧到镜子前照照自己，感觉还不是那么狼狈，就把门打开了。门外站着一名员工，拿着一张购货单请她签字。

莫晓北突然有种失落，后悔昨天晚上睡得太沉，和一个男人在一个房间里，又是自己喜欢的人，为什么居然就睡着了，而且睡得那么踏实，她一时找不到说服自己的答案。

5

王佳魁刚推门进来，桌上的座机电话凑巧就响了，小吴在写材料，便顺手接了过来，之后她把话筒递给王佳魁，心里在感叹怎么会这么巧，好像对方在掐着时间一样。电话是莫晓北打来的，她问王佳魁关于练跆拳道的事，王佳魁回头看看小吴说，他们这的小吴好像在练，等他问问再打给她。

看王佳魁放下电话，小吴有点不高兴，什么事呀就把她也给扯进去了。王佳魁解释说，人家主要是想问问跆拳道场馆和教练怎么样。小吴说还可以，需要的话她可以帮忙，接下来，她说宾馆盗窃案这么快就破了，局里肯定要发奖金。王佳魁说别提奖金的事，主犯漏网，分局局长都挨批了。

"抓住那是迟早的事儿，反正咱们工作没失误，你得请客。"

小吴撒撒娇，耍耍小性子是常有的事，大家早已习以为常。

"好，想吃什么？对了，还得叫上晓北，还没谢人家呢。"

莫晓北听王佳魁要请她吃饭，自然是高兴，但一想是不是因为借用办公室的事，就问还有什么人，王佳魁说都是刑警队的，莫晓北说免了，她正有事要找他，半个小时就行。王佳魁答应了，约好晚饭后在海边的栈桥见面。

海水拍打着堤岸，远处的塔灯时明时暗。海风吹来，白天的酷热顿时散尽，十分清爽。等王佳魁赶到时，天色已经黑了，站在栈桥上，王佳魁意识到，这个地方他已经久违了。

"上中学的时候，我和班里的几个男生经常旷课来这里偷偷游泳，后来我爸知道了，连着一个月对我进行跟踪、盯梢。有一次正赶上下大雨，他就站在学校外面等我，站了整整一天，结果回去就病倒了。从那以后，我发誓再不让他们为我操心……后来读完大学又考上了研究生，一晃这么多年过去了……"

莫晓北对他这段历史并不知晓，她当时的注意力不在这方面，现在她感到王佳魁在个人情感方面好像从来不愿意提起，莫非这里面真有什么事？她提出了这个问题。

"要是说出来，其实很简单。我认识了一个女孩，后来她和别人结婚了。……晓北，你知道吗，这个女孩有很多和晓南相似的地方，从我看到晓南第一眼，就有似曾相识的感觉。"

"这么说，你是喜欢我姐这种类型的女人？"莫晓北这个问题提的直来直去，没留任何余地。

王佳魁没敢正视她，把目光移到了一边："曾经沧海难为水……"他叹了口气。

也许是他身上多多少少忧郁的气质，也许是他为人质朴和善良，也许是他对什么事情都不刻意追求，反正是说得清和说不清的种种因素混合到一起的某种东西，正是莫晓北所倾慕的。她接了他的下句，说："除却巫山不是云……王佳魁，既然你提到晓南，我还正是为她的事来找你的，没想到吧？"

王佳魁确实没想到。莫晓北说了让他帮忙调查张炳文的意思，但她并没提张炳文的名字，而是一口一个姐夫，还强调这事一定要瞒着莫晓南，如果找到证据，她就把真相摆在莫晓南面前，由她自己选择。

王佳魁理解莫晓北的心情，但也只能好言相劝，并说自己绝不可

复仇计划
FUCHOUJIHUA
长篇侦破小说

为，因为有纪律。莫晓北自然心里不悦，官逼民反，她自己想办法，便掉头往回走。王佳魁追了上来，问她要不要他找莫晓南谈谈，话里有点赔罪的意思。莫晓北站住，问他什么意思，是不是另有企图呀，看他无奈的样子，她绷不住笑了，让他有时间请客，将功补过。

从河南提回来的那辆白色面包车经过检查后，没有发现血迹和任何疑点。经过分析案情，王佳魁他们认定这辆车不是第一现场。经过调查，周围的郊县也没有发现什么无名尸体，而且同焦建中有生意往来的人，也都没发现什么疑点。这桩焦建中失踪案显得更加扑朔迷离。

王佳魁感到还要回回炉，决定再去看守所，把原来所有和盗车有关的人再提审一遍。这时，报警电话响了，来电话的是焦建中烟酒店里的售货员，他悄悄说有个女人来找焦建中，现在就在店里，王佳魁让他先稳住那个女人，他们马上赶到。放下电话，他们便分头行动，秦海涛和杨子去看守所，他和小吴去烟酒店。

店里很冷清，除了售货员，就是庄妻。王佳魁径直走过来，问庄妻是不是要找焦建中，庄妻正在看柜台里的烟酒，她抬起头，不明白王佳魁在说谁。王佳魁向她出示了证件，并说明只是了解一些情况。庄妻心里吃惊，不知道发生了什么事，会不会与她兑换礼品有关。

"这儿的老板焦建中失踪了，你最后见到他是什么时候?"小吴问她。

庄妻感到意外，她不知道这个叫焦建中的人就是这个店的老板，王佳魁问她是怎么认识的焦建中，庄妻不想引火上身，灵机一动说是找他买过优惠的烟酒，还说儿子要结婚了，这次来找他是批发点东西。

上了车，小吴坐在旁边发了牢骚，这一问三不知的，不知道该从哪里找线索。走在路上，主管刑侦的局长给王佳魁打来电话，一是了解焦建中失踪案的进展，二是正在侦破的麻醉抢劫案有了重大突破，他们马上出发去贵州抓犯罪嫌疑人。

王佳魁知道小吴对这起失踪案很感兴趣，并且还把这起案件列为了她毕业论文的主线，就让她再把情况顺一遍，看看从中能不能找出什么蛛丝马迹。小吴摇了摇头，她已经听杨子说了，这个案子太离奇，照目前来看，破案的可能性不大。王佳魁让她不要灰心，时间并没有她预想的那么漫长。

车驶上滨海大道，这里地势险峻，极目远去，蔚蓝的大海波澜壮阔。

复仇计划

长篇侦破小说

FUCHOUJIHUA

第四章 朋友

这是一场心灵的对话，事后王佳魁一直解释不通，因为他和李想才刚刚认识不久，当然李想也有同感，两个男人的友谊就这样在莫晓北之间开始了。

1

光头和胡须愣头愣脑地闯进了省城的装饰公司。这两人也就二十出头，仅从穿衣打扮上就看得出来是社会上的小混混。光头眼中无人，胡须猥猥琐琐。

张炳文正在打电话，见两个生人闯入，他不知道又要发生什么事。光头一屁股坐在椅子上，说："你是张炳文吧，别不识相，林大哥让我们来的。"张炳文一时想不起来这个什么林大哥是谁，光头又说，"我们是发顺发公司的，想起来了吧？"

张炳文想了想，印象中是有这么一个公司，前两天他们也参加同一个项目的竞标了，但是他们素昧平生，也没有业务往来，他不明白这两个人来的目的。光头冲胡须一扬脖子，胡须掏出把匕首，一下就戳在了桌子上。

"认识这是什么吧？我们早打听好了，你是从渤海来的，敢抢我们的生意，抢我们的地盘，我看你是活腻歪了……"光头瞪着眼说。

"别胡来啊，有话好说，我……我要报警了……"张炳文内心紧张。

"要敢报警，就弄死你。实话告诉你，你要不老实，有人花钱买你的狗头……走！"光头朝胡须一点头，胡须收起匕首，两人一前一后走了。小梁进来后，见自己的老板面色苍白，不知道发生了什么事。

　　这个生活小区的楼房大都建于九十年代初期，属于比较低端的普通住宅。张炳文来省城后，买了这里的一套两居室的房子，价钱也就是十几万。他把自己的白色面包车停在了楼下，刚才在公司他就感到不舒服，是不是同来的那两个人有关他也说不清楚，这一阵他时常感到头痛，就服一些止痛药来缓解。上到五楼，他已经有点疲惫，按响了门铃，见没动静，他又按了几下。

　　门开了，柳小红没想到张炳文回来的这么早，电视里在演香港搞笑片，正是精彩的时候，她马上又返回去接着看，根本没注意到张炳文的不适。

　　"哎，我今天去商场看了一种化妆品，刚上市，特好，美白、祛斑，才七百多块，一会儿给我拿钱啊……"

　　柳小红青春又俗媚，她头上卷着发卷，嘴里嗑着瓜子，眼睛盯着电视，嘴巴还在唠叨。张炳文靠在沙发上，面色发青，头上冒出冷汗，他让柳小红去给他拿药，柳小红稀里糊涂应了一声，看着电视嘎嘎笑起来。张炳文无奈，扶着沙发站起来，慢慢进了卧室。

　　柳小红进来后，看张炳文躺在床上，就急忙问了问他，张炳文说了声有点不舒服。

　　"哎呀，我早就跟你说了，让你吃药你不吃。"柳小红说着坐到床上捅捅他，"哎，有种比伟哥还好的啊，我看了看，不贵，才两千多块。给我钱，正好把化妆品一块儿买回来……"见张炳文没动，她顿时不高兴了，"怎么回事儿，人家关心你还不对了？……快，拿钱。"

　　张炳文有气无力地摆了摆手，让她到外面的包里去拿。柳小红蹦下床，拖鞋也没顾上穿就跑了出去，她从张炳文的包里把钱拿出来，数出三千装进自己兜里，看着还剩下的一千多，她一下又都拿了出来，想了想不能太狠，又留下一百。柳小红心满意足了，今天她要都消费

复仇计划 长篇侦破小说
FUCHOUJIHUA

出去，这样心里才感到痛快。

小梁去省城有了一段时间，莫晓北决定问问张炳文的情况。电话打通后，她先问了问省城公司的状况，之后提到了正事。小梁的心沉了下来，因为莫晓北托他的事，他已经成了心理负担，打自己老板的小报告，无疑是在玩火，更何况他们又是亲戚，他只得含糊其辞敷衍了几句。莫晓北把电话扣下，她明知他在托词，可又无可奈何。

李想来了，他一直认为莫晓北是个乐天派，看她刚才的情绪，就知道她遇到不开心的事了。莫晓北叹了口气，她只要一想到莫晓南的生活现状，心里就不是滋味。她们小时候的那段经历，使彼此都有一种不想再失去对方的感觉，莫晓南生活得不愉快，她也不会快乐。

"晓北，其实每个人都有每个人的生活方式，家庭也是如此。我不知道晓南遇到了什么问题，但是我感觉她能处理好自己的事情，你应该相信她，不要多想，如果有什么事需要我帮忙的，你一定告诉我。"

莫晓北笑着说，想让帮忙的不帮忙，不想让帮的……李想打断了她，知道她在指王佳魁，莫晓北也不隐瞒，征求他的看法。李想认为王佳魁是个负责任的人，他拿起她的水杯，看着里面青青的茶叶说，如果是品茶，他是上品。莫晓北知道他为人心善，看着他的眼睛问道："那你呢？"

李想自然回答不了，莫晓北郑重地说，他也是茶中之上品。不等他答话，她马上换了情绪，一下轻松起来，要请他喝杯好茶。李想没让她忙活，关于蓝色婚典的事情，他还要回报社弄个具体方案，莫晓北没有挽留，站在门口，她想想这个李想还真是挺有意思，也不说什么就把事情办成了，从不张扬，也没任何要求。几年间的打拼，各色人她见的不少，人与人之间确实有差别，而且有时候是天壤之别，莫晓北多多少少感到了李想性情中的淡定。

莫晓北没告诉莫晓南她要来省城找张炳文，事先她也没给张炳文联系，就是要来个突然袭击，看看他到底在忙什么。小梁看到莫晓北感到有些突然，从电脑前站起来不知该如何是好，莫晓北倒是一副若无其事的样子，进了张炳文办公室后，在屋里转了转，没发现什么她认为不正常的东西，就坐到了张炳文的座位上。

半小时后，张炳文匆匆从家里赶了过来，他不知道发生了什么事而使莫晓北突然造访。莫晓北早想好了怎么应对，说自己是来省城办事，还没来过他这里，顺便过来看看。张炳文赶紧给她续上水，然后坐到她的对面。他知道她是无事不登三宝殿，所以不急着开口，点上了一支烟。

莫晓北先试探："听说你公司现在做的不错，下一步打算怎么发展？"

张炳文弹弹烟灰："还没想好。"

莫晓北不想再绕圈子，干脆挑明了："你公司怎么发展我没兴趣，我是问你，你和我姐到底算怎么回事，打算怎么办？"

张炳文说没什么打算，过平常日子。莫晓北知道他不会说什么，因为他也从来没替莫晓南想过什么，她直言不讳问张炳文，是不是在外面有人了。看张炳文抽烟不语，她敲敲桌子，毫不留情地责问他是不是外面有了女人！张炳文低着头，轻轻地否认了。

"那好，那你和我姐之间总不能这样下去吧。我姐现在这个状况跟守寡有什么区别？……你说呀！"莫晓北不依不饶，她今天来就是要问问清楚。

"……晓北，我和你姐之间，其实有些事你并不清楚。我想，你姐恐怕也不会对你说什么。"张炳文又点上一支烟，他今天看来是不吐不快了，"……十年前，我和晓南结婚的时候，我记得应该是阴历初六，第二天我们本来是准备举行婚礼的，可没想到婚礼变成了葬礼，你爸妈突然遇车祸去世了。因为取消了第二天的婚礼，我还有很多事情要处理，晓南就一个人走的，等我准备赶过去的时候，晓南抱着他们的骨灰已经回来了……之后，她在那个省城和水镇之间来来回回地跑，

复仇计划
FUCHOUJIHUA
长篇侦破小说

后来也不与我商量，突然就决定要回渤海来。我拗不过她，再说我们那个工厂也不景气，也就和她一起回来了……后来，我开的装饰公司发展挺快，晓南也有了在图书馆的工作，一切也都还算不错。可是我们的婚姻，从一开始就不是什么好兆头，我和她结婚十年，十年了，一直是不冷不热地在过日子，我总觉得她要干什么，可又不知道她要干什么。本来嘛，能和我结婚，她就已经把自己降低很多了……"

张炳文的满腹牢骚中带着他自己的委屈。莫晓北知道他可能有自己的苦衷，但是现在这样总不是办法，她直截了当问他是不是想离婚。张炳文沉了一下说，他不想走这一步。莫晓北知道这是男人的通病，什么都想拥有还什么都不想失去。她替张炳文假设，如果莫晓南提出离婚，他会怎么样。张炳文把烟掐灭，他说要看是什么原因。莫晓北往椅背上一靠，还能有什么，肯定是找到了适合自己的人。张炳文摇摇头，非常有把握地否认了，因为有一件事莫晓北可能还不知道，点点并不是他和莫晓南所生。

莫晓北大吃一惊。

原来点点是张炳文表姐的私生子，他表姐去世时点点才三个月，莫晓南从此就抱来养大，并且视为己出，那会儿他们才刚刚结婚一个月。听他这么说，莫晓北也不得不相信这是事实。

"晓南是个清心寡欲的人，这点我最清楚，她不会找什么人的……唉，冥冥之中，我总有种感觉，我和你姐的命运，可能永远连在一起了。"

张炳文深深叹了口气。

莫晓北开着车上高速公路时，天色已晚，远远的夜幕中，星光烁烁。点点的事她没有想到，既然莫晓南不说，看来今后她也无法提及。生活的复杂远远超出了她的想象，虽然在商海她自恃呛过水，甚至后来周旋有术而不至于被社会抛下，但在人情关系和感情问题上，她远远不能说已经学会了游泳，最多是扑腾几下，浅尝辄止。

她感到心突然被揪了一下。

2

酒楼门前刚刚燃放完鞭炮，地上满是纸屑。莫晓南从出租车上下来，她今天身着紫色旗袍，挽个鹅黄色珍珠小包，脚上是一双白色高跟皮鞋，出众的打扮和气质，立即引来不少人的目光。她风姿秀逸地走进酒楼，进来后没有马上上楼，而是来到大厅的落地窗前。图书馆的一个女孩子看到莫晓南后，嘱咐她去南餐厅，而不是北餐厅，因为今天有两家办婚宴，好多人都弄混了。莫晓南点点头，告诉她一会儿就上去。

接到电话，庄位轮从楼梯上匆匆下来，他四处看看，神色紧张地问她怎么来了，莫晓南轻蔑地动了动嘴角，说："我怎么不能来，我们姜主任孩子结婚，和你儿子一样，都在二楼。庄副局长，你也挺难见呀。"

"这段时间市里来人检查，弄得我是焦头烂额，妈的，也不知道谁写信告到市纪委，说我受贿……"

此时，人们都已经上楼了，大厅里安静了下来。莫晓南平静地问他，查到什么没有，庄位轮十分轻松，这种事没有证据根本查不下去。看莫晓南看着窗外没动，又紧张起来，让她赶快上楼，有什么事以后再说。莫晓南没动，好像并未听到他在说话。

庄妻到处找庄位轮，此时正从二楼上下来，见状，她恼羞成怒地冲来，指着莫晓南刚要喊，庄位轮一把把她拦住，让她看看这是什么地方，庄妻压着火，低声道："你还知道儿子现在结婚?! 把老娘惹急了让你们全完蛋!"

莫晓南转过身，平静地告诉他们婚礼要开始了，如果有兴趣也可以到楼上说说清楚。庄妻想过来理论，庄位轮急得推了推她，庄妻怂怂地和庄位轮上了楼。

复仇计划
长篇侦破小说
FUCHOUJIHUA

姜主任戴着老花镜在看报纸，只听"砰"的一声，一个女人推门而入，还没等他开口，女人就把几张照片甩在了他面前："看看你的人干的好事！除了会勾引别人老公还会干什么！"庄妻满脸怒气喊了起来。

姜主任皱皱眉头，起身把门关上，他想起来了，眼前这个女人前几天来过。看过照片，他觉得这里面一定有什么误会，因为他认为莫晓南是个很自重的人。他让庄妻先消消气，之后便慢条斯理地安慰起她。庄妻敲敲桌子，她才不听这套，她认定照片的背后一定有事，坚决要求他们开除莫晓南。姜主任让她不要激动，他要了解一下情况，总不能听她的一面之辞。庄妻不依不饶，她证据在手，今天非要有个结果。就在两个人你一言我一语时，门被推开了，门外站着几个工作人员。马会计操着一口天津腔，说："姜主任，这怎么啦，大声吵吵嘛，走廊上都听到了……"

姜主任一看，慌忙把桌子上的照片捂住，庄妻上前一把推开他，将照片一一塞到了马会计他们手里。马会计看看照片上的男人，问庄妻是不是她老公，庄妻瞪了她一眼说，不是她的是谁的。号称图书馆第一美男的李副主任说话了，他说莫晓南不是这号人，旁边的女孩也随声应和。

"不是这号人是哪号人！狐狸精，你们得把她开除。"庄妻转身又对准了姜主任。

"我说这位大姐，杀人不过头点地，把她开除了让她吃嘛。我老公下岗了，全家就指着我这点儿工资。"马会计对姜主任又说，"莫晓南的情况当然跟我不一样啊，可你把人家开除了，让人家脸往哪搁？人要脸，树要皮，活着就挣一口气儿。"

庄妻火了："有你们什么事儿，有你们什么事儿，和着她成受害者了？"

马会计也不示弱："这位大姐，我说句你不爱听的话，一个巴掌拍不响，这里面总不会没你老公什么事儿吧？你想想。再说了，看这照片，也没嘛呀。"

庄妻哑口无言，从他们手里把照片夺了回来，她指着姜主任，来了一个下马威："你是领导，你看着办，这事儿没完，我还来！"

见庄妻走远了，马会计就说莫晓南的不是。姜主任摆摆手，让他们不要再议论，还让那个女孩把莫晓南叫下来。女孩来到藏书大厅，告诉莫晓南姜主任找她，说完后站着没动。莫晓南抬起头，问她还有什么事，女孩吞吞吐吐说有个女的来了，莫晓南便明白了。

姜主任面有难色，长叹一声，倒好像是自己有了什么过错，莫晓南倒挺轻松，就问姜主任想如何处理此事。姜主任摆摆手，让她别误会，他的意思是怕影响不好，所以事情不要闹大，和为贵，大事化小，小事化了。莫晓南说，有些事可以化解，但有的永远不行。她知道他不明白，就告诉他不为什么，是不便说。姜主任点点头，表示理解。莫晓南站起来，请他放心，该怎么办就怎么办，她决不会让他为难。

随后，莫晓南抱着几本书来到阅览室，和往常一样，她来到柜台同工作人员进行交接手续，办完后，她刚走了几步，身后的话音就飘了过来。

"听说了吧，那女的都闹到咱这儿来了，怎么收场呀？"

"嗨，该怎么闹怎么闹，该怎么收场怎么收场，你操哪门子心呀？……"

莫晓南知道那件事全图书馆恐怕已人人皆知，她加快步子离开了。

莫晓南来到学校刚接到点点，莫晓北的车就停在了她们面前。上车后，莫晓南说以后没什么特殊情况就不要来了，莫晓北没答应，这时，莫晓南手机响了。是黄全打来的，他告诉莫晓南，她要的东西带来了，老地方，一手交钱，一手交货。挂断电话，莫晓南让她们先回家，莫晓北看着后视镜问她是谁来的电话，要去送她，其实是想看对方是什么人。莫晓南找了个理由推辞了，她看到不远处有个银行柜员机，就让莫晓北停了车。

复仇计划 长篇侦破小说 FUCHOUJIHUA

　　莫晓北将车缓慢前行，从倒车镜里看到莫晓南走到了柜员机前，她顿生疑惑，自言自语说取钱干什么，点点坐在旁边说："妈妈说了，不让乱花你的钱。"

　　莫晓北笑了，让她好好学习，将来上大学，还要读研究生，她都包了。说着，加大油门，快速离去。

　　莫晓南进咖啡厅后，径直来到黄全面前坐下。黄全感叹物是人非，他问莫晓南："还记不记得咱们第一次在这儿见面，我是怎么求您来着?!"

　　见莫晓南不动声色，他掏出照片，这些东西对他而言已经没有什么价值了，他弄不明白她还要这个有什么用途。莫晓南玩笑地说，放在他那里他随时可以引爆。黄全认为这个逻辑也能说得过去，可是自从认识眼前这个女人后，她所有的做法都令他琢磨不透。

　　莫晓南猜透了他的心思，说："你了你的心愿，我了我的事儿，你没必要弄清楚。"

　　黄全琢磨一下，感到也是这么回事。莫晓南从包里拿出一万块钱放到他面前，黄全把照片和胶卷交给她，交接仪式既简单又迅速。看莫晓南走了，黄全再一次感到这个女人真是捉摸不定。但她说的也对，有些事情没必要弄清楚，其实想弄清楚的也未必能弄清楚。他心安理得地把钱放进了包里，因为这和他花在汪所长那里的钱基本持平。

　　回家后，莫晓南看她们没在客厅，迅速从包里拿出照片和胶卷进了书房，之后来到点点屋里。莫晓北没想到她这么快就回来了，莫晓南没说什么，去准备晚饭了。莫晓北嘱咐点点认真写作业，之后蹑手蹑脚来到客厅，她估计莫晓南在厨房一时半会儿出不来，就打开了她的手包。果然，从里面找出了两张取款回执单，再拿出手机查看，她愣了，发现刚才是黄全来的电话，她迅速把这些东西放回包里。

　　打开电视看了一会儿，莫晓北心情渐渐平静下来，她要证实一下自己的判断。莫晓南见莫晓北进来，告诉她饭一会儿就好，如果饿了先去吃点点心，莫晓北没有答话，左右看看，见没有什么可干的，就试探说，这段时间太忙，忘了问亲戚小孩调动工作的事了。莫晓南没多想，告诉她还没办好，正在努力，问她怎么想起问这事了。莫晓北从菜盘里捏起一粒花生米放到嘴里，说："嗨，听新闻里说，也就是不久的将来，要出台一个什么《公务员法》……"

看莫晓南端着菜走出厨房，她长出一口气，知道自己判断正确，肯定是黄全事还没办成又要本钱了，她决定明天警告警告他。

　　莫晓北第二天就约了黄全，地点在人民广场。这个广场可谓闹中取静，粗壮的树木遮挡住了不少噪音，偶尔能听到马路上汽车的鸣笛声，在广场弯弯曲曲的小径上，也是零星的行人通过，这里是个闲散的好地方，但此时莫晓北的心情同这里却是大相径庭，她戴着墨镜在等待，这种等待，从他们开始交往到现在都处于一种烦躁状态。黄全已经看见了莫晓北，他不着急，溜溜达达走了过来，一见面，两人便唇枪舌剑。

"找我什么事儿？"

"我来是告诉你，别打我姐什么主意了。"

"我打你姐什么主意了？你凭什么这么说？"

"凭感觉，凭我对你的了解。"

"凭感觉？哼，莫晓北，说句不好听的，就你这为人处事还怎么在社会上混？！"

莫晓北终于忍不住了，大声喊道："我混的好不好关你屁事！我为人怎么了？我踏实，我心里没鬼！"

"好好好，我不跟你吵，看这样子，你姐的事你也不清楚。"

"我姐是什么样的人我最清楚！"

黄全一时无语，莫晓北一时气难消，两人都沉默了。

黄全想了想说："莫晓北，既然你今天找我，我也可以给你透露点

复仇计划
长篇侦破小说
FUCHOUJIHUA

情况，不是我打你姐主意……"说到这，他心怀叵测地看了看莫晓北，然后慢悠悠说："是有人在打莫晓南的主意。"

莫晓北从头至脚看了看他，她心如明镜，冷笑一下："你什么条件？"

黄全笑了："聪明，我就愿意和聪明人打交道……我要结婚了。"

莫晓北不屑道："啧，好啊，我送你个大大的红包。"

黄全又进一步："我女朋友看上了你的影楼。"

莫晓北抬眼看了看天空，无奈了："行，你们去照吧，全免单。"

"是我们局的……"黄全有意停顿了一下，然后告诉她："是我们局的庄位轮副局长……"看看发呆的莫晓北，黄全扬长而去。

看来黄全说的没错，她突然想起来在咖啡厅的那一段录像里，坐在莫晓南对面的那个男的应该就是庄位轮，看来莫晓南为亲戚家小孩调动工作求到这个庄位轮后，没想到却遭到这个人的算计。此时她纵有千般烦闷也无处发泄，看到脚下有粒石子，便狠狠踢进了草坪里。

3

庄妻脸上贴着白色的面膜，只露了两只黑洞洞的眼睛，庄位轮回到家猛然看见这副模样，不知为什么心一慌，手包"啪"地掉在了地上，"人不人鬼不鬼的，快快快，赶紧弄下来。"他发起了脾气。庄妻一把揭下了面膜，谁知道他回来这么早，她看庄位轮坐在沙发上叹了一声，关心地问他哪里不舒服，庄位轮有点沮丧："今天单位的一把手找我了……"

"怎么了，不会是咱儿子结婚收财礼的事儿吧？"庄妻紧张起来。

庄位轮埋怨她就知道那么点事，告诉她是有人往市里反映他行贿受贿的事啦，说到这，他突然奇怪地看着庄妻说道："这事儿总不会是你干的吧？你不会就为照片的事儿——"

庄妻"腾"地站了起来，她用手狠狠地点了点他，脸都变青了，然后快步拿来照片，用力拍给了他："你看看，看看，照片都在这儿哪。好呀你老庄，你，你把我看成什么人啦？我再怎么生气也不会那样做……两个儿子是结婚了，可到现在孙子还没着落呢……"说着，她抽泣起来，"我怎么命这么苦呀……跟了你三十年了，我落下什么了呀，原来你们厂出的那档子事儿……"

听到这里，庄位轮突然脸色变了，厉声道："闹什么闹，什么时候了还这样！我要是完了你们全完蛋……能到今天这一步，是我老庄家的祖坟上冒青烟，我可不想毁在你们手里……"

庄妻立刻止住了抽泣，庄位轮摆摆手，让她赶紧把这些照片烧掉，省得给别人留下什么把柄。他感到这些倒掀不起什么风浪，前一阵子也有人往单位里反映这反映那的，到最后也不了了之，他担心的是再牵扯出什么别的事来。到底是谁捅到市里的？他想到了一个人。

第二天一上班，看黄全春风得意的样子，对桌的大姐感到他如愿以偿，向他表示祝贺。黄全不屑一顾，区区一个小科长，万里长征才走了第一步。大姐劝他一步步来，这次是万马齐上独木桥，他没被挤下来，还真行。黄全意味深长地说，下来那个滋味谁受得了，等着吧，以后还有处级、厅级，远着哪。

这时，庄位轮打来电话，让他到办公室一趟，黄全很快上来了。他不知道叫他来有什么事，但有种感觉，肯定不是什么好事。

庄位轮靠在宽大的椅子上，面带微笑地问了问他的工作后，侃侃而谈："年轻人嘛，要积极向上，少壮不努力，老大徒伤悲。年轻人，啊不，男人，男人要以事业为重，没有了事业，一切无从谈起。……虽然现在职级的指标很少，耽误了一大批人，可是总会有办法的，职位少，竞争的人就多，竞争的人多了，我们就可以优中选优嘛，你说是不是，小黄？"

看庄位轮轻松地说完，黄全也没摸着头脑，没办法，他只能顺其自然，顺藤摸瓜，顺流而下："那倒是，您说的没错，我表姐单位实行了待遇优惠政策，一个普通干部干了三十多年就和单位领导是一个级别，工资还不比领导少多少，您说，要是那样都不去想办法、动脑筋，

复仇计划
长篇侦破小说
FUCHOUJIHUA

不求进步、不争职位，还怎么体现竞争？怎么体现优胜劣汰?!"

"所以我就不提倡那么搞，要乱套的嘛……小黄，最近在忙些什么?"庄位轮转了话题。

"嗨，工作嘛好对付……"黄全意识到不妥，又改口说，自己是全心全意想把工作搞好，就是有的时候感觉有越权嫌疑，区区一个科级干部，发挥到最大极限也就是那样。

庄位轮不想再绕圈子，直截了当问他，是不是他告了黑状，把自己受贿的事捅到了市纪委。黄全先是感到无辜，而后又觉着不可思议，他才没有那么蠢，他和庄位轮现在是狼和狈的关系，只要狼有肉吃，他就饿不死，他可不希望庄位轮出事。这事虽然并不是他所为，但他知道自己的嫌疑最大。

庄位轮没有再问，从桌上拿起文件，靠在了椅背上，在等待他的回答。黄全深思片刻，既然如此，不如干脆把话挑明，他说："好吧，既然今天说到这里，那我就直说了。这么说吧，假如是我干的话，假如啊，对我有什么好处？您庄局长倒霉了，我不是还得另请高明，另想辙吗？您知道双赢对吧，您好了，我也就好了，我好了，不更盼着您好吗?"

庄位轮皮笑肉不笑地打起哈哈："我早就感觉你是个活得很明白的人，不像有些人，怎么点都不透。好了，你回去吧……"

黄全站起来，又表了几句忠心便出去了。庄位轮把文件往桌上一扔，眉头紧锁。虽然把黄全排除了，但他心里排除的并不干净。

4

窗外树上的蝉不停地在叫，倒显得屋里是格外安静。小吴一个人在伏案写东西，杨子急匆匆进来，让她把焦建中的照片找出来，小吴赶紧打开铁皮柜翻找。王佳魁他们从贵州已经回来了，现在还在审讯押解回来的犯罪嫌疑人。

杨子疲惫地坐到她的椅子上，看着她说："哎哟，我这老腰……三天三夜呀，终于招了。小吴，你也不关心关心我，哎，我告诉你啊，千万不要和陌生人说话，什么咖啡、茶呀……"说着，从桌上拿起小吴喝剩下的半瓶饮料摇晃几下，"对了，还有饮料，给你你千万不要喝。这个麻醉案团伙能作案二十多起，劫得财物七十多万，你想想手段有多高？……不过，要是你在不知情的状况下喝了有麻醉药的饮料，我估计劫财是够呛了，劫个色嘛……"

没等他说完，小吴把照片狠狠甩在了他面前，都累成这样了还贫嘴！杨子自知理亏，拿着照片站起来，扶着自己的腰出去了，动作十分夸张。小吴拿起桌上的半瓶饮料看看，气得一甩手扔进了纸篓里。

王佳魁也知道这个麻醉案与焦建中失踪案并案的可能性不大，但他不想放弃任何可能，他让杨子把照片又交给案犯的两个同伙去辨认。最后的结果是，焦建中的失踪，确实不是这伙人所为，失踪案没有任何进展。之后，他让杨子和他一起去海湾区，因为那里刚发生了一起入室盗窃案，杨子不明白入室盗窃这类小案子大案队为什么也要参与。

是庄位轮家被盗了，公安局领导对此事比较重视。王佳魁四处看了看，又来到书房。这里也是七零八落，书柜和抽屉洞开，书籍，还有纸墨等物品散落了一地，他注意到一张照片从影集中掉了出来，他拿起来。这是一张黑白照的集体合影，像纸已经泛黄，显然有年头了，照片背景是化工厂高耸的烟囱、铁架和大小不一的铁罐，广场上大约有一百多人，挤的密密麻麻，看不出谁是谁来，他把照片又放回到影集，之后来到客厅。

技术人员已经勘查完了现场，辖区派出所朱所长对王佳魁说是庄副局长爱人报的案，正说着，庄妻回来了，朱所长就作了介绍。其实从庄妻一进门，王佳魁就想起来他们曾经在焦建中的烟酒店里见过面，庄妻看王佳魁也有点眼熟，但是想不起来了。

"你什么时候发现家里被盗的？"王佳魁直接问道。

"……我，我今天出去转了几个地方，回来的时候十点多吧……"

复仇计划
长篇侦破小说
FUCHOUJIHUA

庄妻如实回答。

"家里丢失了什么?"王佳魁又问。

"三万,就三万块钱。"庄妻回答肯定。

"哎,你那会儿不是说丢了三十万嘛?"朱所长纳闷。

"我记错了,是我记错了。"庄妻脸上不免露出尴尬,慌忙解释:"你看你看,人一着急就爱出错,上年龄了嘛……"

王佳魁和朱所长对视一下,他们对这个数字同时有了一种敏感。这天王佳魁他们忙到很晚,回到队里已是午夜。小吴没有休息,拿出方便面给他们冲泡上,杨子饿得有点顶不住了,招呼王佳魁赶快动手。

夜深了,酒吧里已没有多少客人,莫晓北还在自斟自饮。去省城那趟,张炳文给她的是点点的意外,与黄全的较量,黄全给她的是庄位轮的意外,她感到身心疲惫,几天来愤闷与无奈时时充斥在心里。今天下班,她最后离开的影楼,一个人转了转,竟不知不觉进了酒吧。她已经好长时间没来这里了,在影楼开业之前,她是这里的常客。这时,一个中年男人端着酒杯,慢悠悠坐到了她的面前。莫晓北两眼泛红,醉眼朦胧,不知道对方是谁,中年男人好像猜透了她的心思,是谁并不重要,萍水相逢,互相聊聊,有什么不好,他问莫晓北是不是有什么心事,话里意味深长。莫晓北打了一个酒嗝,她当然有了,但她不可能告诉他,她眼前似乎出现了幻境,这个男人似人非人,像面具,又像是皮影……

中年男人笑了笑,猜她一定是失恋了,只有失恋的女人才这样,满腹心事,借酒浇愁,这样的女人他见多了,眼前这个也一样。莫晓北朝他招招手,想悄悄告诉他自己的心事,男人凑到莫晓北眼前,"我告诉你……我呀,我想吃……吃狼心狗肺……还有,还有大鲨鱼……"说完,莫晓北旁若无人地大笑起来,中年男人摇摇头,眼前这个女人已经醉了,他不想引火烧身,端着自己的酒杯离开。

李想终于找到了这里,他是从小圆那里打听到的,小圆曾给莫晓北打过一个电话，当时莫晓北刚进酒吧。他匆匆结完了账，搀扶着她出来，本想把她送到莫晓南家，可这么晚了，又觉得不妥。莫晓北摆了摆手，好像心里挺明白似的，李想知道她想回自己的住处，就问她在什么地方，莫晓北脚步踉跄，她指了指天空："……在，在月宫里……"

知道一时走不了，李想索性把她扶到海边的长椅上坐下，他想起了王佳魁，便从她包里掏出手机，没想到莫晓北一把夺了过去："不许打电话，和谁……都不许打电话，……这是，这是党国的秘密，谁都……不能说，不能说……"李想知道她醉了，扶着她靠在了自己肩上。

大地渐渐安静了下来，海浪声越来越清晰，李想悄悄从莫晓北手中抽出手机，给王佳魁拨通了电话。王佳魁在队里正和杨子他们在吃方便面，等他的车开到海边街道时，远远看到长椅上，莫晓北依靠在李想肩上已经睡着了。

到了莫晓北家，安排妥当之后，他们在客厅面对面坐下，一时无语。李想看到茶几上的茶具，就看了看王佳魁，不知是不是感应，王佳魁向李想点了点头。李想便摆开茶具，熟练地洗茶、泡茶，之后两人各自端起茶杯。几杯下来，王佳魁给李想提了一个问题，问他怎么理解"朋友"这两个字。

李想琢磨了一下，他认为人与人之间，只有真诚相待才能称得上是朋友，欺骗朋友，等于欺骗自己。所谓的朋友，真正意义上的朋友，其实就像是自己的影子，你在光亮中行走，他紧紧跟随着你，　且你步入阴影，他便立刻离去。

王佳魁感同身受，他沉吟道："在当今，朋友二字已不好再下什么定义了，世事冷暖，势利之交，所受诱惑太多……朋友之贵，贵在雪中送炭，不必对方开口，积极自动相助。朋友中之极品，便如好茶，淡而不涩，清香但不扑鼻，缓缓飘来，细水长流。……知心朋友，偶尔清谈一次，没有要求，没有利害，没有得失，没有是非口舌，相聚

复仇计划
长篇侦破小说
FUCHOUJIHUA

只为随缘，如同柳絮春风，偶尔漫天飞舞，偶尔寒日飘零。这个'偶尔'便是永恒的某种境界，又何必再求拔刀相助，也不必两肋插刀，更不谈生死相共，都不必了……"

李想细细审视着王佳魁，他端起茶杯放在唇边，意味深长地说了声：好茶，王佳魁微微一笑领悟了。

这是一场心灵的对话，事后王佳魁一直解释不通，因为他和李想才刚刚认识不久，当然李想也有同感。两个男人的友谊就这样在莫晓北之间开始了，这是一种互相欣赏，是相互对事物的认同，是对人生相近的一种感悟。

5

刘芳见李想进了编辑部，便向他招了招手，兴奋地把一大叠照片摊在了桌子上，让他欣赏她港澳之行的风光，李想顾不上看，告诉她莫晓北找过她，最好现在打个电话，刘芳沉了一下，感觉他现在心里就只有莫晓北一个人了，不免有些失落，但她还是拿起电话给莫晓北打了过去，并特意强调这个电话是李想让她打的。

莫晓北印象中她有个舅妈好像在人事局，本意是想托她的舅妈打听庄位轮的情况，话还没说出口，刘芳就说她舅妈早退休了，现在到处旅游，滋润的很。听此，莫晓北也只能作罢，就问给她什么时候接风，刘芳赶紧答应就这两天，她去港澳的新鲜劲还没过呢，想给莫晓北"宣泄"一番。

挂断了刘芳的电话后，莫晓北在影楼大厅继续挑选婚纱。面前的两个模特，一个穿着白色的绸缎婚纱，一个穿着红色旗袍，在她看来不分千秋，各有风韵，这时她感到小圆捅了自己一下，她看到黄全和他的女友走了过来。

"莫老板忙着哪。"黄全满面春风。

"哟，黄大科长，是来拍婚纱照的吧……"莫晓北早有这个准备，她让小圆领着他们先去看婚纱照的样本，小圆此时正装模作样在整理模特身上的婚纱，假装没听见，莫晓北又叫了她一声，她才转过身来，好似恍然大悟。小圆虽然领着黄全的女友去挑选婚纱照了，心里却十分不情愿。黄全环视大厅，感到莫晓北的生意真是越做越大了，他用夸张的表情赞叹后，又关心地问："还有什么需要帮忙的吗？"莫晓北避开两个模特，淡淡地说："不敢劳大驾，你黄大科长的为人处事，我已经领教够了。"

黄全有一搭无一搭地又问起莫晓南最近的状况。莫晓北皱起眉头，她就奇怪了，莫晓南怎么样和他有什么关系？黄全心里清楚莫晓北在想什么，不是认为和他没关系吗，他就是要告诉她有关系。没想到，他刚提到庄位轮三个字，莫晓北就示意他打住，明白无误地告诉他，他们之间再没什么交易可做了。

"莫晓北，事可以做绝，但话可不能说绝。在家靠父母，出门靠朋友，尤其是像你这样的，父母双亡，靠自己打拼天下，不靠朋友靠谁？"

不提朋友这两个字还好，一提莫晓北有些忍无可忍了："朋友？！好好好，我根本不想和你讨论这两个字。你快去吧，你的那个什么等急了……"

看莫晓北转过身去，黄全知道再待下去也无趣，便不急不慌地找他的女友了。

夕阳落山不久，天空还燃烧着一片桔红色的晚霞，大海也被这霞光染成了桔红色，而且比天空的景色更要壮观。莫晓北没有开车，她就是想独自走走，不知不觉又来到了酒吧附近，看着一对情侣相拥而入，她站在路边犹豫了。自从上次喝醉后，王佳魁和李想曾就这个问题不止一次提起，她内心也感到了歉意。这时，街心公园传来一阵喧闹声，她把包往背上一甩，三步并两步奔了过去。

街心公园有一个很开阔的场地，地面由大理石铺成，光洁如镜，几个十几岁的大男孩在展示自己的技能。只见地面上有七八个饮料瓶，

复仇计划
长篇侦破小说
FUCHOUJIHUA

间距相等排列成一条线，一个男孩穿着轮滑鞋，在瓶子中间如蛇般透迤穿行，瞬间就穿了过去，围观者叫起好来。接下来，又一个男孩以不同的姿势，双脚叉开，"嗖嗖嗖"穿行而过，莫晓北是第一次见到这种玩法，既好奇又兴奋，不由得也叫起好来。

几个回合下来，男孩们开始互相切磋技艺，莫晓北忍耐不住了，凑上前，捅捅其中一个男孩，跟他商量她也想试试。男孩有点不太情愿，旁边的几个倒挺大方，示意他让人家试试，男孩只好把鞋脱了下来。莫晓北迅速把鞋换好，听了男孩的建议，她先在旁边试了两个来回，感觉不错，跃跃欲试地来到了这排饮料瓶的另一端，准备也像他们那样如飞一般的潇洒。只见她卯足力量，单腿用力，瞬间就到了瓶子面前，她试图绕着饮料瓶左右穿行，结果重心失衡，一下子重重摔倒在地。

围观的人一声惊呼，男孩们赶紧把她搀扶到边上坐下，七嘴八舌地安慰起她。莫晓北有点抹不开面子，忍着疼痛，把鞋换了下来，男孩们收拾起东西也都散了。

王佳魁接到莫晓北电话时因身边有事，一个多小时后才匆匆赶了过来，他绕过树丛，看到了坐在花池台上的莫晓北。问明情况后，他本想扶她站立起来，没想到她的脚刚一着地就疼痛难忍，王佳魁断定她伤的不轻，要去医院，莫晓北却不以为然，坚持回家，王佳魁不由分说便把她背了起来。

到医院做了相关检查等待结果的时候，王佳魁知道她的伤恐怕要治疗一段时间，就让她给莫晓南通电话，莫晓北尽管不情愿，但还是照办了。检查结果好在没有骨折，医生简单处理了一下。这时莫晓南和李想赶到了，王佳魁便和李想一边一个把莫晓北搀扶起。她有点难为情，边走还边夸口说自己不会有事的，从来都是逢凶化吉，云开见日。看着他们三人的背影，莫晓南长叹了一口气。

莫晓北住的这个房间，是当初莫晓南买房时就专门为她准备的，装饰风格时尚又简约。桌子上摆放的花篮，是员工送来的，标牌上写着每个员工一人一句的祝福。莫晓南端来了骨头汤，莫晓北不愿意再喝了，回头还得减肥。这时，员工打来了电话，告诉她送来的货里少了几件物品，莫晓北心里有点不快，她不止一次提醒过他们，一定要当面开箱清点，现在究竟是哪个环节出的问题谁也说不清了。想了想，她给李想打了电话，得知他正在去影楼的路上，她只得拜托于他，有了李想的帮忙，她感到一阵轻松，拿上单拐，小心翼翼地出了卧室。

莫晓南在书房里打电话，姜主任在电话那头说："哎呀，你千万不要听别人瞎吵吵，不要管那些，辞职干什么呀，想开点，这几年，你在我们这里从来不争名不图利，清清爽爽一个人，啊，从来不向领导提要求，讲困难，就为这么点事儿不值，不值啊……"

莫晓北正好路过书房，听到莫晓南什么主意已定这句话，她琢磨起来：主意已定，是什么主意呢……

淡淡的月光透过轻如薄翼的窗纱洒在莫晓南脸上，她在卧室宽大的双人床上已经进入梦境：这是一条虚虚晃晃没有尽头的走廊，妈妈的背影虚无飘渺地向走廊尽头移动……十岁的莫晓南眼里满是恐惧和渴望，她跟在妈妈身后，却怎么也无法追上，始终有段距离，她向前方妈妈的影子伸出手，用力大声喊着妈妈，但却如鲠在喉，无论使多大的力量，也喊不出声音……突然间冲出一团光亮，耀眼刺目的光亮中妈妈瞬间消失……莫晓南惊恐地大喊了一声，她从梦中惊醒。

大地是如此寂静，莫晓南想起第一次走进庄位轮办公室的情景，看着黑洞洞的天空，她知道一切才刚刚开始。

清晨，明媚的阳光透过窗帘洒了进来，床头柜上的手机欢快地响起了铃声，莫晓北摸到了手机。电话是小圆打来的，是个坏消息，影楼被盗了。她顿时睡意全无，支撑着坐起来，急忙问是什么时间，丢了什么东西，报警了没有。小圆说是早晨发现的，还说警察就在影楼，李想大哥也在。放下电话，莫晓北冷静了片刻，她决定这事一定要给王佳魁通报一声。

复仇计划
长篇侦破小说
FUCHOUJIHUA

办公室的电话是杨子接的，说王佳魁开会去了，见是女士的电话，又赶紧问要不要留话，莫晓北说不用了，就挂了电话，她给王佳魁发了短信。

见李想来了，莫晓南便留他吃饭，李想答应了，进了莫晓北卧室后把门掩上，莫晓南看在眼里，心情仿佛一下轻松了许多。见李想来了，莫晓北小声对他说："真让你说对了，福不双至，祸不单行，你看我现在，喝口凉水都塞牙，对了，丢什么东西了？"

李想宽慰她，丢了一台尼康像机，好在没有其它什么损失。莫晓北一听，眉毛都竖起来了，好嘛，这个贼真会偷，这台机子再加上镜头十好几万呢，李想当然知道这台相机的价值，他只是不想让她着急罢了。她又问昨天晚上谁值班，李想告诉她是孙旺旺，昨天晚上边看碟边喝酒，后来就迷迷糊糊睡着了，上班时是大李发现的。莫晓北来气了，这个孙旺旺嗜酒如命，跟他说了多少次了就是不改，酒比他爹妈还亲，实在不行只能让他走人了。

停了停，莫晓北说了自己的想法，这个想法她已经考虑一段时间了，她想请他来影楼兼职，给他最高的待遇。李想心里明白这是她对自己的信任，不过兼职不行，帮忙倒可以，但不要任何报酬。莫晓北表示这不是她做人的原则，李想说那也不是他做人的原则，再说报社也有规定，他说："晓北，这样做我觉得充实，觉得快乐，难道还有什么比这更重要的？"

两人都沉默了。

门铃响了，李想出去开门，见是王佳魁，便把他领进莫晓北的卧室，王佳魁一进来就说："着急了吧晓北，开了一上午的会，刚才我和海湾派出所联系了，基本认定是一人作案，是从影楼厕所的小窗户进去的，除了像机，别的没有丢失，你的办公室也没有被盗。"

莫晓南敲敲门进来，看见王佳魁也在，愣了一下，但很快就客气地请他也过去就餐。

下午莫晓南去图书馆交了辞职报告，来到影楼见李想在这里，心里自然欣喜。她先解释去单位正好路过这里，然后又对他表示感谢，还关心地问了问影楼的情况，李想当然不能告诉她影楼被盗的事情。莫晓南站在原地看了看，见员工们井然有序在工作，她放心了，走到门口，她对李想说了一句意味深长的话："谢谢你，以后有什么事，晓北这儿还得靠你了……"

复仇计划
长篇侦破小说
FUCHOUJIHUA

第五章　报复

庄位轮走过来说，总感觉有人在后面跟着他们。庄妻往后看看，有什么人跟着呀，他们又有什么好跟的，倒怀疑他是在疑神疑鬼。

穿过树丛，人行道旁一座老宅子的拐角处，一条纱巾的一端被风吹出了拐角，这条纱巾黑灰相间，似曾相识……

1

黄昏的时候，海的天际瑰丽如霞。木板桥沿着海岸线的走势蜿蜒远去，像一条长长的飘带，将动感的海与坚硬的陆地分隔开来。莫晓北的脚已经痊愈，她和莫晓南从木板桥走了过来，她将双手伸向天空，大声呼喊起来。这段时间，是她有记忆以来最难熬的日子，几乎是大门不能出二门不能迈，快闷死了。不过有失就有得，李想把影楼打理得井井有条，她发现他的管理才能决不在她之下。提到李想，莫晓南提醒她，身边的东西往往是最不在意的，希望她把握好眼前，将来就会少些遗憾。

莫晓北知道她的想法，不想再说下去："我的事你就不用操心了，一切随缘吧。哎，你还记得吗？你刚回来的时候，我领你到这儿来……那时你说，没想到渤海的木板桥比水镇的石桥还长，从那会儿我就开始担心你不习惯这里，有想回去的念头……"

莫晓南手扶围栏看着海面，海水涌来，碰到礁石后立即粉身碎骨，之后变成了层层浪花散去……她从决定回来那天起，就知道自己的命运和这里连在了一起，没有回头路可由她选择。她告诉莫晓北，因为单位临时调整工作，她要到东货场去工作一段时间，让莫晓北以后联系就打她的手机，莫晓北认为这不是什么大事，也没往别处想。这时王佳魁来电话告诉了她一个好消息，盗窃影楼的犯罪嫌疑人被抓住了，他现在正赶往海湾分局。莫晓北心情一下愉悦起来，这个王佳魁还行，没让人民群众失望。

在海湾分局，王佳魁经过讯问，知道眼前这个案犯和焦建中失踪案没有关联，接着他去了局里。等他返回刑警队时，秦海涛他们在等他，气氛看上去有点沉闷。秦海涛知道关于焦建中失踪案他肯定挨批了，小吴上前把杯子递给他，王佳魁喝了几口水，说："这起失踪案一个月了，没有什么进展，局长的压力也很大，焦建中的家属多次来找，为这起案子，省厅领导也作了批示。"

杨子感到这个案子不破，谁的压力都挺大，秦海涛也认为工作一直跟的上，他们根据河南汽修厂工人的描述，已经将三个卖车人的画像传给了其他省市公安机关，只是到目前还没有反馈的消息。

王佳魁看看大家，宣布了一件事，公安部针对目前全国发案情况举办刑侦培训班，刚才主管局长通知他去参加，队里先由秦海涛暂时负责，他让大家一定配合好秦海涛工作，有什么事情及时请示汇报。昨天培训班已经开班了，他现在回家拿上换洗衣服后直接就去火车站。秦海涛拍了他一下，让他放心，如果焦建中失踪案有什么进展会马上跟他联系。王佳魁又嘱咐杨子照顾好小吴，将来人家走了还能留点念想，小吴哼了一声："得了吧，指不定谁照顾谁呢。"

莫晓北听到王佳魁说他在火车上时，还认为自己听错了，王佳魁告诉她什么时候领回相机让她等派出所的通知。莫晓北此时早就没有了什么照相机的概念，她放下电话，漫无目的地看着街上的行人，突然怅然若失。

傍晚的时候，刘芳穿着从香港买的高档时装走进了影楼大厅，她

复仇计划
FUCHOUJIHUA
长篇侦破小说

的步履走得有点夸张，像模特，莫晓北看到她那样，笑了。这个刘芳还和原来一样，看到别人比她强就一百个不服，非要在某个方面盖过别人，不然心里是二百个不平衡。刘芳在大厅转了一圈后，莫晓北让她去办公室，刘芳不去，就势坐到大厅的沙发上，今天她就是要在影楼的这些小姑娘们面前显摆的。

"你上次问我舅妈什么事儿来着？她是退休了，不过我公公还在呀……"刘芳边摆弄着身上的裙摆，边问莫晓北。

"你公公？"

"啊，他是副局长，叫庄位轮。"

看莫晓北惊讶的表情，刘芳不管不顾地又说："我舅妈说了，甭管什么时候，这家庭里面一定要有一个政界的要人。比如，公公、婆婆或者丈人、丈母娘，小姨子或者姐夫，外甥或者表妹，还有……"

"得得得……哎呀，好嘛，不是我不明白，是这世界变化快呀……"莫晓北正在感慨，见李想笑盈盈地走了进来。

李想刚才好像在报社还见刘芳了，没成想一转眼她到这来了。刘芳是赶着饭点来的，上次莫晓北说要给她接风，不知为什么一直没有兑现，她不知道莫晓北因为脚伤休息了。她拍拍李想，对莫晓北使个眼色，表功地说自己的眼光没错，李想是个好男人，现在这样的男人可不多了，李想让她别再吹他了，问她想吃点什么，刘芳感叹还是李想了解她，她想吃韩国烧烤，问莫晓北怎么样。

莫晓北听刘芳说到庄位轮时就感到心里不舒服，没想到渤海的圈子这么小，真应了那句话：不是冤家不聚头。她没有胃口，让他们去吃，刘芳却一定要她去，李想不知就里也劝她，莫晓北只好一同去了。

2

自从上次到图书馆大闹一场后，庄妻一直琢磨着怎么才能有一个令她满意的结果，日思夜想想不出什么道道来，就干脆又到了图书馆。反正她在家里待着也烦，家里被盗后一直没有什么消息，想起来就闹心。

走进藏书大厅，她发现坐在桌前的是个二十多岁的女孩，又下楼来到阅览室寻找，结果也没有发现莫晓南的踪迹，她正准备问问，迎面碰上了姜主任，"那个狐狸精呢？"庄妻掏出手绢擦擦汗，眼睛直勾勾地盯着他。

姜主任皱皱眉头，边往前走边说她已经不在图书馆了。庄妻还没明白，赶紧跟在后面又追问，姜主任也不看她，告诉她莫晓南辞职了，心想这个女人可达到了目的。

庄妻脸上的怒气立即转为惊讶，辞职了？倒挺利索的，算她知道好歹。这意外的惊喜让她兴奋起来，又问莫晓南辞职后干什么去了。听到这话姜主任站住，他对眼前这个女人由最初的同情转为反感，就问这和她还有什么关系，庄妻瞥了他一眼，心里说有关系没关系走着瞧。

吃完晚饭，庄妻悄悄来到小儿子的卧室门口，看到里面儿子和儿媳正在说话，就把门带上。她来到客厅，凑到庄位轮跟前，问有没有公安局的结果，庄位轮在看电视里的时事要闻，他心里也烦，家里被盗这事只能认倒霉，三十万虽然不多，但让人堵心。

庄妻倒是觉着破财免灾了，只是三十万也多了点，庄位轮不知道她指的破财免灾免的什么灾，庄妻差点把今天莫晓南辞职的事给露出来，就赶紧打了个马虎，告诉他是免以后的灾，将来的事谁都说不准。

入夜，庄位轮进入梦乡……恍恍惚惚间，他由远而近地感到自己来到了绝尘崖，莫晓南站在崖边，下面是深不可及的大海……莫晓南在向他招手，声音轻轻的：庄副局长，快来，下面是多蓝的海呀，快来看……他连连后退，恐惧钻进心里，他喊着什么……莫晓南却向前一步步逼近，声音飘飘的：快看，快看下面……他感到自己已经无路可退，崖下就是万丈深渊……

"叮咚"庄位轮被惊醒了，接着又是一声门铃，他意识到不是做

复仇计划
FUCHOUJIHUA
长篇侦破小说

梦，推推庄妻。庄妻睡眼惺松地坐起来，打开台灯，穿上拖鞋，啪嗒啪嗒出去了。客厅传来说话声音，接着又是关门声，庄妻回到卧室，告诉他是小儿子忘拿东西又返了回来，便倒头睡了。庄位轮松了口气，但睡意全无，想起刚才的梦境，感到这不是什么好梦。

昨晚没有休息好，庄位轮精神不佳，草草看了几眼文件，便签上自己的名字，递给在一旁等候的工作人员。之后，他给黄全打了电话，现在黄全对于他来说已经不用遮掩什么了，这也好，省去不少麻烦。

他问黄全是怎么认识莫晓南的，在得知莫晓南还有个妹妹，而且她们是双胞胎姐妹时他警觉了。黄全不解其意，就说："她们家肯定是渤海的，莫晓北还有不少同学呢。"

庄位轮希望黄全抽空儿去了解了解，包括莫晓南的个人经历，还有她父母的情况。黄全面有难色，他和莫晓北的关系已经结束了，而且莫晓北是什么样的人他早就领教够了。庄位轮脸上露出不快，让他再想想办法。黄全见状，只有承颜候色，先答应下来。出来后，他心里发着牢骚，就这么点破事儿至于嘛。

晚饭后收拾停当，庄妻就动员庄位轮一起出来遛狗，今天有人送来了一只小狗，她还处在新鲜期。起初庄位轮不想动，后来待着也烦，就一起出来了。庄妻牵着狗在前边走，庄位轮甩手跟在后面，因为这条街道较僻静，行人并不多。走着走着，庄位轮突然停下来，往身后看了看。见庄位轮站着没动，庄妻喊了一声，牵着狗停下来等他，庄位轮走过来说，总感觉有人在后面跟着他们，庄妻往后看看，有什么人跟着呀，他们又有什么好跟的，倒怀疑他是在疑神疑鬼。看小狗又闹起来，她赶紧往前走，庄位轮又回头看看，的确没发现什么人，跟着庄妻走远了。

穿过树丛，人行道旁一座老宅子的拐角处，一条纱巾的一端被风吹出了拐角，这条纱巾黑灰相间，似曾相识……

3

莫晓南又来到驾驶员训练场，辞职后她就到这个驾驶员培训中心报到上课了，她的学习进度很快，现在正在练习倒车。看着倒车镜慢慢倒车，快到位置一打方向盘，熟练地退到原位，标杆纹丝没动。之后，她开着大卡车，沿着训练场有意制造的坑坑洼洼的土路颠簸前行。不一会儿，来到一个约七十五度斜坡的拱桥下，一加油门，车上去了，快要冲到拱桥顶上时，她一个急刹车，车突然停了下来。

坐在驾驶室里，莫晓南有点悬空的感觉，看着远处的训练场地，一切变得那么遥远。她静静地坐着。天空不知何时飘起了小雨，看着车窗玻璃上流下的一道道雨水，她想起了十年前在水镇的一段往事……

姑妈家是一座明清时代的房子，虽然年深月久，但门窗上的雕梁画栋仍依稀可辨。二十岁的莫晓南站在闺房里，默默看着窗外淅淅沥沥的小雨，一抹淡淡的忧郁隐在眉宇间，让人不由生出一丝怜爱。同屋的两个老师进来了，看一切收拾停当，告诉她明天过来喝她的喜酒，还说新娘子今天不能出门，要等到明天才可以，她们挥挥手走了。

姑妈端着一碗莲子羹进来，轻声细语地让她趁热吃。姑妈已经年近七十，她坐在床沿上，慈祥、疼爱地看着她，不由地说："日子过得真快，一晃南南要出嫁了……你妈妈这两年精神还是时好时坏的，你爸爸又要照顾她，又要去上班……唉，好在你爸爸今天刚办完了退休手续，以后可以好好歇歇了，你看才五十多岁的人，头发就全白了……你爸爸说，等他把家什收拾好了就带你妈妈一起回来，还说，咱们这个水镇养人，你妈妈会慢慢好的……唉，你爸爸真不容易，十年就这么熬过来了，这下也该享享福了……"

莫晓南站起来搂住了姑妈，她已经想好了，等明天婚礼结束，她就把爸爸和妈妈接回来，好好照顾他们，姑妈眼睛一热，她终于盼到这一天了。

复仇计划

FUCHOUJIHUA

深夜，不知何时雨停了，淡淡的月光从窗外洒了进来。忽然，放在门厅的座机电话响了起来，莫晓南猛然惊醒。铃声像一把利剑，一下把静静的夜幕刺破，并毫不留情地撕裂，显得格外令人不安，这种不安早早就埋藏在了她的心底，藏了十年，而且随时随地都会流淌出来，不管岁月在如何慢慢地走过。电话里是一个老年男人急促的声音，让她快点过来，最好现在就出发，因为她爸爸突然身体不适，莫晓南疑惑，不由脱口而出："身体不好？"

老人急了："哎呦孩子，你别问了，快来吧，找了半天我才在你爸爸小本里找到你这个电话，别的电话打不通，你快点来吧啊。"

对方说完就挂断了电话，莫晓南拿着话筒愣在了那里。姑妈披着衣服来到门厅，看到莫晓南呆呆站着，就问这么晚了是谁来的电话。莫晓南突然感到了一种不祥，她镇定下来，边收拾东西边说是爸爸打来的，因为妈妈身体有点不太好，接着她给张炳文留了一个字条。姑妈心绪不宁，双手在颤抖，莫晓南一看，赶紧上前抱住她。

淡淡的月光给青山绿水、万籁俱寂的水镇蒙上了一层神秘的面纱，莫晓南穿廊而过，急速而行，不一会儿她就来到石桥。月光下的石桥是那么的静，静得有些冰凉，静得有些空洞，莫晓南跑着，拼命跑着，长长的石桥似乎没有尽头……

水镇的火车站大约建于五六十年代，说是车站售票室，其实也就是一间平房，莫晓南气喘吁吁跑进来，脸上的汗水和泪水混在了一起，她急忙上前拍打售票窗口上的木板，但无人回应。这时，从远处传来一声火车的长笛，她不由打了个冷颤，绝望中四下看看，结果发现一个窗户虚掩着，来不及多想，她上前便一把推开。没想到窗外一片开阔，竟是上车的月台，情急之下她爬上窗户，跳到了月台上，她一下感到有了希望。

月光下，只有一条铁轨长长卧着，看不到头。莫晓南焦急地朝着火车鸣笛方向张望，全然没有发现一个黑影从她身后走来。这个人身穿一件肥大的铁路服上衣，手里拿着一只榔头，悄无声息地来到了莫晓南身后。莫晓南正好回身，吓了一跳，定神一看，是一位老大爷，老大爷不听她的解释，不客气地让她出示车票，一副认真不容商量的态度。

火车缓缓驶来，雪亮的灯光照得莫晓南睁不开眼睛，情急之下她语无伦次向老大爷恳求，老大爷也不答话，猛地把她往后拽了一把，火车瞬间驶过，巨大的轰鸣声埋没了一切，只见莫晓南和老大爷双方都在焦急地说着什么，莫晓南还不时地擦着眼泪。

火车停了下来，既无人上车，也无人下车，大地瞬息安静了。大概一分钟时间，一声鸣笛，火车启动了一下，也就是忽然之间，老大爷心软了，推了推莫晓南让她赶紧上车，还让她上车后一定补票。来不及道谢，莫晓南急忙跳上踏板，刚上去列车就缓缓开动了……

"嗨——嗨！人呢！"

喊声使莫晓南回到现实，她还坐在驾驶室里，左右看看没见到什么人。不一会儿，一个小伙子的头从拱桥上面一点点露了出来，他是训练场的工作人员。小伙子爬上拱桥的最高端，叉着腰，气恼地指着莫晓南喊到："我说你这人怎么回事？停车也没有这种停法儿！都像你这样，训练场早乱套了，下来下来，快下来！"

莫晓南情绪不佳，狠狠按了两下喇叭，结果小伙子眨眼间就不见了。莫晓南松手刹、踩离合、加油门一系列动作后，车一下蹿到了桥上，接着"轰"地顺势开到了桥下。小伙子刚刚跑下桥躲闪到一边，大卡车瞬间就开了过去，飞快地奔向了训练广场……

张炳文一进家门，来不及换拖鞋，先到各个房间看了一下，然后坐到客厅沙发上抽起烟来。莫晓南回到家，看到他在，有点意外，她准备出去买菜。张炳文让她等等，然后从包里掏出一个信封，"啪"地扔到了茶几上。

复仇计划
FUCHOUJIHUA

信封上的地址和张炳文的名字都是打印的，信封里是她和庄位轮的照片，也是她熟悉的照片。莫晓南冷笑一声，又扔下，平静地问他的想法。张炳文恼了，他虽然不想怎么样，但他也是一个男人，岂能熟视无睹！他拍拍茶几，以示心中的愤恨。莫晓南冷峻地盯着他的脸，一字一句低声说道："男人？张炳文，你记不记得，当年去省城收我父母尸体的时候你在哪里？我抱着他们的骨灰回到水镇的时候你在哪里？在我最绝望的时候你又在哪里？！还提什么男人……"

张炳文顿时泄了气，她戳到了他的软肋上，他用手揉了揉头，告诉莫晓南，他知道自己欠她的，不管怎么样，她也不应该用这种方式来惩罚他。莫晓南摇摇头，与其说在惩罚他，倒不如说是在惩罚她自己，他今天回来是兴师问罪的，其实照片的背后不是他想的那样，有些都是无奈之举，现在她不说明原因，就肯定有不想说的理由。张炳文回来之前也是半信半疑，感到事情并非他想的那样，自己在外有人她也知道，她从来都感到不值一问，甚至很鄙视，所以他不相信她会做出这样的事。当然，自己也不是什么窝囊废，莫晓南此时受了委屈，也正是他展现自己的机会，便问需要他做什么。

"……现在不是中世纪，没有决斗，即使有，你们也不会，因为你们都不是男人。不过，要是可能，我说有可能的话……"莫晓南的脸凑近他："你倒是可以找他谈谈，但是，张炳文，我早就对你不抱什么希望了……"

张炳文犹豫了一下，问她谈什么，莫晓南看着他，突然神经质地笑起来："谈什么？谈怎么样把刀插进对方的胸膛……"

她的话里明显有激将的成分，不知是惊吓还是被烟烫着了，张炳文的手哆嗦了一下，莫晓南转身去了书房。张炳文知道谈话结束了，把烟蒂往烟缸里狠狠捻了捻，他会用自己的方式来展示给她的，他会偿还十年前欠她的东西，偿还完，他也就心安理得了，至于他们的婚姻，到时会有一个结果的。

从渤海回来的路上，张炳文接到小梁打来的电话，吱吱唔唔的说不清，让他赶紧回来。等他匆匆回到公司时，结果看到了他最不想看到的那两个人。

光头一反常态，立即从沙发上站起来，哈着腰，满脸堆笑，胡须也在一旁嘻皮笑脸地随声附和。张炳文坐下，故作轻松地问他们为何事而来。

"没事没事，来看看张老板来啦，我们林老板说了，做生意要靠大家，靠朋友。你看你出门在外，也不容易，以后有什么事儿就找我们，我们给你摆平，朋友嘛……"光头皮笑肉不笑地说完，看张炳文似乎还是不理解，便直接点拨："张总没听明白？拿钱哪。"

张炳文这下明白了，原来他们这是在索要保护费，他问数目，光头伸出两根手指在他眼前晃了晃。两万？张炳文既吃惊又气愤，警告他们这是在敲诈，光头巴叽了巴叽嘴巴，痛快地让张炳文说个数，有事好商量。张炳文无奈了，他知道好汉不吃眼前亏，只能避避风头，先迈过这个坎再说，他从包里拿出有银行封条的一万元现金放在了桌上。

光头一把把钱拿过来，捏住一头，"哗"地象征性地过了一遍，装进了腰包。也行，他们也算能交差了，他和胡须扬长而去。

小梁进来后，张炳文烦躁地让他抓紧落实工程的回款，接着给莫晓北打了电话。接到张炳文电话后，莫晓北正好手头没有要紧的事，就来到了张炳文在渤海的总公司。前一段摄影师大李家的茶楼要装修，莫晓北就推荐到了张炳文这里，当时只交了定金，刚才张炳文的意思是想把公司的账都收一收，让她抽时间去总公司一趟，有什么事直接找郭经理就行。

总公司位于渤海寸土寸金的繁华地段，门前车水马龙，行人如织。莫晓北径直走了进去，她是第一次来这里，来之前给郭经理通了电话。

总公司店面虽不大，但装饰豪华，上档次，莫晓北刚进来，郭经理就从楼梯上走了下来，他四十岁左右，看上去温文尔雅，他请莫晓北上楼，莫晓北看到一楼的会客沙发，就免去了麻烦，郭经理没再坚持，礼貌地向她示意后，俩人面对面坐下。莫晓北知道他们资金比较紧张，也不想为难他们，就大大方方地问茶楼还需要再付多少钱。郭经理脸上露出惊喜，没想到这么痛快，他把已经准备好的清单递给她，说："我们给他打的是八折。你知道，做工、用料我们一向是非常讲究的，现在还差三十七万。"

莫晓北看过清单后，答应这两天就把钱送来，清账。郭经理搓搓手，他让莫晓北体谅他也是给张老板打工，都不容易，之后，便笑容可掬地问起莫晓北影楼的情况。莫晓北实不相瞒，当初她开影楼的时候，就是觉着这行当喜庆、红火，就这么干过来了，其实做生意也就是管理理念和经营手段，各行大同小异。郭经理点头称赞，欢迎她多来公司进行指导。

听他这么说，莫晓北感觉到了话里的异样，本来她就是有口无心那么一说，没想到他倒上心了，她才不会越俎代庖呢。她站了起来，一副不在乎的样子，说："嗨，有张炳文在我操哪门子心呀，两码事，两码事啊。"

说着，就告辞了，郭经理在后面一直客气地送到了门外。

4

庄位轮家门前小马路两头畅通，一侧是用砖砌成的公园的围墙，另一侧是独门独院的十户人家，庄位轮家在最西头。马路刚刚翻新铺好，路灯还没来得及安装，所以这里只能借助附近工地吊塔上的灯光进行照明。傍晚时，一个骑摩托的速递员找找停停地来到了庄位轮家院门前，他按了按院门上的门铃，不一会儿，庄妻出来了，签完字后，便把邮包接了过来。

回到屋里，庄妻感觉邮包里并没什么东西，像个空盒子，她疑心骤生，几下便打开了，结果出现在眼前的竟是一把带血的匕首，她大吃一惊，喊了一嗓子，声调都变了。

庄位轮急忙从卫生间出来，看到匕首，不禁心惊肉跳，脸上的肌肉抖动了一下。他小心翼翼拿起来，感觉哪里不对劲，用手一折，匕首弹了一下又恢复了原样，原来是把做工逼真的橡胶匕首。他一下松弛下来，让庄妻扔掉，庄妻哆哆嗦嗦边收拾边让他赶紧找人查查，不然这样下去可怎么得了。庄位轮心烦，这种事怎么查，查无实据，这段时间接二连三出事，还是小心为妙，他问庄妻下午派出所来人的情况。庄妻恢复了平静，说："派出所说小偷抓住了，但是钱数碰不上，我就按照咱们事前商量好的，如果小偷没抓住，就说是丢了三万，如果抓住了，我就说我记错了，是三十万。"

"他们相信了？"

"我说我最近经常忘事儿，好几个存折都不知道放在哪儿了，其中一个警察还说，上了年龄的人都这样，尤其对数字记不清。我看没什么事儿……"

"最近的事儿有点儿怪，你多留点心，说什么话之前先动动脑子。"

"还不都是你做的'好事'？我看这些事儿准跟那个女的有关系。"

看庄位轮脸沉下来，庄妻不再说什么，庄位轮点上一支香烟，刚抽了一口便咳嗽起来，他感到今天的事不妙。

刘芳回来了，边换拖鞋边告诉庄妻她儿子有饭局，被别人拉走了，庄妻也不搭话，转身去了餐厅，刘芳见状，内心不悦。

餐厅里，庄位轮、庄妻和刘芳，三个人各怀心事闷头吃饭，气氛尴尬。庄妻又给自己添了碗饭，问刘芳打算什么时候要孩子，话里带着埋怨。刘芳一听，就说这事不急，自己有个朋友叫莫晓北，到现在连婚还没结呢，而且还比她大一岁。听到莫晓北的名字，庄位轮一下就连想到了另外一个人。庄妻也在琢磨，问莫晓北和一个叫莫晓南的是什么关系，刘芳并没见过莫晓南，也不知道莫晓北的姐姐就是莫晓南，但小的时候印象中她好像有个姐姐。

庄位轮虽然心里清楚莫晓南和莫晓北的关系，不得不装作随便的样子，问莫晓北的姐姐是不是在渤海。刘芳想了想，好像不是，应该

复仇计划
FUCHOUJIHUA
长篇侦破小说

是在南方什么地方，她记不清了。庄位轮又进一步问这个叫莫晓北的父母在哪里，庄妻斜了他一眼，看他这个样子她心里就不舒服。

"她外公、外婆都在渤海。对了，从来没见过她父母，好像在什么……想不起来了，对了，她还托过我，可能想打听你们局的一个什么人，后来我说我舅妈退休了，她就再没提起这事。"刘芳并没在意。

"这个莫晓南不是什么好东西，以后少理她。"庄妻任由着自己的想法。

刘芳有点不高兴，她又不认识这个叫莫晓南的人，没什么理和不理的。庄位轮也不客气，当着刘芳的面训了庄妻一句。刘芳很知趣，说自己先走一步，快步出了餐厅，一会儿外面传来了关门声。庄妻把碗往桌上一墩，展开了对刘芳的泄愤，什么到现在连孙子的影儿都见不着，还整天美得扭来扭去的，什么脸上涂脂抹粉厚的快赶上城墙了，等等，总之到现在为止，刘芳还不要孩子在她看来就是天大的错误。

庄位轮似乎没听见，端着碗在想自己的心事。

李想走进影楼大厅时，看莫晓北在忙，就坐到沙发上等她。莫晓北从一条长长蓝色纱幔的一头走到另一头，感到长度可以后，就让员工比照着这个长度再准备十条，每条还要点缀上亮片，这是给蓝色婚典准备的背景纱。她走过来，见李想情绪不佳，她很少看到他这样，正想开句玩笑，李想却径直走向了她办公室。一进来，莫晓北就问出什么事了，李想一声叹息，他说莫晓南辞职了。莫晓北不相信，看李想欲言又止，她拿起电话要打给莫晓南，李想上前按下了话筒。

"为什么？我总得问她为什么呀？"莫晓北心里一下涌出五味来。

"我去图书馆采访，办公室主任告诉我说，是跟一个五十多岁的女人到图书馆闹过有关系，晓北，你设身处地想想，晓南她不想让我们知道，是因为她不想让我们大家都感到难堪。"

李想来的路上想了一路，他分析莫晓南之所以瞒着他们，肯定有她的难言之隐。莫晓北突然明白了，她知道是怎么回事了，想都能想出来，不过，就为这个她认为莫晓南这样做也太不值了。李想认为这倒符合她的性格，莫晓南要面子，自尊心又强，这样做也不为怪。莫晓北在考虑莫晓南以后怎么办，不行就让她来影楼。李想认为不妥，这会使莫晓南进退两难，大家面子上谁也过不去，所以暂时就当一切没有发生，之后再从长计议。莫晓北有点急了，这都知道了还怎么和平时一样？就是表面上装聋作哑，心里也别扭死了。李想认为这样对莫晓南而言更好，否则的话，他还没说完，莫晓北就问否则什么。

"否则这种伤害比那种伤害更六……"

莫晓北顿时无语，感到李想的话不无道理，但这事不能就这么完结，她决定要用自己的方式去解决。

第二天上午九点多钟，莫晓北把车停在了庄位轮家院外不远处，关于地址的问题，她昨天晚上已经从刘芳嘴里套出来了。

庄妻拎着包走出院门，她边走边在包里寻找东西，毫无察觉向莫晓北走来。看见庄妻从院里出来，再从年龄上判断，莫晓北认定她就是刘芳的婆婆庄位轮的老婆了，她嚼着口香糖从车里出来，站在车旁恭候。庄妻走了过来，正要过去，莫晓北跨前一步，堵住了她的去路。庄妻欲从旁边绕过，莫晓北往她面前一站，又堵上了。庄妻气从中生，这段时间家里一直乱糟糟的，她不想再惹是生非，但是眼前这个人看来是成心的。此时莫晓北感到庄妻眼熟，她把墨镜推到头顶上，对，想起来了，真是冤家路窄，原来是她呀。庄妻看着莫晓北也觉着在哪里见过，可一时又想不起来，她感到眼前这主不好惹，想赶紧躲开。

"哟，真是贵人多忘事儿，想想，在菜市场，咱们见过面呀……"莫晓北用戏弄的口吻提醒道。

庄妻一下想起来了，脸色阴沉下来，看来对方是找茬来打架的。莫晓北冷不丁哈哈笑了两声，盯着她说："你以为是菜市场那档子事啊，姑奶奶早把它忘了。我问你，是不是最近经常去图书馆遛弯呀？"

听到图书馆三个字，庄妻一下联想到很多事来，心中忐忑不安。

莫晓北知道她在想什么，接下来又说："你特想知道我是谁是吧？姑奶奶告诉你，坐不更名立不改姓，听好了，莫—晓—北！知道了吧，姑奶奶从来都是敢做敢当！"

这下对上号了，眼前这个莫晓北看来和她猜测的一样，和莫晓南是姐妹俩，也是一个狐狸精。莫晓北知道她的心思，有意挑起事端："狐狸精？对，我就是狐狸精，怎么啦？你想是，瞅瞅你自己那样儿也配！"

庄妻果然怒气冲天："不要脸的东西！竟敢欺负到老娘头上了。"她把包一扔，扑上前欲抓莫晓北，莫晓北机灵地往边上躲闪开了。庄妻叫喊着又扑了过来，两人撕扯起来，扭在了一起。几个行人围观上来，却无一人上前拉架，幸灾乐祸地看起热闹。莫晓北趁势推了一把，庄妻一屁股坐在了地上，莫晓北叉着腰对她进行了警告，之后上车扬长而去。

庄妻自觉无趣，自己爬起来，冲莫晓北走的方向狠狠啐了一口。

回到影楼，莫晓北把创可贴贴在额头上，心里还在愤愤不平，这事没完，还有那个庄位轮，等着吧，她非要弄出子丑寅卯来。

办公室门开着，李想进来后一眼就看到了她脑门上的问题，莫晓北谎称是自己不小心碰的，其实这是庄妻的杰作。李想当然不相信她是在什么地方碰的，还有刚才她的手机还关机，这些都说不通，他欲上前仔细看看，莫晓北拦住他，问他有什么事，李想知道她忘了，他们商量好的今天晚上去家里吃饭，目的是探听虚实，了解莫晓南的想法。

莫晓北指指着自己脑门，都这样了还怎么去，没法解释。李想豁出去了，就说是他不小心弄的，只要她过了这关就行，他甘愿代人受过。莫晓北乐了，称赞他是菩萨心肠，雷锋再现。

到家后，莫晓北悄悄用钥匙把门打开，看客厅里没人，示意李想先去餐厅，她能躲会儿是会儿。

餐桌上已经摆好了菜肴，是几样家常菜。有干炸藕盒、西芹百合炒螺片、西红柿炖牛腩、银鱼豆腐羹，还有排骨冬瓜汤，红、白、绿相间，李想正在欣赏，莫晓南从厨房过来，让他们吃饭。莫晓北听到喊她，又趁机去了卫生间，磨蹭着时间。李想把米饭盛好后，莫晓北进来坐下，一言不发便低头吃起来。莫晓南感到奇怪，仔细一看，发现了她脑门上的创可贴，正要问，李想赶紧按照事先说的理由解了围，莫晓南不好再问下去。

莫晓北吃了两口，就忍不住说，最近影楼忙不开，她想找个帮手，莫晓南边给她夹菜边说应该的，让她不要把自己弄得太累。莫晓北又说找外人不放心，最好是知根知底的自己人，莫晓南当然认为李想是最佳人选，但是李想有工作，她自己单位也忙，恐怕还得请外人来。莫晓北知道问不出什么结果，瞄了李想一眼，李想正好和她对视，两人心照不宣。

5

上次出师不利，几天来莫晓北心里一直不痛快，想了想，不如干脆直接去找庄位轮，不是兴师问罪，是想知道他对莫晓南辞职一事的态度，她从中就可以看出这个人的真实面目。就在她向一个工作人员打听时，恰巧黄全坐车进了大院，一眼就看见了她。黄全示意司机停车，之后悄悄尾随进了大楼，他看见莫晓北在等电梯，就从拐角的楼梯步行上去。

电梯在八楼停下后，莫晓北来到走廊上寻找，黄全也上来了，他喘息未定，探头一看，莫晓北已经到了庄位轮办公室门前。见里面无人应答，莫晓南知道白来一趟，便转身往回走。黄全见状，急忙返回楼梯口的拐角处，他琢磨不透莫晓北此行的来意，最后决定去影楼一趟，探探口风。

莫晓北刚回来，黄全随后也就到了，莫晓北以为他是来拿婚纱照的，黄全在大厅已经看到了，他很满意，但道完谢后依旧没动。莫晓北抬起头，问他还有什么事，黄全眼睛看着别处，问莫晓南最近好不好。莫晓北往椅背上一靠，脸上露出蔑视的神情，问他是不是又嗅到什么了，黄全斜睨莫晓北，埋怨她说得太难听，关心一下又有何妨，莫晓北双肘支在桌子上，问他想怎么关心。

"我，我能怎么样……晓北，你姐在图书馆之前做什么来着？"

"这和你有关系吗？"

"你父母生前在哪里工作？"

"这又和你有关系吗？"

"哎呀莫晓北，你说咱们俩好不容易见上一面，再不说点什么，那不显得太尴尬了嘛？"

黄全知道问不出什么，他不得不给自己找个台阶。莫晓北猛敲了几下计算器，告诉他话不投机半句多。黄全知道她是那种既出了工又出了力还把人都得罪光的主，便没再说什么，下楼去拿婚纱照了。

莫晓北心里一阵烦躁，这几天没有一件顺心的事，她把手里的笔往笔筒里一扔，没投进去，笔滚落到地上。

下午去接点点的路上，莫晓北感到车况有点不对劲，便把车停在了路边，她打开前盖，看不出什么门道，也找不出什么原因，再一看这条街道行人稀少，偶尔有辆车通过，速度也很快。本来她是想走偏僻的路节省时间，这下是欲速则不达。看着空荡荡的街道，她知道只能等待过往汽车进行求援了。

汪所长远远望见一辆车在路边抛锚了，就把车速减了下来，莫晓北看到后，赶紧招了招手以示回应。

看来人下了车，莫晓北迎上去，语气里明显带有求救的味道。汪所长也不答话，一副深沉的样子，背着手看了看车的构造，之后在车头的一堆零部件中鼓捣了几下，然后示意莫晓北上车。莫晓北半信半疑，一试，果然好了，她高兴地连声感谢，汪所长还是没答话，把车前盖盖上，绕着捷达车转了一圈，其间还用脚踢了踢轮胎。

"师傅，谢谢你啊。"

莫晓北摸不清他要干什么，只好再次表示感谢。汪所长也不答话，伸出手比划了一个"八"字。

"八十？"

莫晓北问他，看这个人摇摇头，她理解了他是要八百，这是在敲竹杠，她显然接受不了。

"八年！"

没等莫晓北开口，汪所长慢条斯理地说，"我曾在部队修了八年车……"莫晓北暗暗松了口气，恭维起部队出来的司机是硬牌货，说着，递上了自己的名片，让他用得着的时候一定和她联系。

汪所长看看名片，微微一乐，也掏出自己的名片。看名片上面是"有事来事务所"，莫晓北不明白这个单位是什么部门。汪所长指指自己手里，也就是莫晓北的名片说："你这个，是做婚前美好的工作，我这个……"他指给她的名片，"是做婚后残酷的工作。"

看莫晓北还是不解，就提醒她是调查婚外情。莫晓北马上明白了，是私人侦探呀，看来今天还真碰对人了，这叫一个巧，她心里暗自欢喜，"随时为您服务。"汪所长说完，不顾莫晓北是否还有话，径直上车走了。莫晓北确实还有话要问，也只能眼睁睁地看着车走远了。

等莫晓北接上点点到家时，莫晓南已经把晚饭做好了，吃饭的时候，莫晓南问到李想，莫晓北漫不经心地说去化工厂爆炸现场采访了，莫晓南埋怨她不关心李想，话里话外对李想都是赞誉之意。莫晓北心里有点自责，她倒是有心计他来一起共创大业，可是发现李想对干记者这一行太执着。莫晓南给点点夹了点青菜，问王佳魁在忙什么，她问的似乎很不经意。莫晓北说出差学习去了，这几天还真没功夫想这些，也不知道他怎样了，电话肯定是不方便打，他在上课，当然主要还是没什么由头。

"我知道，你比较欣赏王佳魁，可我觉得李想更适合你。王佳魁接触的都是社会的另一面，时间久了，你会受影响。"莫晓南看着她说。

复仇计划
FUCHOUJIHUA
长篇侦破小说

"受什么影响啊？我这个人是轻易不会受别人左右的。"莫晓北对自己这点有十分把握。

"可你的终身大事，一直是我一个未了的心愿。"莫晓南说。

"嗨，我会当成大事、特意来考虑的，你放心，倒是你的事情，让人放心不下。"

莫晓北一语双关，莫晓南认为她指的是家庭的事情，便不再做声。

夜深人静，莫晓南辗转反侧，难以入眠。她悄然来到书房，打开了台灯，然后用钥匙轻轻打开书桌的一个抽屉，从里面拿出用塑料包着的一个残缺的日记本。这本日记曾经被火烧过，只剩下中间的一小部分，就是靠着这几页的残篇断简，她知道了事实真相，从此便开始了漫长的寻觅和复仇之路。

书房外传来拖鞋的踢踏声，莫晓南赶紧把东西放回原处。莫晓北穿着睡衣进来了，她以为莫晓南还在抄写《红楼梦》，就拿起来翻了翻，问她最欣赏书里面哪个人。

这个问题莫晓南很难用几句说清楚，不过她最赞叹的还是里面那个跛足道人的几句话，令人叫绝，她说给莫晓北："'可知世上万般，好便是了，了便是好；若不了，便不好；若要好，须是了'……"

莫晓北觉着这个道人疯疯颠颠的话，有点像绕口令，她看看莫晓南，试探地问张炳文最近回来没有，莫晓南告诉她回来过，接着让她赶紧休息，因为明天都还要上班。

也是这个夜晚，张炳文和小梁在一个小酒馆里对饮。这个小酒馆不大，小伙计在看电视，画面虽不清晰，可他看的有滋有味，不时跟着剧情憨憨地傻笑，老板则趴在柜台上鼾声阵阵。

小梁给张炳文又斟上了白酒，张炳文眼神有点直了，不过神志倒还清醒，他吃了口菜，唠叨起来。自从创业开始小梁就一直跟着他，当初也吃了不少苦，公司发展到今天，他认为小梁功不可没，在渤海虽然业绩大了，但张炳文总有种缺点什么的感觉，到省城开了这家分公司以后还是这种感觉，缺什么他不知道，想找到什么也不知道，总之心里就是不踏实，空荡荡的，感觉有时候躺下去就再也不想起来。小梁虽不胜酒力，但没喝多少，清醒得很，想当年他是就业无门，跟了张炳文也算是找到了饭碗，而且张炳文从渤海公司就把他一个人带到了省城，可见对他的信任，而他也不负重托，从来没做过对不起张炳文的事。

两人来来往往几个回合后，张炳文告诉小梁，他已经想好了，从明天开始，省城这边他准备交给他了。小梁以为自己的老板说的是醉话，或者是还有再到别的什么地方开分公司的打算，他端起酒杯一通感激，张炳文醉意上来，手一抖，酒倒进了自己的衣领里。

第二天夜里九点多钟，张炳文把车停在离庄位轮家不远的路边上，他点上烟，眼睛盯着他家的院门。等着等着，他想起他和莫晓南谈到男人这个字眼时，莫晓南对他的不屑，她的那句把匕首插进对方的胸膛这句话，对他来说是极大的刺激。他把烟头狠狠地扔到窗外，这时，庄位轮家院门开了，庄妻牵着狗出来。

一个钟头后，庄妻遛狗回来了，院门口始终没出现任何人的身影，更没有张炳文所希望的庄位轮的出现。是夜，街道上冷冷清清，他再次失望。这两天他一直住在一个旅馆里，现在只好又返回住处。走进客房，他仰面躺倒在床上，看着天花板，他琢磨自己这种守株待兔的方法行不通，他起来打开床头柜，拿出花生米和一瓶白酒，闷头喝起来，喝着喝着，竟顿开茅塞。

快中午的时候，张炳文疲惫地回到了省城，小梁见老板回来了，赶紧沏茶倒水。昨天在渤海的时候他就接到了小梁的电话，得知上次来的那两个人今天又要来公司，小梁并不知道他们在收取所谓的保护费，虽然比上次客气了许多，但直觉告诉他，只要那两个人来就准没什么好事，他刚要给张炳文说说这事，看见那两个人已经站在了经理

复仇计划
长篇侦破小说
FUCHOUJIHUA

室的门口。张炳文一看是光头他们，赶紧上前，热情备至地要请他们一起吃饭，他们蒙了，两人互相看看，糊里糊涂在张炳文半推半就间走了出去，小梁见老板一反常态，很是不理解。

来到饭店包间，张炳文请他们一一坐下，然后对服务员报菜单："快，小姐，嗯……来个红烧肘子、红烧猪手，还有……红烧排骨和红烧五花肉，还有，再搭配着来四个凉菜，上两瓶五粮液……"

光头倒有点不好意思了，他把椅子往前拉了拉，靠近张炳文，刚要开口，张炳文先说话了："你不是说咱们是朋友了吗？朋友就应该这样。"

光头点头称是："对对对，朋友，我们是朋友……"

酒和凉菜上来后，张炳文把酒杯都斟满，然后敬了他们，接着，他又每个人连敬三杯。光头有点激动，一仰脖，也连干了三杯。之后他们是你来我往，一瓶酒很快就见底了。

酒过半巡，桌上的菜已是风卷残云，所剩无几，胡须喝得是满脸通红，光头眼睛发直，舌头也不利索了，他拍着张炳文的肩膀，先把张炳文换成了张老板，之后又铁板钉钉地使张老板成为了自己的张大哥。

这顿饭后，光头他们受张炳文之托，还真给他办了一件大事。也就是这件事，使日后整个案件露出了冰山一角。

第六章　意外

莫晓南看他难受的神情，焦急地迎了上去正要询问，不料张炳文突然用力推了一把墙，迎着莫晓南猛一下扑了上去，紧紧地抱住了她……

1

凌晨时的天幕依旧黑沉沉的，一场不大不小的雨还在下着，雨中的城市安静又神秘。庄位轮家院外的那条小马路上空无一人，借着附近高楼施工的灯光，隐隐约约可以看见一个人趴在地上一动不动。突然，两辆警车悄然开了过来，雨幕里的警灯格外闪亮。警车停下，车门打开，警察鱼贯而出，向地面上那个人围拢了过去……

快中午的时候，刑警们陆续回到了队里，从凌晨两点一直忙到现在，大家神情都有些倦意。秦海涛进来后，要把情况碰一碰，杨子他们就过来围坐在了一起，秦海涛先把调查情况向大家进行了通报："……死者，男，年龄五十岁，是市人事局维修班的管道维修工。死者是被一把水果刀刺中脖颈大动脉而亡，嗯……死亡时间大约在今天凌晨一点左右，从现场勘察来看，死者是从背后遭袭，倒地后没有被翻动迹象，随身携带的工具包也没有丢失。经初步了解，死者在维修班工作二十多年，和同事之间没有什么利害冲突，家庭关系也比较简单，没有明显的仇杀迹象。……报案人是一名出租车司机，他是大约一点半路过此地时发现的，当时报的 110，之后分局刑警大队和市局法医以及我们大案队也相继赶到。杨子，你说说……"

复仇计划
长篇侦破小说
FUCHOUJIHUA

"好，死者是昨天晚上十点左右接到市人事局庄副局长家打来的电话，说是卫生间水管出了问题，让赶紧过去维修。当时维修班值班的有两个人，一个是死者，还有一个二十多岁的小伙子，死者让这个小伙子在宿舍等电话，说自己先过去看看，如果能处理就处理，处理不了再叫他。这个小伙子等了一个多小时看没来电话，也就休息了，一直到我们去维修班了解情况时，他还在睡觉。这个小伙子是死者的老乡，刚来两个多月，目前还没发现什么可疑迹象。我们还走访了庄副局长家以及其他住户，都没有发现什么情况，只有其中一户的一个老太太说，事发几天前，庄副局长的爱人和一个二三十岁的女人打过一架，但具体原因不清楚。"

"还有一个情况，群众反映，最近不知是一个灰色的还是白色的面包车，这几天晚上经常停在路边，不知道是谁家的，所以也说不好，还有待调查。现在的这十家住户，因为后面的停车场还在建设中，没有固定的停车位置，所以就都停在了马路边上，他们一般是把车停在自己的院门口，但是如果遇到车多，也就没什么秩序，有空地儿就停，实在没地儿了，就停在相距不远的主干道的人行道上，大致情况就是这样……"一名刑警补充说。

"行，那我们就按照排查出来的重点，再详细地进行调查，尤其是凶器，就是那把刀的出处。这个案子局领导非常重视，要求我们尽快破案。现在，我们分三个小组进行……"秦海涛随后对工作进行了详细分工。

庄位轮家客厅里没开空调，庄妻扇着扇子把昨天晚上的事对杨子和小吴又说了一遍，大意是维修工把水管修好之后就走了，她没出去送，因为院门的碰锁从外面一拉就能锁上。小吴说他们在调查走访中，有人反映她前几天曾经和一个女人发生过冲突，问她是怎么回事，庄妻马上回答不是什么冲突，是误会。出了这桩人命案后，她真害怕了，再加上庄位轮一再告诫她不该说的不要乱说，她不得不小心，本来有把莫晓南姐俩趁机给搅和进来的想法，这下也只能作罢。

　　杨子问那个女人开的什么车，什么颜色。关于这个细节庄妻当时并没在意，她想了想，虽然不知道是什么牌子的汽车，但印象中是小轿车，反正不是灰色的就是白色的，小吴提醒是不是一辆白色的面包车，结果被庄妻果断否定，面包车和小轿车她还能分清，还没老糊涂。接下来，她主动问起杨子，维修工是什么人杀的，和他们家有关系没有，现在有没有线索。杨子站起来，礼节性地告诉她，案件还在调查中，如果她想起什么事来可随时与他们联系。

　　走出庄位轮家院门，杨子特意回手把门一拉，门锁果然碰上了。

　　晚饭后，张炳文乘一辆出租车由东向西驶来，他让司机开慢点，唠唠叨叨地说，记不清是不是这条街道了，反正找人挺不容易的。出租车司机也是没话找话，告诉他这个地方不吉利，昨天出事了，张炳文故作轻松地问能出什么事呀，该不会有人遭抢了吧，司机看了他一眼，让他别在意，出人命了。死了?! 张炳文大吃一惊。这时司机告诉他就在前面，张炳文往外看时，车正好从庄位轮家门前驶过。怎么就会死了？张炳文心里一慌，不由脱口而出。司机并没在意，问他要找的是不是这里，他赶紧摆了摆手，让快离开，出租车在前面顺势转弯走了。

2

　　负责指纹比对的刑警，已经在电脑上查了三天三夜，双眼布满血丝，秦海涛进来后询问核查的结果，刑警摇了摇头，刀上的指纹通过与指纹库里的指纹进行比对后，虽然发现了几个相似的，但最后经过严格筛选都排除了。秦海涛知道他辛苦了，拍了拍他的肩膀，也只能用这种方式对他表达了谢意。

　　秦海涛回到刑警队，他拿起烟，想了想又放到桌上，儿子还没满月，他还得忍忍。杨子和小吴调查回来了，小吴一进门就先喝水，边喝边说杨子抠门，连个雪糕都不给买，其实杨子是身上没带钱，但又不好解释。杨子把装在塑料袋里的凶器放在桌上，看样子没摸到什么有价值的线索。杨子把所有的商店走访了一遍，都说没有卖过这种水果刀，有一个卖货的人反映，这种刀应该是七八年前生产的，但是渤海进没进过这种货谁也没有把握。这两天秦海涛也布了几个线人，但到目前为止还没什么结果。

"如果是流窜作案，那可就麻烦了，像焦建中那个失踪案，如石沉大海，到现在连点波纹都没有……"杨子说着又倒了杯水，看样子是渴坏了。

"就是流窜作案，也应是有目的的，或为劫钱，或为劫色，如果为了钱财，维修工倒地后并没有被翻动、搜身迹象……杨子、小吴，你们注意到没有，这个维修工是去庄副局长家维修刚出来就遇害的，再有，这个维修工和这个副局长在身高、体态方面是不是很相似？"秦海涛提醒他们。

小吴兴奋地站了起来，这么说凶手是错杀了人！杨子琢磨了一下，也感到有道理。秦海涛认为如果真是那样，还要请示局里之后再去进行调查，目前只能按照常规查找案件的疑点，杨子和小吴都领会了他的意思，调查领导，尤其是重要部门的领导，当然要慎重，而且还要经过层层审批。

庄妻木呆呆地坐在沙发上，庄位轮一脸愁云地在来回踱步，他估计这件事不是偶然，弄不好就是冲自己来的。这两天，单位的人们也是胡猜乱想，说什么的都有，唯恐天下不乱，看来凶手一天抓不住，就一天也别想再踏实了，这时门铃响了，她以为还是公安局的人，结果是邻居张大妈来借东西。张大妈看见庄位轮低头坐在沙发上，就主动问候了几句，让他休息好，别太费神，话里话外听上去有点别扭。庄妻拿来磁疗盒递给她，张大妈虽然接了过来，但注意力并不在东西上，她喋喋不休地说，这两天公安局的人来了好几次了，弄得她什么地方也去不了，本来他们就不爱动，这下晚上就更别出去了，这样一来，电费可就浪费多了。庄妻也随着她说，现在社会治安太乱了，在咱们门前就死了一个人，这叫什么事呀。

"我们家老头说了，这个维修工一没钱，二没权，好生生的别人杀他干什么？"张大妈说完，见庄位轮有点不自在，又赶紧解释，"嗨，我们老头退休了，在家没事儿瞎琢磨，现在每天除了看新闻，就爱看那些什么破案的电视剧……行了，我走了，你们快休息吧……"

送张大妈回来，见庄位轮又在来回转悠，庄妻就催他快去休息，她觉得就是有天大的事该怎么着还得怎么着，庄位轮坐到沙发上，拿起了烟。

今天庄位轮没去上班，在卧室半依半靠地闭目养神。这时，手机突然响了，他不由抖动了一下，拿起来看了看号码，他关掉扔在了床上。电话是莫晓南打的，联系不上庄位轮她就约了黄全，还是那家咖啡厅，还是那个位置。黄全坐下后先搭讪了几句，他最近忙得头都大了，莫晓南对他的情况略知一二，知道他准备结婚，就随口说渤海要举行一次集体婚礼，他们也可以考虑这种方式，黄全认为还是算了吧，他女朋友说掉价。莫晓南轻轻地说，恐怕是他觉得掉价吧，黄全当然也觉着不合适，他看看莫晓南，她今天约他到这来，总不会是和他讨论婚礼问题的。莫晓南放下手里的咖啡，问庄位轮是不是出事了。

"你怎么知道的？当然了，好事不出门，坏事传千里，不过虽说这事儿和他没什么关系，但人毕竟是死在了他们家门前了，也够腻歪的。"黄全一口气说完。

"死人了？什么人死了？"莫晓南没想到，也不免心里吃惊。

"你不知道呀，我还以为你什么都知道了呢。不过这事儿告诉你也没关系，我们单位人人都知道，是个维修工，晚上去庄副局长家维修，出来没走多远就被人捅死了，谁知道是什么人干的，反正现在说什么的都有。哎呀，以后有什么事可得小心，晚上出门还真得多留点神儿……"黄全喝了口咖啡。

复仇计划
FUCHOUJIHUA
长篇侦破小说

　　莫晓南说他不做亏心事怕什么，黄全当然不怕什么，他认为自己又没做对不起别人的事，所以没什么可担心的。他瞟了一眼莫晓南，问她还有什么事，莫晓南说好长时间不见了，是想问问他什么时候结婚，一定别忘了通知她。黄全当然不相信这番话，他本来已经站起来了，想了想又坐下，因为他有个问题一直没弄明白，那就是她所做的这一切到底是什么目的。莫晓南眉毛一挑，知道他一直心存疑云，她早作了准备，语调轻松地说："其实这个问题很简单，目的就是……取而代之呀。"

　　尽管半信半疑，但黄全认为这种说法还能说得过去。他心想这个女人真怪，到现在也弄不明白她是什么意图，好在自己的事解决了，她又没什么恶意，也就不愿再多想什么。看黄全走出咖啡厅，莫晓南心里猜测，那件事恐怕和张炳文脱不了干系。

　　小梁已经打听到那个林老板的底细，姓林的原来也就是个混混，后来开了一个装修公司，正经事没干多少，全靠手下几个人收保护费骗吃骗喝，张炳文问姓林的手下有几个人，小梁说："加上来过咱们这儿的那两个，总共也就是六七个人吧，不过自从上次你请那两个人吃饭后，他们以后再没来过，看来还挺管用的。"

　　张炳文似是而非地说了句当然管用，看桌上座机响了，他拿起电话。莫晓南在电话里问他是不是在省城，张炳文说在，她又问他这一段时间是不是都在，张炳文感到话里有话，就对小梁摆摆手，看小梁出去后，他小声问是不是出事了。莫晓南说他只要在省城就好，现在渤海出了一桩人命案，一个维修工去庄位轮家维修，出来后就被人捅死了，现在这事儿弄得沸沸扬扬，警察正在到处抓凶手，他在省城好好待着吧，多一事不如少一事。死者不是庄位轮！这个消息简直令他难以置信。放下电话，他感到有股寒气顺着脊梁自下而上瞬间布满了全身，头也剧烈痛了起来，他赶紧从包里掏出两粒药吃了下去。休息了片刻，他感觉好点了。

小梁拿着货单请他过目，张炳文看过后，无奈说："我把车停在路边去办事，谁知道回来以后车就不见了。"

小梁一听，车肯定是被人偷了，这辆车是公司成立时购买的，虽说买的是二手车，不值几个钱，但总归还是有感情的，而且好赖也是一辆车呀。张炳文似乎并不积极，就是报了案，那辆车能不能回来还两说，就是追回来了指不定糟蹋成什么样呢。听自己的老板这么说，小梁提议还是买一辆新车，其实早就应该换了，张炳文决定等等再说，因为公司资金最近也比较紧张，说到这，他已经想好下一步怎么处理那辆车了。

没有月光的夜晚，这条街道显得更加幽静，蒙蒙细雨中，一个风韵绰约的背影一点点向前轻轻划过，脖子上的那条黑灰相间的丝纱巾在风中轻舞飞扬，她把一束白菊花放在了院墙下，背影渐渐掩在幽深的夜幕里，墙下的那束白菊花在雨中格外刺眼……

庄妻在自家院里向外探头张望，见张大妈买菜回来了，就赶紧走出院门，边打招呼边迎了上去。张大妈一看就知道她在等自己，却故意问她在等谁。庄妻并不在意，直奔主题，说："哎，有人往咱这儿放花，到底是怎么回事儿，咱们这儿是不是闹鬼了？你说这公安局是吃干饭的？几天了也破不了案。"

张大妈看了她一眼："嗨，行了，你操那么多心干嘛，和你们家有关系呀？那儿来什么鬼呀，除非心里有鬼。哎，我可不是说你啊，你别多心。哎，你们家老庄呢？"

庄妻说："不舒服，在家躺着哪。"

张大妈故作惊讶："哟，怎么了，要不我去看看？你们家老庄可是一直风风光光的，这怎么说病就病了？"

庄妻的脸一下拉了下来："没事，能有什么事，你还是先顾你们家老头吧，瘸瘸拉拉的……"说着，转身进了自家院门，"咣"地一声把

复仇计划
FUCHOUJIHUA
长篇侦破小说

院门碰上了。张大妈气鼓鼓地回到自家的院里，"咣"地一声也关上了院门。

回到家，庄妻越琢磨越感到事情蹊跷，她感觉这些事恐怕和那个叫莫晓南的有关系，还有那个莫晓北，她觉着她是得罪了她们姐妹俩了，所以她们来了这手。

杨子心里纳闷，什么人会把花放在庄位轮和张大妈家院墙之间，他大大小小也参与了无数案件，从来没遇到这种稀奇古怪的事，简而言之是闻所未闻。小吴反而并不感到多么意外，凭她的直觉，这是一个女人的做法，也只有女人才肯这样做。杨子让她说出理由，否则难以置信。小吴说别忘了她是学心理学的，这是一种祭奠，出于对死去的人一种自我心理安慰。杨子并不认同，刚才走访的那个张大妈反映，昨天晚上好像还隐隐约约听到了一个女人的哭声，这又怎么解释，小吴觉得杨子小儿科了，如果没有那束花的起因，张大妈肯定不会有那么丰富的联想，这是一种心理暗示。小吴看着他，突然乐了，说要不咱俩做个试验吧，杨子已经领教过了她的恶作剧，让她赶紧打住。不过就目前这个案子来看，他感觉是比较复杂，凶器没有找到出处，有人反映的那辆灰色或白色面包车又没注意到车号，所以调查起来难度可想而知。

秦海涛从车管所回来了，他拿到了调出来的全市二百五十八辆灰色和白色面包车的档案信息，下一步重点是调查每辆面包车不在现场的情况，这种排除嫌疑法虽然工作量不小，但目前也只有这个突破口了。小吴的理解，就是要在这二百五十八辆中找出一辆最具嫌疑的车来，秦海涛认为她这样理解也可以，但一切要靠证据，不能主观臆断。

莫晓南来到旧车交易市场，她是第一次来这里，在面包车区域转了一圈，她没有发现熟悉的那辆车。刚回到家，秦海涛他们就来了。在二百五十八辆车中，这是他们走访的第一家。主客分别落座后，杨子开门见山询问了莫晓南与张炳文的关系，之后问到了张炳文那辆灰色面包车的情况。莫晓南对三年前购买的那辆二手面包车并不了解，还不如警方掌握的情况多，对于张炳文的情况，她也如实回答，一是张炳文不在渤海，在省城开公司已经一年有余，二是张炳文不常回来，尤其是最近一段时间没有回过渤海，说这话的时候她平静如常。

进了电梯，小吴问秦海涛他们发现没有，她感到这家夫妻感情好像很一般，杨子凑近看了看她，这她都发现了，那说明她也不一般呀。小吴斜了他一眼，自信地说那当然，她还看出了这个女人的不同寻常。杨子总感觉这个女人好像在哪儿见过，但就是想不起来了，小吴嘲讽他不要再费心了，他脑子里的女人太多，所以是想不过来的，杨子正要反击，秦海涛打断他们，如果在渤海的车主都排查无果的话，就去省城找一趟这个叫张炳文的了解情况，不能漏掉一个人。

莫晓南站在三十三层自家的阳台向下看去，秦海涛他们已不见身影。

3

今天是星期天，李想同一家企业约好要进行采访，因时间尚早，他来到了影楼，倒不是因为蓝色婚典的事使他对这里有所牵挂，是一种说不清道不明的东西吸引的他无法抗拒。

见李想来了，莫晓北放下账本，停了停说："咱们二楼'情人吧'的营业额太低了。原来总想肯定会有个过程，最起码能持平，现在看来错了，这样经营下去，一楼的盈利可往里贴不起，另外还有那么一大笔租金……我想把'情人吧'关掉。"

虽然感到意外，但是李想意识到莫晓北已经有了退路，在商海里她还算是经营有道。果不其然，莫晓北站起来走到窗前，指着马路斜对面一家超市告诉他，那家超市是专营装饰产品的，如果把二楼改为装修公司一定不错，因为这两者可以说是息息相关。李想认为不现实，因为她没有涉足过装修领域，有些事不是她看的那么简单。其实莫晓北是早想好了，而且还考察过了。她来做装修公司一是不现实，二是也没那么多精力，但是把张炳文在渤海的总公司搬来，那情况可就大不一样了。这个想法李想觉的倒是可行，但是人家未必认同，更何况她姐夫的装饰公司在渤海已经有了长足发展。

"我大致了解了一下，一是总公司的租期快到了，二是他们在黄金地段租金昂贵，三是，当然这也是最重要的，由于行业间的激烈竞争，他们的营业额一路下滑，听郭经理的意思，他们有意要换个地方，而我们二楼这个'情人吧'稍加改动，马上就能正常营业，租金只有他们原来的三分之一。你想，二楼的租用合同我签了五年，提前终止也是要交违约金的，如果转给张炳文，那是一举两得。"

看来莫晓北确实费了一番心思，只是这样一来原来的心血都白费了，李想感到惋惜。莫晓北虽然也有同感，但是多年的经验告诉她：不能错失良机，更不可一错再错，当断不断，必然要付出代价。当初上"情人吧"思想准备并不充分，它的失败与市场定位有重大关系，再加上后期管理不善等因素，所以停业未必不是好事。李想没多说什么，感叹商场如战场，没有硝烟，却也如此残酷。

李想走后，莫晓北考虑了一下，马上给张炳文拨通了电话。她先问他什么时候回渤海，再问他现在是不是还在省城，张炳文说不在省城会在那里，最近特别忙，肯定回不去。一听，莫晓北有点着急了，说："这么大的事儿你不回来怎么办呀？"

"什么大事？出什么大事了？"

莫晓北听他在电话里突然大声问道，觉着他大惊小怪，至于这么紧张嘛，接着就把转让二楼"情人吧"的想法告诉了他。明白了莫晓北的意思后，张炳文语气缓了下来，告诉她最近总公司那边经营状况是不太好，不过要换地方，势必会影响一批客户。莫晓北说这个问题她早考虑了，可以在二楼楼顶竖上他们公司的大广告牌，客户问题不会受太大影响。虽然没到现场考察，张炳文还是认同莫晓北的思路，这样一来也确实可以节省一大笔租金，给公司减轻压力，他决定先和郭经理联系，具体情况让莫晓北他们面谈。

走进总公司接待厅时，郭经理还是像上次那样，笑容可掬地从楼上走了下来。莫晓北就纳闷了，她可是前脚刚刚进来的，他怎么掐算得这么准。郭经理依旧是副微笑的面容，说刚才在楼上就看到她了，请她上去。莫晓北指指沙发，感觉还是在这里放松，两人落座。

"我和张总已经通过几次话了……"郭经理说着点上一支烟，"说实话，我也有这个想法，只是没想到的是要去你那里，……当然了，找一个便宜点儿的路段，我的压力也小点，我有了这个想法后，但并不好提出来，因为这儿也是张总的发家之地嘛，要是反过来说，还要谢谢你喽？"郭经理暧昧地看了一眼莫晓北，又说，"你那块地方还是不错的，你看，新人结婚之前要买房，买房就要装修，然后才去照婚纱照，所以嘛，人们肯定是先到我这里，然后才能到你那里，我当然得感谢你啦。"

莫晓北感到这个郭经理太老道了，按说张炳文公司有他这么精明的人，应该生意兴隆，财源茂盛，怎么越来越不行了呢。郭经理一直在注视着莫晓北，她脸上的变化使他马上猜度到了她的心思，他立即换成一副愁眉不展的样子，连连说自己时运不济。莫晓北不想再和他斡旋，告诉他这几天二楼"情人吧"的事情就可以处理完毕，至于租金，可以从下个月再算起。为了合作愉快，郭经理盛情邀请一起吃午饭，莫晓北找理由推了，说后会有期。

刚送莫晓北走到门口，郭经理手机就响了，看看米电他没有马上接，直到莫晓北走远了，他才小声嘱咐对方把钱直接打到他指定的账户……

几天后，莫晓北与郭经理正式签约了，其间一直进展顺利，所以这事莫晓北也没告诉莫晓南，她还不想让她知道二楼的"情人吧"已经易主。

复仇计划
长篇侦破小说
FUCHOUJIHUA

张炳文刚刚买了一辆马自达牌子的小轿车，还没有其他人知道。他去车行看车时，这辆车被已经定好车的客户正要退掉，客户同车行在为违约金交涉时，他刚好在，于是便当场买了下来，当然最主要的还是他看上了这辆车，银灰色，也是他喜欢的颜色，他刚把崭新的车开出车行，莫晓北就来了电话。她说这两天郭经理他们就搬过来了，如果他有时间一定回来一趟，张炳文边开车边看车里的装饰，有一搭无一搭在和莫晓北对话，莫晓北也听出来了他心不在焉，就挂断了，张炳文还想说什么，也就就此罢了。

他把车开进了离家不远的超市地下停车场，在超市购买了两大袋食品之后，他徒步回到家，不一会儿，他又拎着一个皮箱再次进了超市的地下停车场。半小时后，张炳文开着他的那辆马自达车来到高速路的入口处，从他买车到上高速路，也就是半天的时间。

4

上午快十一点钟的时候，莫晓北和李想进了快餐店。店里人不多，服务员很快送来了一碗牛肉面和两碟小菜。李想先吃了两口垫垫底，他早晨没吃饭就赶到一个单位采访去了，约莫晓北来是告诉她一个好消息，他们报社值夜班的一个编辑调走了，编辑部主任的意思是打算招聘一个，李想想跟她商量一下，看能不能动员莫晓南去试试。莫晓北把菜往他面前推了推，认为现在的问题不是找什么样的工作，而是莫晓南根本就不想让他们知道辞职这件事。她曾经试探过几次，但莫晓南始终在回避这事。李想觉着这样下去也不是办法，不如他来当这个恶人，向莫晓南干脆挑明，莫晓北还是觉得不妥，其实现在影楼就缺人手，既然没什么好办法，不如先等等再说。这几天她脑海里时不时就冒出那个汪所长的影子，看来，莫晓南的事早晚也要请到这个人了。想到这，她问李想还记不记得她曾经提到过无意中碰到一个高人的事，李想有印象，但一直不清楚她说的那个人是什么人，莫晓北知道他肯定想不到，悄悄告诉他是私人侦探。

李想并没表现出惊讶，把饭吃完后，用餐巾纸擦擦额头上的汗，认真地说："私人侦探听说过，最早一家是四川成都开设的，渤海也有吗？这我还真不知道。不过，这种机构，是犹抱琵琶半遮面，以什么样的形式出现，恐怕也是羞答答的吧，好像一九九三年公安部下过一个通知，确定私人侦探是不合法的，但是还没有任何法律禁止私人侦探的存在。在欧美，私人侦探是合法的，仅英国就有 500 多家，主要是调查婚姻方面的，还有的是协助警方调查腐败案件和经济类的案件。在我们国家，私人侦探既维权又侵权，所以避侵就维是根本，它的权力不能大于任何执法机关，不能为获得证据而触犯法律。私人侦探主要还是要靠自律，这是一个非常复杂的领域，现在看来私人侦探要想合法化，其道路漫长呀……"

莫晓北没想到他说的这么在行，不过她认为有需要就有市场，既然私人侦探是新生事物，出现问题也属正常，有些事她想让王佳魁帮忙，他还未必帮得上呢。提到王佳魁，李想说咱们这么念叨他，等他回来一定要让他请客。

夜幕低垂，华灯初上，送走最后一位顾客，莫晓北他们才下班，今天大李执意要请客，答谢莫晓北对他家茶楼的帮助，实在推托不过，她只好答应了，不过饭店是她挑的，虽然不大，但有特色，且价位适中。

这个饭店在一条小巷子里，几年来生意一直挺火，莫晓北他们进来时，正值吃饭的高峰，一楼几乎座无虚席。这时她手机响了，小圆看楼下人多，就领他们上了二楼。靠窗的桌位恰巧正要翻台，小圆趁机抢先占上。从楼下到楼上莫晓北一直和郭经理在通电话，商议他们总公司明天搬家的事情，挂断电话，她接着又给张炳文打了过去。

张炳文恰巧也在这个饭店里吃饭，他傍晚回到的渤海，哪里也没去，直接来的这里。此时他坐在一楼的角落里，一个人在自斟自饮，服务员把饺子给端了上来，他刚要动筷子，莫晓北就打来了电话，电

复仇计划
FUCHOUJIHUA
长篇侦破小说

话里问他在什么地方，怎么乱糟糟的，又问他什么时候回渤海。张炳文说太忙了回不去，有什么事她和郭经理处理就行。他不想让别人知道他已经回到了渤海，因为那桩人命案，他在想着如何才能逃脱此劫。莫晓北挂了电话，她当然想不到，这个电话，是他们最后的一次通话。

大李让莫晓北点菜，她要了一个梭鱼和一个素菜，剩下的由他们来点。不经意间，她向窗外扫了一眼，看到饭店门前一辆崭新的马自达车开走了，感到这款车不错。

莫晓北在饭店看到的就是张炳文的那辆车。此时，他将车缓缓驶进地下停车场，刚把车停好，郭经理打来了电话，看来也是喝多了，关于总公司搬家的事唠叨起没完，还一再表态一定和莫晓北搞好关系。挂断电话，他踉踉跄跄进了电梯。

莫晓南看他醉醺醺的进了家门，便要上前扶他，张炳文用手一挡，自己重重地坐到沙发上，顺手把车钥匙扔到了茶几上。莫晓南端来一杯水放到他面前，告诉他警察来过，是为那辆白色面包车的事，张炳文抬抬眼，狡黠地笑了一下，拎起车钥匙晃了晃，说他换车了。

莫晓南看着他，平静地问道："这么说，人是你杀的？"

张炳文吃了一惊，然后轻轻地摇摇头："我没有，你都知道了什么？"

莫晓南冷冷地说："我什么都不知道……我只知道这世界上什么事情都有可能发生，什么事情都有可能隐瞒不住，只不过是时间问题，除非……"她话没说完，张炳文突然感到不适，站起来直奔卫生间，接着，从里面传来一阵阵的呕吐声。见状，莫晓南进了厨房，把几个苹果和梨洗净后放到果盘里，然后从厨具架上抽出一把水果刀握在手里，双手端着果盘来到客厅。正好张炳文从卫生间出来，他脸色惨白，手捂着头部，莫晓南看他难受的神情，焦急地迎上去正要询问，不料张炳文突然用力推了一把墙，迎着莫晓南猛一下扑了上去，紧紧地抱住了她……

莫晓北他们还在饭店吃饭，小圆也不知想起什么了，自言自语说，郭经理他们明天一搬过来可就热闹了，怎么看这个人好像对老板有点意思呀，咱们老板真是太出众了。大李不置可否，说他干他们的咱干咱们的，不搭界。莫晓北觉着小圆确实是精力旺盛，影楼的事没有她不知道的，而且察颜观色也属一流，好像什么事都知道，什么事也都想掺和，她所有方面的表现都比她的化妆水平悟性高。

手机响了，莫晓北看看来电显示，示意他们别说话，然后清清嗓子，压低声音对着手机说："喂，是什么人给莫晓北打电话呀？"

电话是王佳魁打来的，他还真没听出来，就问对方是不是莫晓北，莫晓北笑了，恢复了嗓音，问他这么晚了怎么想起给她打电话了。王佳魁电话里先问了莫晓南，然后又问她影楼怎么样，莫晓北想这个人真是好生奇怪，就直言不讳说："王佳魁，你怎么不先问问我，上来就问我姐，是不是北京的女孩子让你看的心猿意马了？"她并没有生气，突然接到他的电话，她已经感到了一种满足，关于生意上的事她不想说，尤其不想在电话里说。

一勺弯月悬在天空，大地皎洁如洗。从这条街道看去，远远可以望到北海的白塔。王佳魁是一个人出来的，他对莫晓北解释说，说不清为什么对莫晓南有种担心，请她不要误会。他向街道深处走去，这个夜晚，他隐隐约约感到了一种不安，就像他电话里说的，说不清为什么。

莫晓南家里的客厅和以往一样整洁干净，好像张炳文从来没有回来过一样，座机电话突然响了，寂静的黑夜中，铃声陡然使人产生一种恐惧。

看家里电话没人接，莫晓北吃完饭后就直奔而来。她进了生活小区，然后把车开进了地下停车场，正好看到一处光线很暗的地方有个车位，她停好了车。停车场里静悄悄的，莫晓北车里也静静的，借着余光，她给莫晓南拨打了手机，手机也无人接听，怎么不接电话呢？

她自言自语，突然，从停车场深处传来一声后备箱被扣上的声音，接着一辆车开了出来，车速很快，无意间她抬起头，车"嗖"地从她眼前驶过，不见了踪影。隐隐约约中，莫晓北感到好像开车的人是莫晓南，而且旁边还坐着一个人，这个人似乎在什么地方见过。她感到不可思议，惊讶之后，她愣了片刻，等回过神来，赶紧发动车跟了出去。

来到生活小区门外，印象中的那辆马自达车早已不见踪影，情急之下，不管对与错，她向左就拐。她的车一直在加速超车，越想刚才的画面她就感觉越是真实的。不一会儿，发现前面有辆很像是马自达的车，她不顾一切追了上去。终于，她的车和那辆车齐头并进，司机是个男的，莫名其妙地看了看她，莫晓北一下泄了气，车速马上减了下来……

四周是城市的夜景，莫晓北的车孤零零地停在了立交桥的最高处，桥上没有车辆路过，桥下是高楼、街道和五彩的灯光……四周静悄悄的。她趴在方向盘上，感到浑身无力，不知过了多久，手机响了，她一时不知道自己身在何处，看看车外，找到了真实感。是李想打来的电话，见莫晓北没有答话，解释他才从报社出来，问明天有什么事要帮忙。

看着黑夜中的城市，莫晓北不知是走还是等，一时心绪空落落的。手机又响了，她以为还是李想，开口就问他又有什么事。听到话筒里传来莫晓南低低的声音，她一个激灵。莫晓南解释因为在洗澡没听到她的电话，莫晓北撒谎和朋友吃饭时手机按错了键，说完就急急挂断，生怕对方看破自己的心思。看着远方的天际，莫晓北长长出了口气，心想刚才在停车场肯定是自己看错了……

5

因为这两天一直在拍外景照，莫晓北每天很晚才下班，今天她本来不想来莫晓南家，可是一直有个影子挥之不去，堵得心里难受，她不想再拖下去。在地下停车场停好车，她仔细寻找了一圈，那辆她既想见到又不想见到的银灰色马自达车始终没有出现在眼前。这下她释然了，心中涌出一种说不出的轻松。

到家后，她用钥匙轻轻把门打开，她怕影响莫晓南的休息，这个点，她应该休息了。借着从窗外投进的一抹朦胧的光线，莫晓北蹑手蹑脚来到客厅，一转身，她吓了一跳，莫晓南不知何时站在了她身后。

"吓死我了……姐，你还没休息？"说着，她把顶灯、落地灯统统打开，见莫晓南脸色苍白，眼圈泛着黑晕，莫晓北以为她病了。

"姐，一会儿我还要走，我看你精神不太好，明天上午我们要去丽人湾拍照，有没有时间？去看看，散散心吧……"莫晓北关切地说。

莫晓南摇摇头。

返回影楼的路上，莫晓北的心情怎么也轻松不起来了，对于莫晓南她是既心痛又无奈，家庭生活幸福与否，对一个女人而言太重要了，眼前莫晓南就是个例子。当时影楼刚开张的时候，莫晓南说什么时候等她披上婚纱就放心了，可是现在自己虽然每天同新人们打交道，却一直没有激起她也要做新娘的愿望，时候长了，反而心境是越来越趋于平静，这一切是否与莫晓南的婚姻状况有关她说不好，亦或是没有遇到爱她的人也未可知，反正一晃她已经步入"剩女"行列，急与不急怎么说也是这样了，越是这样，反倒越沉住了气，只是莫晓南的婚姻状况不得不让人牵肠挂肚。

庄位轮刚给单位的一把手打了电话，因对方占线，他只能等待。电话终于来了，不过等来的不是局长，是莫晓南。电话里听上去她的声音好像在云中，有些不那么真实："庄副局长，这几日可好？"

庄位轮禁不住心里的惊慌，问莫晓南是什么人，到底想要干什么。

"我是什么人并不重要……"话筒里传来她沉沉的声音，"重要的是，只要你痛苦，我就感到无比快乐……"

直到莫晓南挂断了电话，他才明白，现在的一切都在她的掌控之中，他气急败坏，但心又不甘。庄妻回来，见客厅里烟雾缭绕，赶紧打开了窗户，她劝解他说："老庄，你这段怎么抽起烟来了？哎哟，怎么回事儿，就为那个破事儿至于嘛。"

庄位轮一惊，问她什么事，庄妻觉得奇怪，不就是维修工的事嘛，等公安局案子破了就什么都清楚了，操那份闲心没用。庄位轮烦躁地站了起来，进了卧室，看他那样，庄妻知道他心中不快，就打了刑警队的对外报警电话。

电话是小吴接的，她告诉庄妻案件正在调查中，还问她是不是有了什么线索，庄妻说话很冲："什么线索，我们能有什么线索？我们要是什么都知道还要你们干什么！告诉你们，这么长时间破不了案，是失职，是……是犯罪，我要告你们！"

庄妻气恼地放下电话，想了想，她应该去找一趟莫晓北。在她看来，家里所有不愉快的事情，都是由莫晓南姐俩引起的，冤有头，债有主，莫晓南辞职了，莫晓北也不能太得意，她没费什么周折就找到了影楼。

时间正值中午，莫晓北来到影楼后面的露天停车场，中午车不多，也没人，她走到自己车前刚拉开车门想进去，看见庄妻走了过来。"砰"，她回手又把车门关上，她冷笑一声，先发话了："好哇，有来无往非君子，我去你们家，你又找到了这儿，只可惜，你永远也成不了君子。"

庄妻也不示弱："别太得意，你以为你是谁，什么狗屁君子，不就仗着年轻嘛，谁没从那会儿过过。告诉你，老娘年轻的时候比你骚。"

"啧啧啧，没看出来啊……"莫晓北上下打量着她，"就你这样，打死我也不信呀。"

"告诉你，你们姐俩不想让我过安生日子，你们也别想，公安局早晚会逮住你们。"庄妻说这话的时候底气十足。

"笑话，公安局是你们家开的？别狗仗人势了，到这儿来吓唬谁呀，你是不是把别人都当成傻瓜了，这世上就数你最聪明？哼，笑话……"说着，莫晓北又凑上前，故意摆出关心的样子告诉她，"像你这样的女人，说好听点也就是个可怜虫，别自作聪明了。"

　　庄妻感到莫晓北也太狂了，用手指点着警告她，她们才是自作聪明！别以为人死了她们就可以逍遥法外。莫晓北一怔，什么人死了？让她说清楚。庄妻嘴角一撇，都到这份上了还装着跟没事人似的，简直太可笑了。莫晓北也乐了，她这是诈谁呀，还玩小儿科。

　　"我们老庄单位的维修工，刚从我们家出来就被人捅死了，不是你们干的是谁？"庄妻越说越来气，"肯定是你们姐俩使坏，憋着坏想拆散我们这个家是吧？哼！"

　　莫晓北一听有点急了："你聪明过头了吧？怎么大白天说胡话?!什么维修工死了？莫名其妙，这和我们有什么关系？你拿出证据来，证据呢？拿不出来我告你诬陷罪！"

　　见莫晓北急了，庄妻得意起来："证据？证据早晚会有的，现在公安局正在到处调查呢。实话告诉你，把老娘惹急了，我就豁出去了，我把你们……"她咬牙切齿地四下看看，又小声道，"把莫晓南和老庄的事儿都抖落出去，我让你们美，让你们一个也跑不了！"

　　"好啊，有本事你现在就抖落出来，我也告诉你，谁想让莫晓南的日子不好过，谁的日子也甭想过好！"

　　庄妻一点也不示弱，说了声走着瞧，转身就走了。看看她趾高气扬的背影，莫晓北朝车胎狠狠踢了一脚，她想马上给莫晓南打电话告诉这里发生的事，可最后想了想还是忍住了，那样只能给她增添烦恼，无济于事。

　　秦海涛从市局向主管局长汇报回来了，杨子递给他一份清单，上面注明了排查的二百五十八辆面包车的情况，目前就剩下刘贵全和张炳文这两个车主还没见到本人，刘贵全的情况比较复杂，他的那辆车一直没过户，但是中间已经倒手了三个人，至于张炳文，因为长期在省城，还需要进一步调查，秦海涛决定马上出发，先去省城。

　　到省城后，他们找到了张炳文的公司。一进来，两个人同时感到了这个地方好像来过，杨子想起来了，他指指经理室，正比划秦海涛当时要踹门的样子，小梁正好从经理室出来，一看杨子的架势他蒙了，一下愣在了那里。秦海涛赶紧掏出警官证说明了来意，小梁这才松了口气，伸手请他们进去。

得知张炳文去东北出差了，而且不知归期，秦海涛他们只有向小梁了解情况，让他回忆这个月月初那几天，张炳文在什么地方，是在省城还是外出了。小梁想了想，这一段时间张总特别忙，出门倒是经常出去，什么时间他记不清了。杨子指指办公桌上的座机电话，让他和张炳文现在就联系，小梁打了电话，但是没打通，杨子上前按下了重拨键，听筒里传来的是电话关机的提示音。秦海涛问张炳文去东北的具体地方，小梁也是知之甚少，了解内容几乎为零，张总走的时候只说是去选上等的木料，具体去了哪个县市不清楚。杨子环视房间里的陈设，随便问了句，张炳文在省城有没有什么相好的女人。小梁含糊其辞，说自己从来不过问老板的私生活，张总住在什么地方也不清楚。秦海涛又问，张炳文出差是带走了那辆面包车还是留在了公司，小梁如实回答是丢了，把经过又复述了一遍。

对没有报案这点，秦海涛和杨子认为理由牵强，虽然那辆车值不了多少钱，但说明他们对公安机关也太缺乏信心了。小梁低着头说，确实是不抱什么希望能找回来，张总主要是嫌麻烦，或者是可能这段公司事太多，还来不及报案，总之，他是根据自己的想法作了进一步解释。秦海涛让他继续联系张炳文，有情况和他们及时联系，说着，递给他一张警民联系卡。小梁有点不安，问了句是不是张总出什么事了，杨子回答是了解情况，没什么大事，秦海涛突然转过身问他，省城有没有玩飞刀的人。小梁摇摇头，他来省城也就几个月，从没听说过这方面的事。

送走警察，小梁心神不宁，他开始给张炳文打电话，一遍不通，接着又打，但始终是关机，想了想，他给渤海总部打了过去。

郭经理在电话里阴阳怪气地叫了一声梁大主管后，就说张总没有回渤海，回不回的他大主管还不知道吗，小梁顾不了许多，再问他们这几天联系了没有。

"联系了，经常联系，咱们公司总部已经搬了你知道吗，前两天——啊不，昨天还同张总联系了……"郭经理撒了谎，他就是有意刺激刺激小梁，谁让他现在这么春风得意呢。

放下电话，小梁心想，一定是张总手机没电了，要不就是有什么事情不方便开机，反正肯定是赶巧了打不通，他开始整理桌子上的各项报单，心情也轻松起来。

6

莫晓北同张炳文也联系不上，她感觉得采取措施了，不然像断了线的风筝，飞那里落到那里怎么行。想了想，从抽屉里面找出了汪所长的名片，她决定不打电话联系，直接面见这个高人。其实她早就想去了，只是没想好要调查谁，是庄位轮还是张炳文？现在莫晓南与张炳文之间的关系，对她来说已经不是关心的重点了。

汪所长一个人正在聚精会神地看本婚姻方面的书，也不看来人，慢悠悠地说："请坐，我将竭诚为您服务。"

"汪所长，生意可好？"莫晓北笑着问道，汪所长这才抬起头，他想起来了，不紧不慢先把书合上，然后请莫晓北坐下。莫晓北夸赞他记性好，不愧是个侦探。汪所长摆了摆手，一副高深莫测的样子，让她千万不要用"侦探"这个词，应该是婚姻顾问，他尤其侧重了"顾问"这两字，还连说两遍。莫晓北说上次的事还没来得及谢他呢，在她的眼里他可是个高人。汪所长说："小事一桩，不值一提，鄙人才疏学浅，混口饭吃而已，你来此地一定有事，请尽管开口。"

莫晓北也不再客气，拿出一张纸放到他面前，上面写的是庄位轮的简单情况和她想了解的内容。从头至尾看完，汪所长透过深度眼镜看看莫晓北，然后把那张纸又推到她面前，一口回绝。莫晓北有点急了，这里不是"有事来"吗，怎么还分三六九等呀。汪所长轻轻摆摆

复仇计划
FUCHOUJIHUA
长篇侦破小说

手，让她别着急，因为她想了解的内容超出了他们"有事来事务所"的服务宗旨，说白了，他们就是对婚姻中弱者的一种扶助，其他的一概不涉及，汪所长感到抱歉，说道："恕我无能为力，无能为力。"

莫晓北不想放弃，但汪所长摇摇头，没有一点回旋的余地。莫晓北不再抱希望，解释说她也是情急之下才想到来这里，不管怎么样，汪所长曾经帮助过她，她不会忘记，她站起身告辞，汪所长也站起来，请她不必客气。

"有句话——"汪所长在她身后又说，"当急不急，等尘埃落定，一切都会清楚的。"

莫晓北没有回头，点点头径直走了出去。关于张炳文，她认为已经没有必要调查了，目前重点不在他那里，现在找麻烦的来自庄位轮这方，包括他的老婆，莫晓北笃信自己的判断。下一步，对庄位轮这号"官人"她还真想不出用什么办法进行调查和了解，涉及到莫晓南的事，她不能不管，但又不能贸然行事。

郭经理给小梁去了电话，这次他称小梁为梁副经理，问张炳文回省城没有。小梁也正在着急，郭经理感到蹊跷，出去就出去呗，这么长时间了老关什么机呀，小梁问他有什么事，郭经理边剔着牙花子边说没什么急事，就是资金有点周转不开。不知为什么，自从和张炳文失去联系后，他就有种不祥的预兆，这种不祥，要不落到张炳文身上，要不就落到自己头上，他有这种感觉，事不宜迟，他把赵会计叫到了办公室。

赵会计退休后就被聘来了，那时装饰公司刚刚起步。寒暄了几句后，他问账上的现金情况，赵会计告诉他还有五十多万流动资金，郭经理用商量的口气说，现在有一个大工程，供货方要求付现金，看她怎么样才能周转一下。赵会计照章办事，现金没什么问题，但是二十万以上要征得张总同意才行。郭经理紧皱眉头，十几天了联系不上张总，工程不等人，为这事他快愁死了，如果再拿不出钱进不了货，这个大工程可就泡汤了，到时候损失的可不是个小数目，公司利益为重啊，他说得情真意切。

为了公司大局，赵会计觉着也不得不如此了，总公司这里由郭经理负责，他定的事只能照办，为了慎重起见，她还是让他最好写个报告，到时候张总那里她也好交差。郭经理松了口气，报告他马上写，但是钱这两天就要提出来，时机不等人，赵会计答应马上着手办理。回到财会室，她就与张炳文联系，结果正如郭经理所说，确实联系不上。

放下郭经理的电话，小梁找出了莫晓北的名片，火急火燎地把电话打了过去，一着急，把莫经理直接喊成了晓北姐。莫晓北笑了，他这一改称呼她还以为是谁呢。张炳文既没有回渤海也没有回省城，业务单位都联系过了也没有消息，对这些莫晓北确实一直没有上心，原来联系就少，只是这次装修二楼，再加上转租给他们总公司才比平时多了些来往。她告诉小梁她想想办法，看看能不能联系上张炳文。

放下电话，小梁看见柳小红站在了门口。柳小红穿了件开胸很低的上衣，里面内衣暴露无几，她吃着雪糕，满不在乎地走了进来，在屋里转了一圈后，一屁股坐在沙发上："怎么就你一个人呀，这怎么连个人影都没有，张炳文呢?"

小梁小声解释了张炳文的去向，但柳小红不相信，去东北进货就要关手机呀，她把雪糕棒朝地上狠狠一扔，张炳文走的时候她正在朋友家打牌，等回来后就看见桌子上两袋吃的，连点钱也没给她留下，对这点她相当不满意。她想不起来小梁叫什么了，站起来走到桌前，让小梁说实话，张炳文是不是回渤海的家了。小梁肯定地告诉她没有回渤海，这点他敢保证。柳小红却认定张炳文一定是回渤海了，关手机就是怕她找他，哼，他越怕她找他，那她就偏去找给他看。一见她这个样子，小梁坚决阻止，柳小红眉毛一挑，不给她钱谁的面子也不给，等他回来再算账就晚了，早饿死了。小梁不知该如何应对，看样

复仇计划
FUCHOUJIHUA
长篇侦破小说

子今天这关不好过，他不情愿，但也没办法，只好说自己身上还有几百块钱，实在不行她就拿去先用。

柳小红在屋里来回溜达，不说同意也不说不同意，迫不得已，小梁只好从兜里把钱全掏了出来，只有这五百块了，前两天他刚把工资寄回了老家。柳小红也不客气，一把把钱抓起来，等张炳文回来就还他，不过就这么几张，也打不了几圈，有点是点吧，到这步她也没办法。送她到门口时，柳小红回过头，朝小梁狐媚地一笑，让他转告张炳文快点回来，不然她就去找他了，小梁心里十分沮丧。

7

为前两天刘芳的婆婆，就是庄妻去影楼找碴儿的事，莫晓北专门来找刘芳。一看莫晓北严肃的神情，刘芳赶紧放下手里的活，莫晓北问她婆婆到底是怎么回事，找上门去兴师问罪，是不是神经不正常。刘芳想起来她告诉过她婆婆莫晓北的地址，就赶紧站起来，看了看四周，小声道："快别说了，这有一两个月了，我都感到不对劲儿，你知道吗？前一段他们宿舍还死了一个人呢，她找你干什么？"

莫晓北不想再说什么，她现在对这些不感兴趣，目前的重点是在庄位轮这里，她让刘芳帮忙，她想约见他。刘芳想起来好像对莫晓北提起过自己的公公，没想到她上心了，她感觉这里头没什么好事，马上回绝说："得得得，大小姐呀，不是我不管啊，我有我的难处，我这工作还是人家给解决的呢。"

莫晓北不想再难为她，提醒她这事不要告诉李想，刘芳老练地说："知道，多一事不如少一事，再说了，又不是什么中彩的事儿。"

走出编辑部，莫晓北知道这条线也断了，不过她不想放弃，也不能放弃。路边有家音像店，播放的音乐已经变为了噪音，让人听着心烦意乱，车开过去后，车内又安静下来。

关于张炳文的事，她不得不向莫晓南说明，因为现在省城和渤海的公司找不到张炳文都找到她这里了，长时间这样，这算怎么回事，她发开了牢骚。莫晓南让她沉住气，恳切地告诉她，如果张炳文公司的人找她一定不要推辞，要尽最大努力，说到底，这是咱们自己家的公司。莫晓北的情绪缘自她去"有事来事务所"和刘芳这里的不顺利，或者说是没有结果。她当然明白这个道理，只是嘴上说说而已，其实心里一直放心不下。她决定去趟省城，没给任何人说，给车加油后就上了高速。

傍晚时分，她走进了省城的装饰公司。公司灯火通明，却空无一人，这时小梁提着盒饭走进来，看见莫晓北后怔在那里，他一时找不到恰当的语言。莫晓北直来直去地说，公司没人还大门洞开，出了事谁负责，小梁急忙解释去买盒饭了，就在隔壁，其实他是前脚刚出去她后脚就进来了。他请莫晓北到张炳文的办公室，莫晓北没动，让他边吃边聊，小梁把盒饭放到桌上，拘谨地坐下。

"小梁，可以说你是公司的元老了，从张炳文起家开始你就跟着他干，公司走到今天不容易，张炳文也很器重你。"莫晓北说的是心里话。

小梁当然明白，张总对他不薄。接下来，莫晓北问张炳文在省城是不是有个女人，让他实话实说。知道瞒不住了，小梁点点头。莫晓北又问，张炳文过去有没有这样一走一二十天联系不上的情况，小梁说有过，不过这次他有种不踏实的感觉，是不是同光头他们来闹事有关也不好说，尽管后来他们再没来过，但这个想法他没说出来。莫晓北进一步问到公司财务状况，还有这次张炳文出门所带的现金情况。小梁对公司账目十分清楚，包括这次张炳文出门带走的十多万现金。

照这样来看，莫晓北分析张炳文私奔的可能性不大，小梁十分确定，私奔绝无可能，今天那个女的还来公司要过钱，莫晓北问张炳文家在那里，她要现在过去探个究竟，但小梁确实不知道，对于柳小红，也就是大家曾在一起吃过一两次饭。他低下头，在这件事上，他感到自己既对不起张总，也对不起莫经理，两头为难，说与不说都不对。

莫晓北思忖一下说，如果那个女的再来，就把她的电话和他们的住址要过来，小梁点头答应，对于张总，他还是提出了自己的担心。莫晓北觉着不应该有什么事，她站起来，让他在张炳文回来之前多费心，有事就和她联系。走到门口，莫晓北想起渤海的郭经理，问他是否清楚这个人的底细，小梁也不太清楚具体情况，只是听说他原来是渤海公司的一个客户，当时张总急着要到省城来发展，不知为什么渤海的总公司就交给他打理了。

因为从省城回来的太晚了，第二天一大早，莫晓北就来到了莫晓南家。她再三考虑，虽然还不清楚张炳文在哪儿，但目前装饰公司再这样下去肯定不行，她内心充满了焦虑，看着莫晓南，让她考虑是否报警，张炳文毕竟是点点的父亲。虽然她已经知道了点点的身世，但她只能这么说。莫晓南看着窗外一动不动，面无表情地问莫晓北，张炳文的公司她能不能代劳接管过来。闻听此言，莫晓北感到意外，她不懂业务倒在其次，就目前这种状况她也无法介入，前有郭经理后有梁经理，处理不好事与愿违，再说了自己还有影楼一大摊子事。

"晓北，就算我拜托你了……"

莫晓北知道这是莫晓南的决定，也知道这是不可改变的决定，这种情形下，她心里明白自己不可能袖手旁观、独善其身，但是她没有回答，也不知该如何回答。

柳小红真的来了渤海，她并不知道总公司这里已经改换门庭。透过玻璃窗，她看见里面的货架上摆放的是照相器材，便掏出纸条再次进行确认。总公司的地址和眼前标牌上的地址完全一致，受骗上当，这是柳小红的第一反映，这个张炳文不得好死，她在心里骂了一句。一个员工拿着水杯出来倒水，柳小红带着气上前打听，员工打量了她一眼，告诉她装饰总公司早搬家了，她是不是因为装修出了问题来找后账的，柳小红灵机一动，顺坡下驴，员工告诉了她新址，"现在这些装修公司就会坑人，这叫骗你没商量……"员工看着柳小红的背影嘀咕了一句。

　　走进影楼，柳小红被这里的水晶灯、壁画和各式婚纱弄得眼花缭乱。这是装修公司吗？正纳闷时，她看见莫晓北过来就问这里是不是装修公司。听到装修公司这几个字，莫晓北起初以为又是客户找错地方了，但是她下意识地突然有种预感，就问柳小红要找装修公司的什么人。柳小红吃着口香糖，摇晃着身子说出了张炳文的名字，莫晓北上下看看打扮妖艳的柳小红便明白了，让她跟自己走。

　　跟着进了经理室，柳小红感觉哪里有点不太对劲，这时莫晓北开口了，问她找张炳文有何事，柳小红反问莫晓北是谁，因为她要找的是装修公司。莫晓北慢悠悠地告诉她，装修公司在二楼，她来的时候应该看到楼顶上大大的广告牌。柳小红感到被愚弄了，正要往外走，莫晓北堵在了她面前，问张炳文是她什么人。柳小红不知底细，口气强硬，自己是张炳文什么人她管不着，反问莫晓北是张炳文的什么人。莫晓北宛然而笑，回到办公桌前坐下，慢悠悠说："张炳文是我姐夫，我是他小姨子。"

　　柳小红一听顿时偃旗息鼓，转身要走，"如果我没猜错的话，你应该是从省城来的吧？"莫晓北在她背后来了这么一句，柳小红在门口一下就停住了脚步，莫晓北淡淡一笑，让她坐下，此时柳小红已是外强中干，不得不顺从地坐到了沙发上。莫晓北问她张炳文离开省城的确切时间，还有他走的时候给她留下了什么话，柳小红感到委屈，认为张炳文在背着她偷偷跑回了渤海。

　　莫晓北顿感受到污辱，鸠占鹊巢，她还有理了，便愤然而起："什么叫偷偷摸摸的！他回渤海是回自己的家，用得着偷偷摸摸吗？你和他才是偷偷摸摸的呢，我没找你算账你倒找上门来了！我告诉你——"莫晓北走过来，用手点着她说，"我给你说实话你不信是吧，就是张炳文真的在渤海，他不想见你你能找得着他吗？别做梦了！"

　　柳小红没了主意，不知道下一步该怎么办，反正她现在没钱不行，没法生活。莫晓北心里在冷笑，把纸和笔扔到她面前，让她把住址和

复仇计划
长篇侦破小说
FUCHOUJIHUA

电话留下。柳小红不明白莫晓北的用意，自然不肯写，莫晓北告诉她如果还想要钱的话，就照说的做。尽管半信半疑，柳小红还是将省城的住址和自己的电话写在了纸上。

莫晓北有自己的想法，柳小红送上门来，是得来全不费工夫，虽说心里怒气难消，但事情还需从长计议。

第七章　阴谋

其实庄位轮心里已经猜到了莫晓南的身份，只是不想也不愿意承认这个残酷的事实，三十年河东，三十年河西，他没想到十年报应就来了，而且来的是这样悄无声息，猝不及防。

1

装饰总公司的赵会计和一个员工，慌慌张张地跑进莫晓北办公室。赵会计手拿一张纸，又急又无奈，嘴里唠叨着："前几天他提走了五十万哪，这可怎么办？当时张总联系不上，这可怎么办，五十万哪……"

莫晓北不知道他们是谁，更不清楚发生了什么事，员工赶紧解释说："我们是二楼装饰总公司的，这是刚才在郭经理办公桌上发现的……"说着，他从赵会计手中抽出那张纸递给了莫晓北。

纸上只有八个字：辞职而去，恕不奉陪。"啪"！莫晓北狠狠拍在了桌子上，随之便感觉一股气顶了上来，憋闷得难以喘息……她摆了摆手让他们出去，赵会计不安地看了看她，然后重复着刚才那几句话随员工出去了。莫晓北慢慢坐下，这几个月出现在她生活中的各色人等以及突如其来的事情交汇在一起，使她的心绪一直处于焦虑状态，这种积蓄一旦暴发，倾刻间便支撑不住，她感到浑身无力，伏在了桌上……不知过了多久，李想打来了电话，听到李想的声音，她竟一下哽咽了，眼泪夺眶涌出："……李想，你，你来帮帮我吧……"

几天后，李想离开了报社。

莫晓北在等他，李想轻轻敲了敲敞着的门，便走了进来，说他来

复仇计划 长篇侦破小说 FUCHOUJIHUA

报到了。莫晓北欲言又止，上前轻轻拥抱了他，她眼眶湿润了。片刻，莫晓北拉着他坐到了自己一直坐着的那把富有内涵的椅子上，然后把桌上的账本推到他面前，叫了他一声李想经理，李想没说什么，他们开始了交接工作……

之后莫晓北就到二楼的装饰总公司工作了，就在郭经理的办公室。赵会计坐立不安，她恳请莫经理报警，五十万可不是小数目，还有，她也不清楚为什么公司今年的营业额连连下滑，反正不正常。莫晓北让她先不要着急，因为现在如果不算正在进行的几个工程，公司的账上也就只剩几千块钱了，这个月连发工资都不够，如果再报警，势必会引起人心恐慌，到那时公司将面临更大的危险。赵会计低下头，万分惭愧，她恳求开除自己，否则对不起公司。莫晓北站起来给她倒了一杯水，告诉她尽快想办法收回没有完工的工程款是当务之急。

李想很快就进入了角色，在影楼全体员工会上，他宣布了重新制定的工作制度，莫晓北正好下楼，看到此景，她深感欣慰。

小梁风尘仆仆地站在了莫晓北面前，对总公司发生的事，他起初是震惊，之后感叹鞭长莫及。莫晓北叫他来，一是想让省城公司在资金上帮助总公司度过难关，二是了解张炳文临出差前是否发生过什么事情。小梁给的答案让她把第一个想法打消了，因为省城公司那点资金解决不了渤海这边的根本问题。

事已至此，小梁也不得不说了渤海公安局去省城调查，以及曾有两个人来公司闹过事的情况。莫晓北确实没有想到曾发生过这么多的事情，她突然问他，张炳文是否购买过新车。小梁确定没有，如果真是那样他不会不知道，公司所有财务他都掌握的一清二楚。莫晓北沉吟一下说，张炳文信得过他，她也一样，这段时间无论想什么办法也要让公司正常运转下去，省城那边就全拜托他了。小梁也很诚恳，他如果干不好张总回来他没法交差，他说的是心里话，临危受命他懂得轻重。

黄昏的时候，窗外大雨滂沱，莫晓北站在二楼经理室窗前，凝神贯注。几天来突如其来的变化，让她猝不及防，也使她不得不去面对。

此时，李想也站在窗前，是在影楼经理室的窗前。看着玻璃窗上如注的雨流，思绪万千，他不后悔辞职来到这里，莫晓北有难，就如同家人有难一样，自己虽然非常喜爱记者这份工作，但是为了莫晓北，他也只有放弃自己。

莫晓南站在书房的窗前，注视着雨中的城市……所有的一切，有她计划中的，也有意料之外的，她已经没有了退路，只能前行，哪怕前面是峭壁断崖……

2

在等候刑警队的人到来时，庄位轮就想好了对策，这种方式是他多年在官场练就的，可以说百炼成钢，百战百胜。当秦海涛和杨子身着便装站在门口时，他恰到好处地刚好把门打开，并热情让座，杨子刚想作介绍，庄位轮止住他，说公安局领导已经打过招呼了，接着就问维修工案子的进展。

秦海涛本来还想说几句客套话，这样就免了，他开门见山说："案件还是有些进展的，我们今天来，是想了解您工作上、生活中有没有什么有矛盾的人，或者说仇人，因为我们已经排除了和维修工有关的人，这些人都没有作案动机。"

庄位轮看着天花板，看样子在考虑，然后他直接问道："这么说，和我有关系，或者我周围什么人？"

秦海涛看着他说，应该是这样。

庄位轮神态自若："我工作也近四十年了，从科长，到处长，再到现在啊……"说到这，他自嘲地笑了一下，然后继续说，"工作上嘛难免要得罪一些人，要说具体什么人，这可不好说，至于生活上，我的生活也是很透明的嘛，老伴退休了，两个儿子也都结了婚，这么多年一直是像大多数人一样，就那么过来的。无论是工作上、还是生活上，

复仇计划
长篇侦破小说
FUCHOUJIHUA

我都比较顺利，啊，也比较知足。"

杨子在做记录，他和秦海涛互相对视，显然对庄位轮这套冠冕堂皇的话不满意，杨子索性点出了他们分析的结果，那就是凶手是针对他来的。庄位轮莫名地一笑，感到这不可能，秦海涛说这也正是他们想了解的，之后就等待他的回答。

庄位轮的神态显得似乎很认真，他思考着说道："综合处的小李？……要不就是宣传处的小张？……哎，要说得罪，这些人我都得罪过，我曾经严厉地批评过他们，不要因为待遇上不去就闹情绪，年轻人嘛，要钻研工作，埋头苦干，不要动不动就和其他什么人比，能比吗？你知道人家到今天这个位置付出了多大努力？没有付出，哪来的收获，天上会掉馅饼吗？就是会掉，你也要跑过去接一接吧？!"

秦海涛并未对这番慷慨陈词所动，又进一步陈述案发以后，曾经有人在现场放过一束白花这件事，他们认为这应该是女人的行为，也就是说有个女人在现场放了那束花。庄位轮依旧镇定自若："这些都是小儿科，我刚才不是说了嘛，工作中难免得罪一些人，而有的人就是想利用这个案子来搞垮我庄位轮，你们可以在我们局广泛调查，看看究竟是些什么别有用心的人，啊，你们可以去调查……"

走出办公大楼，杨子不由说了句老奸巨滑，与案子有关的事根本就没涉及，要么是心虚，要么就是有意回避。秦海涛感到也未必，案件本身就很复杂，谁都不想惹火上身，尤其是庄位轮这种有一定职位的，回去如实向局长汇报吧，说着他们上了车。

速递员找到庄位轮办公室，看屋里没人，仔细核对了地址，因回执单上注明送到即可，不用签收，便把礼品盒放到门口就走了。前后脚的事，庄位轮拿着水杯向办公室走来，当他看到门下放着一个礼品盒，走廊上又无他人，便犹犹豫豫拿起来，进了办公室之后急急忙忙打开：盒里躺着一束扎眼的白菊花。一时惊得他目瞪口呆。

第二天，庄位轮正和几个处室的领导在办公室里研究工作时，敲门声打断了他们。黄全起身去开门，进来的是速递员，虽然不是上次那个人，但捧着和上次一样的一个礼品盒。从见到那个礼品盒，庄位轮心里就开始慌乱，一个女处长见包装精美，便开口说好吃的东西大家应该分享，顺势从黄全手里接了过来，几下就打开了。在场的人看着她手里的那束白菊花面面相觑，黄全斜眼看看庄位轮难以掩饰的尴尬，心里打了个问号。

第三天下午一上班，庄位轮在伏案批阅文件，门半敞着，屋里异常安静，不知什么时候传来一双高跟鞋轻踏地板的声音，不紧不慢，由远至近。庄位轮虽未抬头，却已预感到什么，越来越惶恐不安。果然，在他眼前出现了令他不寒而栗的一束白菊花。

"庄副局长，近来可好？"接着，是一声低沉的问候。庄位轮惊恐地抬起头，眼前站着的竟然是莫晓南。只见她一身黑衣，双手扶案，冷冷地站在桌前，眼睛盯着他说："想问我是什么人对吧，想想，二十年前……二十年前，一个女人是怎么疯的？……再想想十年前……十年前有一个女人，爬上了高高的烟囱，然后慢慢飞了下去……"

莫晓南已离去，她的声音从身后轻飘飘传来，庄位轮如五雷轰顶，额头上冒出冷汗。

往事发生在二十年前。会计室里阴暗，潮湿，庄位轮在屋里焦急地转了两圈，他看着莫晓南妈妈站在窗前的背影，恶狠狠地警告她，后天上面的人就来查帐，她要是敢把私自记的，涉及到几千万的另一本账偷偷交上去，死去的李工就是她的下场，接下来他又说道："听说，你还有两个女儿，到时候别怪我们不客气……还有，账面上没有我任何的签字，到时候你就是跳进黄河也洗不清，哼！"庄位轮把门一摔出去了，随着"啪"的一声，莫晓南妈妈背影颤抖了一下。不久，化工厂的这个总会计师精神失常了，十年之后的一天，在化工厂那宽大的似乎是没有边际的庆我了……"，接下来，她沿着烟囱外的铁梯开始向上攀爬……她爬了上去，最后爬到了高高的烟囱顶上，片刻，她张开双臂慢慢飞了下去，像一只风筝，又像一块布片……

莫晓南默默看着深邃的大海，除了海浪声，这里几乎没有别的声音。

"……12月4日……外面起风了，好冷。他们说我的那个账本再不交出来，死的不光是李工一个人。供应科的李工前天死了，死在了宿舍里，庄副厂长说是畏罪自杀……我好冷、好怕……1月14日，外面下雪了，庄又来了，他说给我最后的期限是三天……否则，南南和北北将遭到……我要把她们送走，越快越好，越远越好。……1月17日，……雪还在下……南南和北北走了，走远了，今天是最后一篇日记，我要把它和账本一齐全烧掉，烧掉，你们找也找不到了……你们再也找不到了……"

那本没有完全烧毁的日记，残缺记录着妈妈当时危险的处境，莫晓南心中充满了仇恨。她手机突然响了，她知道是谁打来的，果然，庄位轮再次提了那个疑问，其实他里已经猜到了莫晓南的身份，只是不想也不愿意承认这个残酷的事实，三十年河东，三十年河西，他没想到十年报应就来了，而且来的是这样悄无声息，猝不及防。莫晓南的声音虽然慢悠悠的，但每个字都扎在了他的心上："我谁也不是，我就是一缕空气……一缕时时刻刻在你身边的空气，庄位轮，从今往后，你就慢慢享受生活吧，享受你和从前不一样的生活……"

庄位轮心乱如麻，他感到自己已经陷于绝境，不得不约见莫晓南，恳求用钱来交换她手里的证据。

二人湾山坡上的夜晚，因来自不同方位和不同颜色的灯光照射，……棵树后走了出来，就是来拿证据的吗?！可以，但有一个条件……"莫晓南一步步靠近，她冰冷的声音也随之飘了过来，"你想活下去吗？你看，这世界有多好……"莫晓南看看天空，遥远的天际繁星点点。

庄位轮镇定下来，他此番就是抱着希望来拿证据的，即便今天拿不到，他能得到底细也行，但是现在他不明白她到底要干什么。

"我的条件，就是给你指条道儿……"莫晓南盯着他，一字一句，"要么自首，要么自杀。三天，给你三天时间……"

庄位轮彻底绝望了。

"你看，这世界有多好，多好……"不知何时，莫晓南随着飘飘的声音离去，庄位轮感到自己被黑暗和海浪声淹没了。

第三天如期而至，时间快得令庄位轮要窒息，黑夜中他的手机响了，他知道是谁打的，他决定接听，也不得不接听，那怕是最后的宣判。电话里莫晓南告诉他，约定的期限已到，她要开始她的行动了。

"……公安局不会相信你……我，我没杀人……"庄位轮失魂落魄，手机无声滑落到地毯上，刚才那句话好像不是从他自己嘴里说出来的，声音轻的如风吹过，没有任何痕迹。

3

一辆警车驶到河边，秦海涛他们下车后走过来。这里是市郊一座废弃的石桥，桥上的石栏早已失去防护价值，桥下因流水缓慢，水面堆积着枯枝落叶和人们抛掷的污物，整个河面乌黑龌龊，令人作呕。石桥周围杂草丛生，一片荒凉。小吴用手在鼻子下面扇了几下，这是什么鬼地方呀，熏得人喘不上气来，杨子也产生了疑问，向她再次核实报警内容，小吴说："报警电话里说，石桥下面有尸体，就这么几个字，别的什么也没说……"

南似幽灵般从一株树后走

吗？庄副局长，你冒这

别清亮，经常能摸到小鱼呢。小吴摇摇头，想不到渤海还有这么一个地方，真是藏污纳垢，大煞风景。秦海涛说这块地皮已经被市里规划成一个大型公园了，明年就要开工。杨子说这个地方别说沉尸了，就是在这里杀人也不容易被发现，秦海涛决定马上组织人打捞，宁可信其有。

几天后，刑警队所有成员在队里聚齐了，看着屋里烟雾缭绕，小吴关掉空调打开窗户，她实在受不了了，要透透空气。秦海涛拿着尸检报告走进来，向大家说明了报告内容："死者，男性，身高一米七六，年龄三十七岁左右，体态较瘦，死亡时间应该是一个月左右，由于尸体在河水中过长时间的浸泡，再加上石桥附近原来有个小造纸厂，一直向河中倾泄有毒的化学物质，尸体肠胃解剖已失去意义。尸体是装在一个大编织袋里，为了使其下沉，里面还装有十三块大小不等的砖块，这些砖块就来自石桥附近。死者只有一处刀伤，位置在心脏处，估计这就是致命的一刀……"

无论是从身高、年龄，还是体态，这同失踪的焦建中都相当吻合，大家兴奋起来，各抒己见，杨子尤为激动。秦海涛也同意大家的想法，就是死亡时间与焦建中失踪的时间有些出入，还有一点，打报警电话的那个女人没有透露姓名，而且经过调查，还是部公用电话，看来这里面大有文章。

"焦建中失踪多长时间了，也就一两个月，而且活不见人，死不见尸，这个死者又和焦建中在几方面相吻合，尸体在这个臭水沟里泡了这么长时间，死亡时间断定肯定有误差，而且最关键的是，现在谁也无法知晓焦建中的死亡时间，只是知道他失踪的时间。也就是说，谁也无法排除这个无名尸就不是焦建中，这点最重要。"杨子分析的也是大家的共识。

"我接电话的时候，那个女人的声音很急促。我分析，肯定是她当时发现了凶手往河里扔尸体，但又不敢报案，经过这么长时间激烈的思想斗争，她决定不再沉默，为了减少麻烦，所以她不愿意留下姓名。"

小吴说的秦海涛认为有道理，可是一个女人跑到那么荒凉的地方去干什么，一个刑警分析说，有些事不能按常理去看待，有的人就爱往没人的地方钻，现在是夏天，晚上去那个地方也不是没有可能。现在的问题是，即便这个无名尸就是焦建中，但将焦建中汽车卖掉的那三个嫌疑人还没有抓到，所以一切都难以定性，现在寄予希望的一个是抓到犯罪嫌疑人，再一个就是做 DNA 检验与焦建中家人进行比对，但是 DNA 要到省城去做，如果效果不好，还要去北京，所以这都不是短期内就可以完成的。

秦海涛他们刚刚散去，王佳魁从火车站直接回到了队里。小吴见他回来了，喜出望外，赶紧给他沏上了茶水，王佳魁把提包打开，拿出一些五颜六色的盒子递给她。看是北京特产，小吴拆开了一包，剩下的留给杨子他们品尝，她问王佳魁北京之行一定收获不小，王佳魁只说了受益匪浅四个字，然后就要去局里报到，向主管局长汇报学习班的情况，小吴正想告诉他关于无名尸的案子，见他风风火火已经走了，再看看那杯茶动都没动，不免有点失落。

第二天早晨，王佳魁看完有关无名尸的资料后，就和杨子来到了现场。杨子指了指打捞尸体的具体位置，告诉他尸体应该是从石栏上直接推下去的，王佳魁看看桥下，问河水的深度，杨子回答两米。没想到河水这么深，如果说没有人报案，这个秘密不知何时才能揭开，王佳魁眉头紧锁。杨子说明年这里要进行大规模改造，如果没有人报案，也许只有那会儿才能被发现了。王佳魁判断这里不会是第一现场，没有什么人会约在这里见面。报警的人，或者是参与者，或者是某一个过程的目击者。他四下扫了几眼，又问周围留下什么东西没有，杨子指向远处停车的位置："如果凶手开车来也只能停在那里，那片地面上都是碎石瓦砾，别说没有痕迹，就是有，也早被几场暴雨冲没了。"

复仇计划

FUCHOUJIHUA

这个电话亭前来光顾的客人几乎没有间断，据查，举报电话就是由这部电话打出的。王佳魁没有亮明身份，掏出十块钱递给老板，买了一本杂志，顺便了解这部电话的流量，他询问前几天，也就是星期一上午十点左右，是不是有个女的来这里打过电话。老板以为王佳魁是电信局的，回忆了回忆，他想不起来了，因为前两天公安局的人也来问过此事。

王佳魁从小吴那里了解到，当时那个女人打来电话的时候，好像是有意捂着嘴在打的，所以难以判断报警人的年龄，更别说提供出对方的相貌体态了。这个电话亭在市中心，往来人员复杂，而现场远在市郊，偏僻且距离远不说，就那种环境几乎是没人问津的，他知道他们碰到了对手……

从现场回来，王佳魁带着尸检报告来到市局法医办，但没看到高法医，新分来的大学生小胡说，上个月高法医突发脑溢血去世了，王佳魁感到意外，这个消息来的太突然，高法医才四十多岁，小胡见王佳魁没有答话，就说尸检报告是他写的，是不是有什么问题，王佳魁摇头，他来的目的本来是想通过高法医看能不能给无名尸进行头颅画像，现在看来不行了。走出法医办，他还没完全抽回情绪，虽说和不善言谈的高法医打交道不多，但他屡次用模拟画像攻克许多大案是早有耳闻的，对这样的人他从心里感到敬佩，也感到深深惋惜。

自从出了维修工案件后，这条小马路很快就安装上了路灯，庄妻遛狗回来，远远看见有几个警察在路灯下比比画画，其中就有那个叫王佳魁的，她心中狐疑。回到家，她说了这事，庄位轮突然问调查的是不是维修工那个案子，庄妻觉着他真是老糊涂了，这还用问吗，不是这个还能是哪个，见庄位轮不答话，她去给狗洗澡了。

庄位轮关掉电视，他本来就无心观看，只是想从本市的新闻中了解他所关注的案情，等庄妻过来，就问家里还有多少现金，他要用七八万，有急用。一听，庄妻不假思索就借口说都买国库券了，取不出来，又嘀咕一句，只有五六万是活期的，原来都是往家里拿，怎么这段时间老往外出呀，这么一大笔钱要干什么用。庄位轮不耐烦，懂什么，舍得舍得，没有舍，哪来得，和她说不通。庄妻也不示弱，告诉他只有几万块钱，要是不够他自己去想办法，庄位轮气得一甩手离开，庄妻心里说不把紧点儿行吗，指不定给哪个狐狸精呢，都说管男人要先管住钱袋子，一点儿没错。

庄位轮整个身子陷在椅子里，精神恍惚，萎靡不振。工作人员进来后告诉他，有个材料要上报市里，经过核查，那个文件半个多月前就报到了他这里。庄位轮不满，怎么会在他这，便顺手翻了一下桌子上的文件，工作人员赶紧上前帮助他翻找，果真在一堆文件中找到了。庄位轮接过来看了几眼，心不在焉地签上了自己的名字。之后，他把黄全叫来。

"工作上的事，总是忙不完是吧，工作之余，要多交朋友，关键的时候还是朋友管用。"

黄全猜不透庄位轮要说什么。

"在我这个位置，朋友少了，更多的是工作上的关系。听说，你社会上有不少朋友，这是好事儿，年轻人嘛。对了，小黄，你快结婚了吧……"说着，庄位轮从抽屉里拿出一个信封递给他。信封里是一万块钱，庄位轮小儿子结婚的时候黄全给的也是这个数目，黄全要推辞，最后看庄位轮确实要给，就接了过来，转了一圈又回来了，心里高兴。

"小黄，以后有什么地方用着你的时候，可不要推辞……"

见庄位轮这么客气，黄全赶紧也客气了几句，下了楼，他也没明白庄位轮刚才提到的朋友这层是何用意。

4

莫晓北左思右想，感到只有动用影楼的资金才能挽救目前装饰总公司的危机，否则前景不妙，她做了最后决定。

李想经过这段对影楼的经营，觉着也有必要和莫晓北谈谈了，他知道她有难处，有些事她不想说，他也不便问，他现在所做的这一切就当是给朋友帮忙，但是她一定要清楚她自己在做什么，他劝她不要丢了西瓜捡芝麻，最后弄得连影楼也给搭进去，这可是她苦心经营起来的公司。

李想看着她，问能不能给他透个底，是不是张炳文出事了，莫晓北摇摇头，她说："我这么做，也是为了晓南好，她到现在还瞒着咱们，从她辞了工作到现在，你没看人都瘦了一圈，这倒是其次，还有点点，我将来要让她出国，去最好的大学读书……"

李想知道她的良苦用心，安慰她说："我也就是给你提个醒，怎么做你说了算。影楼这边目前还好，你放心，凡事别太着急。"接下来，他把影楼的营业额报给了她，莫晓北在提款报告上签了字，装饰总公司员工的工资和一部分工程款就这样先暂时解决了。

下午从学校接上点点，她就和莫晓南直接来到超市。关于公司的事，莫晓北只字未提。奇怪的是莫晓南也只字没问，对于张炳文更是讳莫如深。

庄妻挎着一个塑料筐在超市里转悠，发现了莫晓南她们后，心里琢磨上了莫晓南的女儿……

回家的路上，莫晓北接到王佳魁约她的电话，听到他的声音，心里升出一丝喜悦。晚饭后，她来到了刑警队外面等他，王佳魁出来后把一份北京特产给了她，莫晓北知道这是给点点的，就代莫晓南表达了谢意。随后，他们向海边走来。

看莫晓北情绪不高，王佳魁关切地看了看她，莫晓北很快调整好了自己的情绪，说他北京之行一定大有收获，接着还开了一句玩笑。王佳魁道了声一言难尽，之后就说他这次见到她了。莫晓北知道他指的她是谁，当然是他曾经的初恋，心里便涌出酸酸的感觉："那多好啊，多年之后在北京重逢，他乡遇故知，听着都让人高兴，让人感动呀……"

停了片刻，王佳魁告诉她是在监狱里见的面，莫晓北一怔，王佳魁又轻轻说了声是无期徒刑。这太出乎莫晓北的意料，她多次想象过他的红颜知己是什么样的状况，或在国外留学，或是私企白领，或者在某个美丽的小城在默默等待他，想不到却是此番情形，她难以形容自己此时的心境。

"……我和她的相逢其实很偶然，那是上大二的时候，我和几个同学相约一块去的北京，在香山看红叶的时候，我碰到了她。她从小失去父母，和一个有残疾的弟弟相依为命，为此她放弃了上大学的机会。就在我大学毕业的时候，她突然提出要和我分手，接着闪电般结了婚……她的丈夫是一个从小在自卑的环境中成长起来的人，具有很强的报复心理，工作上，生活中，他的不快，他的不满，他的失意，统统施暴于自己的爱人，而她一味的怯懦和退让更加助长和激发了对方的变态肆虐。终于有一天，她弟弟发现了这一切，本想以惩罚对方来挽救自己的姐姐，没想到却遭来杀身之祸，而她，也以同样的方式结束了她丈夫的性命……监狱在北京和河北交界的一个县城，我去看她时，她已冷漠得好像我根本就不存在。唉，她有两次减刑机会，却都不肯接受……晓北，你还记得有天晚上我在北京给你打电话吗？那天是我去看她刚刚回来……"

听王佳魁说完，莫晓北扼腕叹息，她感喟女人的命运为什么总掌握在别人手里，她悲悯女人的情感为什么要依附于男人的施舍。现在看来，王佳魁还没忘记他的初恋，即使对方已经结婚乃至于在深牢大狱他也难以忘怀，难道这么多年他就一直在为她守身如玉吗，这个问题她说不好，也无法探究，她想起来他曾经说过那个女孩子，不，应该是那个女人，同莫晓南十分相像，她再次提出这个疑问，"是，不光长的像，也很神似……她不但恬静，而且身上有种淡淡的忧郁，每天以书消遣，独守幽园，如果不是彻底解脱，就是积怨在心……"

听王佳魁说完，莫晓北不知道他在说谁，是那个女人，还是莫晓南？

来到影楼经理室，王佳魁看见李想坐在办公桌前在忙活，他感到意外。李想站起来，告诉他莫晓北在楼上，并要带他上去。王佳魁觉得李想太客气了，也没有多想，就自己上了二楼，因为刚开业不久，莫晓北曾经领他到"情人吧"转过一圈，所以也算是轻车熟路。

看着二楼改头换面的变化，王佳魁一头雾水，找到经理室，他上前敲了敲门。莫晓北在里面应了一声，王佳魁进来后仍在纳闷，这地方什么时候改换门庭了？莫晓北刚要解释，王佳魁止住了她，琢磨了一下，说："……李想在影楼，你在这儿……你什么时候改行了，不会吧？"

"这是我姐夫的公司，天有不测风云，承包人卷款而逃了。"说这话的时候，莫晓北平静得就好像这件事发生在别人身上一样，她已经没多少精力再想这些了，只想让公司迅速恢复正常。

王佳魁问她报案没有，莫晓北说一大摊子事，还没顾上。王佳魁感到不可理解，她姐夫公司完全可以再派一个人来接管，她来这里，影楼怎么办。莫晓北低着头，小声说李想已经辞职了，这给王佳魁又是一个意外，沉默了一下，王佳魁让她赶紧去市局经侦大队报案，有什么情况他可以和他们沟通。走出门，王佳魁感到远不像刚来时那么轻松了，他赴京学习才一个月，在这一个月里，竟发生了这么大的变化，这是他没有料到的。

莫晓北到市局经侦队报了案，出了公安局，她开车来到刑警队。看莫晓北来了，王佳魁便知道她肯定去过经侦大队了，告诉她立案后有什么情况他们会通知她，让她耐心等待。

小吴在电脑上打材料，斜眼瞅着王佳魁来回忙活，看他又是让座又是倒茶，便站起来拿上王佳魁的杯子走过去续水，莫晓北看着她一言不发的举动，感觉到有点不太对劲。

"我忘了介绍了，这是来我们这儿实习的小吴。小吴，这是莫晓北，我的同学。"王佳魁向她们作了介绍。

上次莫晓北来，小吴和她碰过面，但是她并不了解莫晓北的情况。莫晓北不想再逗留下去，拎着包站起来，王佳魁也没挽留，因为实在是太忙了。送莫晓北回来，小吴问他这个叫莫晓北的人和莫晓南是什么关系，王佳魁感到诧异，说她们两个是双胞胎姐妹，问她是怎么知道莫晓南的。

"我说嘛，本来姓莫的就不多，再加上这两个名字，一个是南辕，一个又北辙，猜都能猜出是一家，不过她们长的可是有差别呀。"说着，小吴从自己桌上的文件筐里抽出一个档案袋，从里面找出一页笔录递给他，她把几份没有什么价值的笔录先收起来了。

王佳魁知道在二百五十八辆面包车中，其中车主就有张炳文，但是他并不知道张炳文就是莫晓南的丈夫。当初莫晓北曾提到过她的姐夫，也就是张炳文，想让他帮忙调查张炳文婚外情的事，本来对那件事他就是拒绝的，当时莫晓北没说到姓名，他自然也就没问起。看完这一页对莫晓南的调查笔录，王佳魁才知道莫晓南的丈夫，也就是张炳文长期不在渤海生活，难怪莫晓北对此事心存疑虑。他让小吴把所有的笔录都给他，别管目前有没有价值，小吴把剩下的两份其他笔录交给了他。

晚饭是王佳魁约的莫晓北，他们吃的是韩式面条，很简单。出来后，他们边走边聊，两人是各怀心事。

"你吃的太少，是不是不对胃口？"王佳魁关切地说。

"牙床肿了，吃什么都不对味儿。"莫晓北指指腮帮子。

"你姐夫叫张炳文？"王佳魁问她。

"对，是叫张炳文，怎么了？"莫晓北并不在意。

"他离开渤海多长时间了？"王佳魁又问。

"一年多了吧……哎，你怎么对他……我原来想让你调查他你不肯，怎么现在突然感兴趣了？"莫晓北并不知道这里面的事。

王佳魁解释就是随便问问，其实案件中涉及到张炳文的，也就仅

复仇计划
长篇侦破小说
FUCHOUJIHUA

仅是他的那辆面包车，所有一切都还是未知数。莫晓北站住，感觉他是有备而来，看来今天这顿饭是鸿门宴。王佳魁说她多虑了，如果真是鸿门宴他们俩就不会在这里溜达了。莫晓北笑了，她看他是心里有事，因为她知道他从北京回来后非常的忙，不会无缘无故地请她吃饭，所以让他还有什么问题可以一并提出来，不用再绕圈子。王佳魁认为这样也好，就提出了她为什么要接手张炳文渤海总公司的这件事，自从知道后，这个问题就在他的脑海里盘旋。

莫晓北点破了他的疑问，他的意思是说莫晓南为什么不来接管，或者是完全可以再委派他人来，她说道："莫晓南没有做生意的经验，姓郭的那个混蛋突然卷款跑了，我不接谁接？张炳文的公司就是莫晓南的公司，莫晓南的公司——当然了，莫晓南的公司不是我的，但是和点点有关系吧？肥水不流外人田，这么关键的时候我不管谁管？我不下地狱谁下地狱?!"

这个解释既是给王佳魁的，同时也是给她自己的。王佳魁认可，凭着她的性格和为人，应该是这种做法，但是在他的内心，总有种说不清的东西游荡在疑似之间。

和王佳魁分手后，莫晓北就决定回莫晓南家一趟，走到地下停车场电梯前，她突然想起什么，在停车场里又寻找了一圈。没有发现那辆新马自达车，仍然是没有，看来是自己看错了，莫晓北只能再次这样提醒自己。

客厅的落地灯泛着微亮，屋里一片安静，莫晓南刚好从书房出来，见到莫晓北，她感到她要说什么，果然，莫晓北问张炳文是不是出事了。

"……一个维修工死在市人事局副局长庄位轮家门外，警察调查中怀疑到张炳文。"莫晓南如实回答。

"是调查张炳文的面包车吧？警察去省城也调查了。"这是小梁反馈给莫晓北的信息，也是她刚才经过王佳魁所证实的。莫晓南叹了口气，看来莫晓北还是知道了不少。

"……如果张炳文和这个案子有关，他会不会潜逃了？"莫晓北提出这个设想。

"也许吧，一切都是老天的安排，王佳魁是不是又找过你？"莫晓南问。

莫晓北回答就是简单问问张炳文的情况，他现在无影无踪，不明不白的，她也不可能说些什么，虽然着急，但知道于事无补。

复仇计划
长篇侦破小说
FUCHOUJIHUA

第八章 劫难

在西屋，莫晓北已挪到靠门的床角边上，她支起耳朵想捕捉到他们谈话中的蛛丝马迹，无奈，只听到含糊不清的声音。

1

午夜时，疤瘌、泡眼和鸽子回到了鸽子家。鸽子家在距离渤海市最近一个郊县的农村，他家的这处老宅位于村子的最西头，由于父母死的早，他也就早早辍学了，本来就生性懒惰，唯一的姐姐出嫁后，他就跟一些不三不四的人常来常往，不知不觉就和疤瘌、泡眼混在了一起，鸽子刚刚成年，因为体形瘦小，就形成了这个绰号。疤瘌三十多岁，因左眼角上有条疤瘌就叫了起来，大名连他自己都生疏了，四十岁的泡眼也因一双长得像金鱼眼而得名。

院子不大，有正房三间，建于六七十年代，偏房是个厨房，墙根下堆着不知什么年月的玉米秸，院里长了不少野草，显然有一段时间没住人了。屋内陈设也是六七十年代的家具，有的已经破旧不堪。黑暗的墙角挂着大大小小的蜘蛛网，厅堂桌子上落满了灰尘。

疤瘌轻车熟路进了屋里后，把手里提的一个黑包扔在了东屋床上，泡眼和鸽子进了西屋。疤瘌四下看看，松口气，他感到转了一圈回来，还是鸽子这里让他觉得踏实，他掏出十块钱让鸽子去买酒，鸽子没接，深更半夜的去哪儿买，还是先烧点水吧，早就口渴了。泡眼来到堂屋坐下，他已经琢磨了一路，如果再干还是小心为妙，事不过三，过了准倒霉。疤瘌咳嗽一声，发现泡眼现在神神叨叨的，他才不信呢，什么事不过三，惊弓之鸟，才干两票就这样，成不了大事。

"信不信在你，我找人算了，是大师给我算的，说的那叫一个准，这次呀咱们可得小心点儿。"泡眼说。

"行行行，明天先出去转转，探探风声再说。"疤瘌有自己的主意。鸽子进来找火柴，听疤瘌这么说，看了他一眼，小声嘀咕道："反正我不杀人。"疤瘌一听恼怒了，把烟头狠狠扔到地上："就你这样，什么时候才有出头之日！还想奔小康，猴年马月吧！"

泡眼赶紧打哈哈，一边迎合着疤瘌，一边劝说着鸽子，气氛总算缓和下来。中午的时候，鸽子买了包子后在街心公园与疤瘌和泡眼汇合，他早晨就没吃东西，早就饿了，坐到台阶上狼吞虎咽地吃起来。一个少妇推着漂亮的婴儿车悠闲地走了过去，看鸽子露出羡慕的神情，泡眼让他别傻看了，他就是吃包子的命，又说道："怎么了，想你爹娘了？你现在是一个人吃饱全家不饿，比我强。我们家那鬼地方，死穷！想挣点钱，死难！"

鸽子没说话，低头吃起来，疤瘌吃饱了，两手在裤子上蹭了蹭，他们要等天黑再去进行试探，反正身上也没带家伙，他还像原来那样进行了分工。

天完全黑下来后，他们来到主干道的十字路口附近。正是高峰时间，又遇绿灯，一辆辆汽车飞快从他们眼前驶过，之后随着红灯亮起，一辆辆汽车慢慢顺延停了下来。疤瘌对泡眼和鸽子使个眼色，他们迅速穿梭在汽车中间，之后若无其事地走到一辆奥迪车跟前。疤瘌用身体作掩护，悄悄地用手去拉副驾驶座的车门，结果车门锁着没拉开。同时泡眼和鸽子各站在后面两侧的车门旁，也用身体遮掩的方式去拉车门，结果也未拉开，三人赶紧往后溜达。

汽车一辆挨着一辆，他们来到一辆别克车旁，又以同样的方式去开车门，结果是同样没有打开。这下他们有点慌了，疤瘌带头往后走，来到一辆普通桑塔纳车跟前，车里贴着太阳膜，看不清里面状况，疤瘌没拉开副驾驶的车门，泡眼却一下拉开了后车车门。车座上坐了一

复仇计划
长篇侦破小说
FUCHOUJIHUA

个男人，喊了一句什么，泡眼"砰"地关上车门，神色慌张地赶紧往后走去。车流开始缓慢前行，此时疤瘌他们还站在车流中间，想离开但又无处躲闪，一个司机探出头吼了一嗓子："干什么呢？找死哪！"

鸽子惊恐万分。

回到鸽子家后，疤瘌和泡眼就着花生米喝起酒来。今天出师不利，他有点恼火，感到邪门了，好像一个个都有了防备似的，泡眼也有同感，他猜测肯定是他们上次做了那件事之后，人们都警惕了。疤瘌埋怨起他，也不看清楚车里有人就开门，泡眼急了，要是看清了还开车门那是找死，他一把从疤瘌手里夺过酒瓶。疤瘌把杯子里的酒一口喝净，一不作二不休，他想不行就白天做，到人少的地方干，泡眼点点头，鸽子耷拉着脑袋，照旧还是那句话："反正我不杀人。"

"你这个废物！每次都在边上看着，你吃着老子的喝着老子的，还净讲条件，小心老子哪天废了你！"疤瘌一拍桌子。泡眼赶紧支开鸽子，他就看不惯疤瘌这样，对自家弟兄这样算什么本事，他不再搭理疤瘌，把杯中酒一饮而尽。

2

上午十点钟的时候，莫晓北按照李想说的路线来到海坝公路。下车后，她并没有看到李想的人影，正想问他，李想来了电话，告诉她就在灯塔下面，她看到了前方白色的灯塔。

李想在海边钓鱼，看他的装束就知道他是个垂钓老手，他在电话里说有重要事情面谈，看来是在要花招了。

"我不骗你你能来吗？过来，先拿上鱼杆……"说着，他抓起一把小虾扔到海里，让她等着鱼上钩就行。

莫晓北举着鱼杆在等待，海水是蔚蓝色的，天空也是无比的蔚蓝，一时间，她大脑有那么一刻出现了空白，但瞬间即逝。李想在谈自己的体会，他只要来到海边举起鱼杆，就会马上进入状态，什么压力和烦恼都统统抛在了脑后。莫晓北可没有他说的那种状态，满脑子都是乱七八糟的事情。李想观察了一下水流，他要去上游撒鱼饵，等飘流到这里的时候鱼就该咬钩了。这时莫晓北手机响了，她手忙脚乱从兜里掏了出来，赵会计从公司打来的电话，她找到了一个工程，虽说小点，但可以预付全款，让莫晓北马上去现场定夺，莫晓北不得不喊了李想一声。李想赶紧过来，还以为鱼上钩了，莫晓北说明原因后，于心不忍，让他继续垂钓。李想开始收拾东西，叫她出来就是让她开心的，"主人走了，仆人能留下吗？"他开了一句玩笑，莫晓北自责起来，她不想让他扫兴，就约好明天再来。

"行，一言为定，明天你别安排别的事情，我再准备些吃的，估计一天的话能钓上十几条来……"

李想信心百倍，期待着明天的到来。

莫晓北接上赵会计之后就出发了，要装修的工程地点在郊区，如果没有赵会计带路还真不好找。

要装修的就是眼前这座旧厂房，门窗虽然完好，玻璃却七零八落，墙上隐隐约约还能看到"抓革命，促生产"几个字，赵会计介绍说："原来这里是机械动力厂，后来破产了……我儿子是画油画的，他的一帮朋友看中了这个地方，说要搞个什么油画沙龙俱乐部，其实就是个画画的地方。这个地方便宜，租金没多少钱，我对儿子说，你们装修工程就交给我吧，你猜我儿子怎么说？他说那不行，这个俱乐部不是他一个人的，得征求大家都同意才行，要不有嫌疑。嗨，我没办法，就把他的朋友们都请到家里，好好撮了一顿。他的一个朋友说，他们搞艺术的没有那么俗气，你看，还嫌我儿子多心了呢……莫经理，这也算我揽了一个活儿吧，工程的资金这两天就可以全额交到公司。"

莫晓北知道她已经是竭尽全力，内心不免有些感动，虽说赵会计在那笔钱上有违公司规定，但她也是迫不得已，其实让公司来赚取她家人的钱，莫晓北心里并不好受。回去的路上，她想到搞艺术的要求装修风格肯定与众不同，就问赵会计有方案没有，准备尽快开工。赵

复仇计划
长篇侦破小说
FUCHOUJIHUA

会计说放在了公司里，她儿子写的还挺详细，正说着，她儿子打来电话提醒她，早晨上班的时候把装修方案忘在了家里。赵会计有点难为情，上了年纪记忆力就是不行，她要马上回家去取。莫晓北要去送她，赵会计却执意不肯，因为前面不远处有个汽车站，车正好可以直通到她家，莫晓北只好把车停在了公共汽车站。

赵会计是不会让莫晓北送的，不仅因为她是自己的老板，主要还是为那事感到内心愧疚，莫晓北知道她的心思就没再坚持，让她吃了午饭再来，还特意交待自己在公司等她。赵会计下车后，正好一辆公共汽车进站，她就顺利上车了。这时莫晓北手机响了，来电话的是一个朋友，询问她婚纱照的事情，边通话边行驶，结果走了一段后，她感觉不是来的时候那条路线，正在这时莫晓南又来了电话，莫晓北想条条大路通罗马，反正都能回到公司，她就继续前行。

疤瘌他们漫无目标地来到郊外的一个路边饭馆。说是饭馆，其实就是一间平房，房前搭了一个凉棚，凉棚下面摆着两张桌子。已经过了午饭时间，再加上太阳高照，酷热难耐，街面上冷冷清清的，看不到一个人影。老板娘端着碗从饭馆里出来，边吃边热情地招呼他们，她可不想放过一个食客。泡眼上下看了看她，让她先上壶茶，然后要了一个肉菜和一盆面条，老板娘回屋后，很快上来了茶水。疤瘌看看四周，让鸽子打起精神，泡眼和鸽子在一个屋里，知道他昨天晚上没睡好，翻来覆去折腾了一夜。

饭菜上来了，疤瘌刚吃了两口，就发现一辆车出现在街口，他放下碗，两眼阴沉地盯着，这是辆运货车，车越来越近，很快开了过去，他又端起饭碗。此时，莫晓北的车拐到了这条街上，并很快进入了疤瘌的视线，疤瘌赶紧捅捅他们，泡眼看出车里只有司机，而且好像还是个女司机。

"……等等，再近点……是个女的，鸽子，鸽子，快！"疤瘌小声命令他，鸽子犹犹豫豫站起来时，疤瘌在后面狠狠推了一把。鸽子来到路中央，捂着肚子蹲下，接着是疼痛难忍，最后躺倒在地上。车驶近了，慢慢绕过鸽子继续向前，疤瘌和泡眼顿时失望。突然，莫晓北的车在前面停了下来，她走下车，来到鸽子身旁。疤瘌和泡眼喜出望外，互相使个眼色，赶紧凑了过去，莫晓北弯下腰，看小伙子倒在地上痛苦地呻吟，不知该如何是好。

"大姐，就你一个人哪？"泡眼礼貌地问了一句，莫晓北点点头，问地上的小伙子是怎么回事。

"不知道哇，这可怎么办，人命关天呀，大姐，你行行好，搭你车送他去医院吧？"泡眼恳求着，看上去十分真诚，莫晓北看看四周，见空无一人，她犹豫了。疤瘌悄悄朝鸽子狠狠踹了一脚，鸽子喊了两声，听上去格外揪心。莫晓北心软了，并不知道危险已经降临，她让他们扶小伙子上车，她更不知道，这个致命的错误，决定了她今生都意想不到的结果。

泡眼扶起鸽子，疤瘌跟在后面，他们来到车前，莫晓北把后车门打开，鸽子钻了进去。突然，疤瘌和泡眼把莫晓北猛然推进了车的后座上，莫晓北大吃一惊，她意识到了不妙，但已身不由己，疤瘌瞬间坐到司机座位上发动了汽车，泡眼和鸽子左右把她夹在了中间，与此同时，泡眼握紧了她的两个手腕，鸽子用绳子迅速捆绑。莫晓北大喊起来，但一切都来不及了，泡眼用事先准备好的胶带纸"啪"地贴在了她的嘴上，莫晓北不甘心，她左右挣扎，拼命用脚向泡眼踢去，疤瘌边开车边指挥他们绑住莫晓北的双脚……老板娘突然从屋里跑了出来，看到汽车已绝尘而去，着急地直拍大腿："哎呀，挨千刀的，你们砸罐子，吃饭不给钱……不得好死！早晚遭报应！……"

她无奈地收拾起碗筷，一边收拾，一边诅咒。

傍晚的时候，王佳魁从市局开会回到了刑警队，小吴给他把饭打回来了，告诉他晚饭不错，还有鸡翅。王佳魁看记事板上写着焦建中，无名尸，还有维修工几个字，其中焦建中和无名尸还用符号连了起来，就问是不是她写的。小吴点点头，如果无名尸就是焦建中的话，那么焦建中失踪案和维修工被杀案会不会是同一个团伙所为，如果不是，他们之间会不会还有什么联系，她提出了这个问题。

王佳魁端起杯子喝了几口水，他认为应该是个案，焦建中并不等于无名尸，但是由于无名尸高度腐烂，焦建中家里人已经无法辨认，所以目前这一切都还难以下定论。DNA 样品刚刚送走，结果出来肯定还有一段时间，关于头颅画像，王佳魁准备明天找胡法医他们想想办法。小吴把记事板擦干净，"焦建中案子是车找到了，人无影无踪。无名尸这个案子，倒是尸体摆在这儿了，可除了一个神秘女人的电话，没有任何线索。维修工的案子，是尸体在现场，一切还在调查中。唉，王队，你看，没有一个案子现在能了结的，这个月的总结怎么写呀？"她发愁了。

"先别说总结，小吴，张炳文家你去了是吧？"

小吴一时想不起来张炳文是什么人了，王佳魁提示是莫晓南的丈夫，在省城开公司，她这才想起来，走访了几百个人，她早记不清这些人的名字了。

王佳魁问她在调查中，对张炳文夫妻之间有没有什么感觉。小吴没有见过张炳文，对莫晓南她倒是印象颇深，她感觉莫晓南不是那种轻易把自己内心世界暴露给别人的女人，虽说自己也是女人，很少赞美同类，可是莫晓南不一样，她有种冷冰冰的美，现在的女人已经很少有她那样的了，好像生活在另外一个世界里，清心寡欲，却蕙质兰心。她认为他们夫妻关系很一般，张炳文在省城很少回渤海，而莫晓南从来也不去省城探望，就连电话都很少联系，从家庭关系上看，她觉得他们之间感情属于不正常，说完，她拿起鸡翅吃起来。

王佳魁赞许她分析的透彻，把自己碗里的鸡翅作为奖励给了她，小吴立刻提起情绪，继续说："还有，莫晓南对张炳文没有一丝不满，相反，她倒对他的丈夫在外打拼深表同情和理解，还有……"

王佳魁的手机突然响了，他拿起来接听，结果听着听着便从椅子上站了起来，看王佳魁匆匆走了，小吴不知道发生了什么事，他饭还没吃完呢。

在去公司的路上，王佳魁不时给莫晓北打电话，但她的手机始终处于关机状态。李想和赵会计在焦急地等他，看他到来，赵会计赶紧把经过细细说了一遍，还说她们定好了下午在公司谈工程的事，一再后悔当时不应该和莫晓北各走各的。

王佳魁确定她们分手的时间和地点后，刚想找莫晓南了解情况，就见她急匆匆来了，边喘息边焦急地问莫晓北的情况，并断断续续说了下午还曾和莫晓北通过电话的经过。王佳魁赶紧问她通话时间，她越着急越想不起来，王佳魁提醒她用手机查询，结果证实时间是下午一点十分。

王佳魁看看手表，现在是晚上十点，已经近九个小时了，尽管他认为没有可能，但还是提出了莫晓北会不会去亲朋好友家，或者是别的什么地方，赵会计马上否定了，王佳魁也感到莫晓北不会失约，就是她真的临时有事也会告知的。他有种不好的预感，吩咐他们三人都开着手机，无论对方提什么要求都先答应，现在他要回队里做些准备，让赵会计也和他一同前往，他准备沿着她们下午走过的路线再重新走一遍，看是否能发现什么蛛丝马迹。

3

在鸽子家的西屋里，莫晓北蜷缩在床角，她手脚都被捆绑着，尽管内心十分惊恐，但她依旧是赫然怒目。泡眼坐在床边，虚情假意地在关心她，他压低声音说："嗓子喊哑了吧？告诉你别喊了别喊了，这四周只有一个小工厂，晚上还没人，你喊了也白喊，没用，省点劲儿吧……你看你，如花似玉的姑娘，嗓子喊哑了多让人心疼。"

莫晓北不想放弃任何机会，刚才拼命呼救，一是想把自己的声音传出去，再就是把他们吸引过来进行交谈，只要有一线希望，只要能把信息送出去，她相信王佳魁就一定会有办法前来解救。她勉强笑了

复仇计划 长篇侦破小说 FUCHOUJIHUA

一下，问泡眼他们是不是需要钱，她可以马上给家里联系把钱送过来，或者他们定好地点，直接去取也行。

"我们才不上你那个当，你没看电视里演的，最后钱拿来了，警察也把人逮住了，哎，我们不上你那个当。"泡眼挤了挤眼睛。

莫晓北只好再问他们的目的，她想尽快从这个男人的嘴里套出点有用的东西。泡眼不怀好意地看了看莫晓北，说他还没想好，让她先别着急。疤瓤在东屋那边喊了他一声，泡眼赶紧出去了，莫晓北见状，马上手脚并用，一点点向靠近门口的地方挪动。

疤瓤在东屋靠墙半躺在床上，鸽子坐在床边，低着脑袋，疤瓤觉着还是让这个女的家里交赎金痛快，而且数额大，值得冒一次风险，泡眼不同意，这个办法太不保险，弄不好把命还得搭上，不值。但疤瓤还是坚持自己的想法，泡眼看看鸽子，问他的意见，鸽子仍低着头，让他们看着办，他们吃肉他有口汤就行了，他不拿主意。

莫晓北已挪到靠门的床角边上，她支起耳朵想捕捉到他们谈话中的蛛丝马迹，无奈，只听到含糊不清的声音。

疤瓤恶毒地看了鸽子一眼，对泡眼说："要不，咱们扔崩子。正面听你，反面听我，鸽子，扔。"

鸽子垂头丧气，他不敢充这个大头，泡眼没办法，只有自己来了，便从兜里掏出一元硬币，放在手心里双手合十地拜了拜，之后高高抛起……硬币终于落地，他们顶在一起的脑袋看过后立即分开了。疤瓤沮丧，泡眼得意，一付胜者的表情，还是让他说准了，听他的不仅没风险，还能稳稳当当拿上钱。疤瓤不屑一顾，泡眼的办法来钱太慢，胸无大志，要是自己一把就弄大的。泡眼不买疤瓤的账，他所说的快的，大的，事实证明已经不行，疤瓤拽过枕头，哼了一声，看他能有什么高招。

此时，莫晓北已挪回到靠窗户的地方，听到外面有叩门声，她急忙朝窗外看去，夜幕中，鸽子跑出去开了门，接着和一个四十岁左右的胖女人一起来到了院子里。胖女人站在院中央在向鸽子询问什么，这时泡眼慌慌张张跑了过去，一付讨好的表情，胖女人看看他，轻轻打了他一下，之后两人一来二往，打情骂俏起来。见状，莫晓北看到一丝希望，拼命喊起来，沙哑的声音飘出窗外。胖女人看到屋里还有个女人，愣住了，狐疑地看看泡眼，便快步朝屋里走来，泡眼一看，也紧随其后。

胖女人来到西屋，站在床前细细打量了打量莫晓北，然后转过身恶狠狠地指着泡眼警告他："泡眼，我告诉你，你要敢动她一下，我活劈了你！老娘就那么好玩哪?!"

"哪敢哪敢，我发誓，我要动她，天打五雷轰。"泡眼确实怕她，也离不了她，胖女人伸出一只手，然后张开巴掌，泡眼马上从裤兜掏出几百块放到她手上，他们之间早已形成了默契。胖女人看只有几百块，顿时脸色不悦，泡眼小心翼翼赔礼，上前哄了哄。胖女人不吃这套，几个月没见就给这么点，让泡眼别耍心眼，泡眼赶紧赔罪，让她先拿着，发誓日后一定补齐，这时胖女人才有了笑脸，她在泡眼脸上摸了一把，然后看了看莫晓北，转身走了出去。

在院子里，胖女人看看屋里的莫晓北，莫晓北也透过窗户注视着他们，胖女人上前对泡眼一阵耳语，俩人淫荡地笑了起来。莫晓北把耳朵贴在玻璃上，但什么也听不到，内心焦急万分。

就在这个夜晚，王佳魁召集了几名刑警待命，准备随时处理突变。李想在影楼经理室，他的手机放在桌子上，企盼能够听到莫晓北的声音。此时，莫晓南坐在家里的沙发上，紧张地盯着面前的固定电话和手机，她心里在默默祈祷……

这个夜晚，注定了是个不寻常的夜晚。

经过一夜的煎熬，莫晓南现在已经心凝形释，莫晓北的失踪，她料定幕后的那只黑手是他，因为她手里有他致命的证据，是他的心腹大患。

庄位轮刚踏进办公室，桌上的电话就响了，他拿起来还没说话，就传来莫晓南愤怒的声音，问他把莫晓北藏在了什么地方。庄位轮皱起眉头，一时间没反应过来她的用意，莫晓南继续说道："你不是就想要证据吗？好，我给你！但是你必须把莫晓北放掉！"

听到这里，他才听出了眉目，尤其听到证据两个字，那个让他日思夜想，寝食难安的东西，他马上计上心头，口气有意缓慢下来，反问莫晓南是怎么知道莫晓北在他的手里。

莫晓南冷笑一声，说道："除了你还有谁?! 莫晓北要有个三长两短，庄位轮，我让你马上下地狱！"

庄位轮答应可以交换，只要证据到手，其他事情就由不得她了，他看看手表，约定十点在海湾广场进行交接。此时莫晓南已是箭在弦上，只要莫晓北能安全回来，她什么都可以去做。

海湾广场是渤海最大的集购物、娱乐和休闲的一个场所，四周花团锦簇，人们熙来攘往。庄位轮出现在广场的行人中，他握在手里的手机响了，莫晓南在电话里告诉他，她已经看到了他，并特别提示他手中提包的颜色，庄位轮吃惊，原地站住。此时，莫晓南就站在购物中心的楼上，她一边举着小望远镜在观察广场上的庄位轮，一边与他周旋。

"莫晓北在哪?"

"东西在哪?"

"我问你莫晓北在哪?"莫晓南又问一句。

"就在附近，你把东西给我，马上就有人放了她。"庄位轮边说边寻找莫晓南，但始终没有发现，莫晓南已顾不得许多，让他马上往前走，到第五个公用电话亭。庄位轮看到了广场边上的一排电话亭，赶紧走了过去，到达指定地点，莫晓南告诉他，东西在电话厅后面的花池里，庄位轮走了过去，果然，茂密的冬青下面放着一盒录像带，他一把抓到手里，欣喜若狂。莫晓南让他即刻放人，庄位轮四下看看，狡黠笑了，对着手机说："莫晓南，你别做梦了，你也不想想，莫晓北怎么会在我手里？这次你失算了！"他挂断电话，迅速上了一辆出租车，出租车很快离去。

回到家，庄位轮马上把录像带放进播放器，他想看到里面的内容，但又不敢看，果然，上面清晰地记录了他最不愿意看到的场面……他一把就把录像胶带扯了出来，越拽越长，越拽越气，之后他点燃了……这时他手机响了，一看来电显示，他心里扑腾了一下。

"庄位轮，你手里的那盒录像带是复制的，如果需要，我这里还有……另外告诉你，张炳文的尸体警方已经找到了，我既然能把警察引来，也就可以把证据交出去。还是那句话，两条路由你选！"

庄位轮瞠目结舌，绝望慢慢冻结了他的周身。

4

经侦队在掌握了郭经理的准确线索后，实施了抓捕，王佳魁得到消息后，立即赶到经侦队的审讯室，问到莫晓北的下落，郭经理却茫然不知。还没回到队里，杨子就来电话告诉王佳魁，有人在郊县的小马村可能发现了莫晓北的行踪，他和杨子分头火速赶去。

王佳魁他们在派出所民警带领下来到鸽子家的院墙外面。民警告诉他们，昨天晚上在小工厂值班的刘老头喝酒回来，发现了院墙外面有辆白色的汽车，平时他不走这条路，所以也没当回事就回去睡觉了。早晨起床后，他到派出所给他当联防队员的儿子去送吃的，听派出所的人说要找一辆白色轿车，他就赶紧领儿子过来，结果到了这个地方什么都没有，儿子以为他爸昨天晚上喝酒喝多了，看花了眼，可是仔细一看，发现墙根松软的土上确实有汽车印，所以赶紧回到所里进行了汇报。说着，民警指了指地上的车印，王佳魁仔细观察后，向民警了解这户人家的情况。

民警介绍说："是鸽子家，大名叫李平安，听说他刚生下来他妈就去世了，后来他爸也得病死了，有个姐姐出嫁了，嫁得还挺远，是南方什么地方想不起来了，我们觉得像他这样的人家怎么会有车呢……"

王佳魁来到小院门前，见双门紧闭，门上并没有落锁，他使个眼色，杨子他们迅速来到院门两侧，接着众人迅疾进了院里，分头冲进了各个房间。王佳魁进了东屋，检查了一遍没发现什么，他又来到西屋。杨子说所有房间都没有人，但是看样子确实住过人，他感到虽然院外停过一辆白色汽车，但并不能说明就是莫晓北的车。王佳魁四处查看了查看，也没什么可疑之处，他看到床角有个枕头，也是床上唯一的一个枕头，便上前一把掀开：一个用紫檀做成的手镯赫然显露在他的眼前。

"晓北?"他不由脱口而出。

这个手镯王佳魁并不陌生，莫晓北曾让他猜过是谁送的，当时他张口就说是莫晓南，还说款式在其次，主要是里面包含了许多内容，当时莫晓北瞪大了眼睛，连说神了，莫晓南就是这个意思，这个手镯可以逢凶化吉。

"这么说，莫晓北真是被绑架了?!"杨子不得不信，看来手镯是莫晓北有意留在了这里。王佳魁马上出去进行了布置，二十四小时监控这个地方。

5

清冷的月光下，山峦起伏，怪石嶙峋，莫晓北的汽车在崎岖的山道上颠簸前行，两束汽车灯光在夜幕中格外刺眼。疤瘌在开车，鸽子坐在旁边睡着了，泡眼和胖女人在后座上把莫晓北夹在中间，她双手被捆绑，嘴上还贴着胶带纸，两天来惊心动魄的经历，她虽然疲惫不堪，但丝毫没有困意，一路上她一直关注着窗外，她要记住这条线路，以备有机会随时逃脱。

胖女人摸透了莫晓北的心思，说看了也没有用，只要进了这座大山就别想再跑出去，她自己那会儿被弄来的时候才十几岁，是正经的黄花大闺女，说着，她还拍了拍莫晓北的大腿，莫晓北厌恶地躲闪了一下，胖女人把手缩回去，继续说："这一晃二十多年了，终于农奴把身翻了，这女人呀，等一有了孩子，就什么都不想了，想往外跑，还有根'绳'牵着哪，不信你就试试，我是过来人啦……"

半夜的时候，终于到了目的地。在深邃的天空下，山坳里这个七零八落住着十几户的小山村，看上去阴森，怪异。

胖女人来到了冬生家，冬生父母住在一间窑洞里，屋里没什么家什，屋里看上去还算整洁。冬生爹坐在地上的小方凳上抽烟，冬生娘和胖女人坐在炕上，两个人你一言我一语，胖女人用当地口音说："……你们不是满村嚷嚷，谁要是给弄来了媳妇，只要不聋不哑，不瞎不瘸就行，愿意出……"说着，伸出三根手指，"现在人已经给你们带来咧，这事可不兴反悔啊。"

冬生娘小声解释她不是反悔，是冬生他爹说现在公安不让买媳妇。胖女人一听，鄙视地看看他俩："喷，现在公安说？公安早说咧不让买，那我咋来的？我就是被买来的！咋咧，现在不好好地，娃都仨咧。再说咧，就这儿穷山沟，姑娘都往外头嫁，谁还肯往里头钻，现在咱村光棍多咧，这女娃不愁没人要。"

冬生娘没了主意，冬生爹问胖女人那个女娃保险不保险，胖女人先拍桌子，再拍胸脯："保险，保险的很，不过咱们可说好咧，谁刚来的时候也不愿意，我那会儿还是被五花大绑绑来的，所以你们一定要盯紧咧，等成了亲，再有个娃，你想让她跑都不跑咧。"

冬生娘说，现在他家冬生在外头的煤窑打工还没回来，不知该咋办，胖女人给她吃定心丸，让冬生马上回来成亲，等生米煮成熟饭，就一切都妥当了。冬生爹嗑了嗑烟杆，说了句三万块钱不能一下给她，先给她一半，等成了亲再给她另一半。胖女人没想到这手。虽然不满意，但也无可奈何，心里想，先把一半拿到手再说。冬生娘打开炕上的柜子，从里面摸索出一个布包，先拿出来一万，又数了五千，胖女人一把抓过来，沾沾口水，一张张数起来。

"行，这是一万五，亏得我和那边熟，要不然人家肯定不干。都是一手交钱一手交货，就这，我还得好好跟人家说说，就是再说我也得落埋怨。你们说我这是图啥咧？受了累还不落好，要不是看着你家冬

复仇计划
长篇侦破小说
FUCHOUJIHUA

生老大不小咧，我才懒得管咧。"说着，胖女人下了炕。冬生娘赶紧说好话，到时候肯定亏待不了她，孰不知胖女人已经亏待他们了。

莫晓南站在客厅，看着莫晓北的那只手镯，眼泪簌簌而落。在刑警队，王佳魁眼里布满血丝，莫晓北的手机一直处于关机状态，无法确定方位，几个布控点也没有任何消息。他看看手表，莫晓北已经失踪四十个小时了，现在她身在何处，他不知道，她处于什么样的危险境地，他也无法猜测。无情不似多情苦，一寸还成千万缕，是他此时最真实的心境。

6

莫晓北被反锁在冬生住的屋里，她一直站到清晨，等屋里有了光亮，这才看清屋里的陈设。除了土炕和一张桌子外，最奢侈的物品就是一部陈旧的电视机。透过门上的玻璃窗，她看到一个老人来到了院子里，不禁心喜若狂，使劲拍拍木门。

冬生娘出来扫院子，看到花钱买来的这个媳妇如此不安生，心里有点不高兴，告诉莫晓北一会儿给她点吃的，不要再拍门了，坏了还得花钱。莫晓北明白自己已经被卖到了这里，但她不想放弃任何机会，叫了一声大娘，然后打听这个地方，冬生娘不理她，继续扫院子，莫晓北边拍门边继续喊她，但无济于事，冬生娘不理不睬，转身进了厨房。

看到电视，莫晓北想这也是可以获得信息的途径，结果屏幕上布满雪花，一个隐隐约约的人影在来回晃动，什么也看不清听不清，这里几乎没有信号。她想不能坐以待毙，只要能走出这间牢笼一般的屋子，她就会想办法逃脱，想了想，她又使劲摇晃了几下木门，门上的铁锁和锁扣被摇的哗哗作响。冬生娘听到动静从厨房里出来，莫晓北便大声嚷嚷着要上厕所，冬生娘让她在屋里便盆解决，莫晓北看到墙角确实有个黑乎乎的瓦罐，便恳求说不习惯在屋里，要出去上厕所，但冬生娘一句话不说又返回厨房。莫晓北被激怒了，她在屋里四处找了找要砸的东西，结果什么也没有，看到那个瓦罐，便上前抄起，向门上狠狠砸去，"咣——哗啦"门上的玻璃和瓦罐同时碎了，冬生爹娘几乎是一眨眼功夫就来到了跟前，看看地上的碎玻璃，冬生爹心疼地说不话来，直拍大腿。

"我要上厕所！让我出去！让我出去！"莫晓北趁机又喊了起来，但是他们并没有答应的意思。

"不让我出去是吧？好，我把你们家电视砸烂，你们信不信，信不信！我现在就去……"莫晓北向他们威胁，转身要行动。冬生娘着急了，赶紧让冬生爹想办法，冬生爹也没办法，让她赶紧去把老三媳妇叫过来商量，冬生娘急急忙忙走了。

莫晓北等待着事情的发展。半晌，院里传来说话声，她急忙来到门前，只见一个三十多岁的媳妇怀抱婴儿站在院子里，在她身后还跟着一个八九岁的小女孩。媳妇漠然地看看门里的莫晓北，让小女孩去上学，小女孩没有听见，她斜挎着一个花布包，眼睛盯着屋里的莫晓北。

"别，让孩子吃点再去。快，先回屋，先回屋。"冬生娘说着让三媳妇去隔壁的屋里，小女孩虽然跟在她娘后面，视线却一直没有离开莫晓北，看到她们进了邻屋，一个念头突然蹦了出来，莫晓北急忙寻找笔和纸，但是桌子上除了电视什么也没有。她拉开抽屉，在一些破布条下面惊喜地发现了一个铅笔头，她又四处寻找，最后看到墙角贴着半张发黄的报纸，赶紧上前撕下一角，写上了王佳魁的手机号码。折好纸条，她来到门前，看到冬生娘从厨房端着几个馒头进了邻屋。少顷，小女孩手里拿着一个馒头来到了院里，莫晓北小声喊了一声，向她招了招手，小女孩犹豫了一下，但还是走了过来。

"小妹妹，你叫什么？"莫晓北抑制不住内心的紧张和激动。

"枝儿——"小女孩怯怯地回答，声音很小。

"枝儿，你是好孩子，帮帮姐姐行吗？"

枝儿又怯怯地点点头，莫晓北赶紧问村子里有电话没有，枝儿想了想又点点头，莫晓北好像听到了自己的心跳声，禁不住声音有点颤抖："枝儿，你帮，你帮姐姐打个电话好吗？"说着，把纸条从门缝递出去。

枝儿没接，摇了摇头，莫晓北看着她，焦急地问为什么，枝儿说了一句她没有钱，莫晓北松了口气，赶紧对她说："枝儿，姐姐身上也没钱。不过，你听我说，不用花钱，你就按上面的号码打完，听到长长一声，嘟——就是通了，然后你放下电话，人家就不收你的钱，听明白了吗？"看枝儿点点头，莫晓北又说，"枝儿，要是电话响起嘟嘟嘟的声音就是没打通，你再打一遍，行吗？"

枝儿又点点头。

"枝儿，好妹妹，千万别把这个弄丢了，快去吧。"莫晓北指指枝儿手里的纸条，现在她的命运，她全部的希望，都寄托在那方寸之间了。她眼睛一眨不眨地看着枝儿离去，冬生娘从邻屋出来，刚好看到枝儿走出院门的背影，便站在院子中央，疑惑地看了看站在门里的莫晓北，莫晓北见状，机智地又大喊起来，让他们放她出去，直到冬生娘进了厨房，她才暗暗松了口气。不一会儿，冬生娘端来一碗水和两个馒头，一声不吭地从被砸烂的玻璃门窗上递了进来。莫晓北已经两天滴水未进，她感到又饿又渴，想想那张充满希望的纸条，她端起碗一饮而尽，接着抓起馒头狠狠咬下去一大块。

清晨的小山村冷冷清清，枝儿手拿着馒头边吃边走，另一个手里攥着决定莫晓北命运的那张纸条。她来到杂货铺，这是村子里唯一的一部电话。

杂货铺是敞开式的，屋前的木板上放着低档的烟、酒和小食品，还有几样打蔫的蔬菜。枝儿站在货架前，她看到了放在墙角凳子上的那部红色电话。屋里走出来一个老头，问枝儿要买啥，她胆怯地说了一句想打个电话。老头翻着小食品，让她押上钱再打，枝儿一时没有反应过来，这个情况同刚才那个姐姐交待的完全不同，她愣了片刻，只得走开。

学校离枝儿家很远，附近几个自然村只有这么一所学校，她跑进学校时，上课铃声刚刚落音，操场上空荡荡的，已经没有一个学生。

老师站在黑板前，让同学们拿出语文课本，枝儿气喘吁吁地坐下，突然发现手里少了什么，摊开手掌，纸条不见了，她急忙把书包里的书本都拿出检查，结果仍然没有。下课铃声刚落，枝儿第一个就从教室里跑了出去，她从教室门口沿着来时的路线开始往回寻找，学生们从教室都跑了出来进行自由活动，枝儿心里着急，担心纸条被他们踩坏，等找到学校门口时，她终于发现了地上的那个小纸条，赶紧拿起来打开，一看电话号码还在，她赶紧又折好。

枝儿来到教务室想找自己的班主任，她站在门口往里探了探头，刚才上语文课的那个老师看见向她招招手。自己的班主任不在，枝儿没敢进去，老师问她找谁，枝儿站在门口不动也不说话，老师感到奇怪，就走了过来问她是哪个班的，有什么事，枝儿想说什么但又说不出来，心里满是委屈，眼泪一下就涌了出来，老师感到诧异，再问她时，枝儿终于忍不住了，"哇"地一声哭了出来。其他的老师马上围了过来，着急地向她询问，枝儿哭得更厉害了，上气不接下气，之后哽咽着伸出手来，但手还是紧紧攥着。老师不解，把她的手掰开，汗涔涔的小手里是那张纸条……

7

王佳魁接到了枝儿所在学校的一个老师的电话，虽然老师没有透露姓名，而且也不清楚莫晓北这个事情的前因后果，但他已经猜到八九，之后他同当地派出所取得了联系，得知那个地方叫谷峪村，位于河北和山西交界处，地理位置相当偏僻，乡派出所距离这个村庄开车的话也要两个多小时，不仅全是山路，路况也不好。现在他们一行四人正在赶往河北的途中，吉普车在高速路上风驰电掣般行驶。

复仇计划
长篇侦破小说
FUCHOUJIHUA

一名刑警边开车边说，不知此行有多少把握，王佳魁说："我让派出所先不要打草惊蛇，以免对方把人转移，那样再寻找起来就会更加困难。"

另一名刑警说："成年人还好说点，去年咱们破的那个贩婴案，听说到现在有的父母还没找到，小孩儿现在还在福利院里。我很佩服这个莫晓北，不然咱们大海捞针往哪找去？"

"是呀，如果都能像她这么机智，自己少受伤害不说，咱们破案也快呀。"杨子说着突然想起什么，皱着眉头看看王佳魁，"如果莫晓北是被贩卖了，那就是给人家当媳妇呀……"他没再说下去，狠狠骂了一句。

王佳魁看着前方不语。

夜幕包围着莫晓北，周围的寂静使她越来越感到不安，她没有开灯，站在门前，焦急地向外察看。从清晨到现在已经十几个小时了，她不知道那张决定她命运的纸条最后是怎样的结果，是枝儿丢了，还是电话没打通，或者是也没丢但也没有同王佳魁联系，种种猜测一并袭来，莫晓北感到自己手脚冰凉。

这时，冬生爹急急忙忙进了屋里，昏暗的灯光，冬生娘盘腿坐在土炕上，不安地在等待儿子的消息。冬生爹一进来就说妥了，儿子冬生现在正在往回赶，没几个钟头就可以到家了，冬生娘这下放了心，她感到这个妮子，也就是莫晓北不是一个善茬儿，冬生爹安慰她，他对自己的儿子很得意，说："是，这个妮子脾气大的很，也就冬生能治住她，等冬生回来，几巴掌上去看她还闹不闹咧。"

两人正说着，听见莫晓北在那边连踢带喊又闹了起来，冬生娘赶紧下炕，两人急忙走了出去。莫晓北看见，便对着门又用力踹了几脚，她充满愤怒："我要上厕所！你们要再不开门让我去，我把你们这个屋子点着！"说着，举起一个劣质的打火机，"你们信不信，不信，我现在就点！"

"别点，别点，给你开，祖奶奶呀，冬生啊，快回来吧……"冬生娘说着，让冬生爹赶紧去把大盘绳拿来。

冬生爹从厨房拿出来一盘绳子，又粗又长，冬生娘让莫晓北把手里的打火机给她，还威胁如不给她就不开门，莫晓北没有好的办法，只好把打火机放到了她手里，只要能出去，她就可以见机行事。冬生娘把绳子大致量了一下，拿着中间的那部分绳子从门缝塞了进去，在门外指挥着莫晓北把绳子系到腰上。莫晓北在还没弄明白之前，不想照他们的意图行事，冬生娘说："不把你拴住，你出来不就跑咧。"

莫晓北明白了，要求从一头系上，还故意安慰他们说，她可以系紧点。

"不行不行，你那样一解不就解开咧？"冬生娘没有答应，莫晓北只好照办，她边系边想对策，看到地上的碎玻璃，计上心来。她把绳子的两头从门缝里塞了出去，所有要求她都一一照办了。

吉普车在崎岖的山路上前行，两束车灯在夜幕中格外醒目。王佳魁又替换了杨子在开车，看看手表，是凌晨一点，他让杨子先休息，到了派出所再说。杨子打了一个哈欠，说自己不困，他看看窗外，窗外隐隐约约可看到连绵不断的山峰和兀突的石骨，在这种地方要想出去绝非易事，他深深感到莫晓北的处境不妙，但没有说出口，他想王佳魁的担心一定是有过之而无不及。

冬生娘把房门打开了，莫晓北终于从这间似牢狱般的屋子里走了出来。她来到院中央活动了一下腰身，趁机四下观察了观察，她腰间系着绳子，冬生娘和冬生爹两人各拽着绳子的一头，看上去十分滑稽。莫晓北咳嗽了几声，然后问冬生娘他们家是不是在山坡上，因为她来的时候双眼虽然被蒙住，但凭感觉是在往上走，而且她还默记了这一路上她所走的步数。冬生娘没反应过来点了点头，但随后就警惕了，让她赶紧上茅房。莫晓北抻了抻绳子，说他们这样拽着不方便，让他们离远一点，冬生娘为了赶快结束这一切，就和冬生爹各自拽着绳子的一头往后都退了退。

厕所是露天的，用土坯砌成的围墙有一人多高，莫晓北一进去就弯下腰，借着月光，她用玻璃片开始割腰间的绳子。

"快点，咋这么慢？"待了一会，冬生娘在院里喊了一声。

莫晓北急中生智，"哎哟，哎哟"地喊起肚子疼来，情急之中手被玻璃刺出了鲜血，她顾不上疼痛，边喊边加大力度，绳子终于被割断了一部分，露出茬口……

王佳魁他们的车终于来到了乡派出所。一间屋里亮着灯，听到汽车声，屋门开了，五十多岁的白所长披着衣服走了出来，上前与王佳魁握手。派出所就两个人，民警家里生小孩回去了，就剩下他一个人留守，听到王佳魁向他致谢，头发已经花白的白所长，赶紧让他们回屋里歇一会儿。王佳魁谢绝了，请他上车带路，现在对他们来说，分分秒秒都至关重要。

莫晓北还在拼命割着绳子，绳子和衣服上都沾了不少鲜血，冬生娘在外边又催促起来，还想进来察看，莫晓北赶紧喊到："哎哟，肚子还疼，你别进来，进来更慢，哎哟……蹲会儿就好了……"她加紧割了几下，最后一点终于被割断了，她立刻一手拽住两根绳子，一手把腰间的死扣解开，"好了好了……马上就好了……"她又喊了一声，声音里充满了颤抖，她听到了自己咚咚咚的心跳声，她拽紧两根绳子，慢慢往回收紧，然后使出全身力气，猛然间把绳子往后狠狠地一拽……

"哎哟……"冬生娘和冬生爹没有防备，一下摔倒在地。

莫晓北扔掉绳子，往上一蹦，双手就攀到厕所外侧的墙头上，这面墙也是通往院外的一堵墙，她使劲爬上去，然后翻身跳到院外。冬生爹从地上爬起来，冬生娘骂骂咧咧地跑进厕所时，立刻傻眼了，接着惊慌失措地喊起来……冬生爹回屋拿出手电筒，提醒冬生娘赶快去召集村子里的人，冬生娘反应过来，从窗户下拿起一个破脸盆和一截木棍，跟在冬生爹后面，边敲边扯着嗓子喊起来。

一弯明月高高挂在天空，莫晓北在月光下沿着山道拼命向山外奔跑……身后的村庄传来人声狗吠，十几束手电光，在夜中像猎狗的眼睛晃晃悠悠向山道而来，远处的喊声似乎越来越清晰。

弯弯曲曲的山道上，莫晓北奔跑的影子是那样的势单力孤，她跑到了一个陡坡上，但丝毫没有注意，突然一个趔趄，从高坡上滚了下去……幂幂之中，她似乎听到了莫晓南在呼喊她，她抬起头，忍着疼痛站起来，踉踉跄跄走了几步后，拼命向前跑去，身后是越来越近的村里人的叫喊声，"别让她跑咧——""抓住她——"

月下的山道凄凉，怪异，王佳魁手握方向盘，仿佛预感到什么，白所长告诉他再拐一个弯儿就到了。

"听到什么声音没有？我怎么听到了什么声音，好像有人在喊?!"王佳魁对白所长说。

"这大山里黑灯瞎火的，哪有什么人喊？听差了吧，拐过这个山弯弯就到咧……"白所长知道他们很着急。

汽车拐过山脚，山路变直了许多，王佳魁隐约发现远处的山道上，有个人在摇摇晃晃地向汽车跑来，"晓北？是莫晓北！"他激动地喊道，同时汽车戛然而止。他跳下车向莫晓北跑去，车里所有的人惊喜交加，白所长看到远处晃动的光亮，赶紧让杨子他们调车头，如果村里人赶来后果不堪设想，这种情况他曾经有过教训。

此时莫晓北已经精疲力竭，迎面刺眼的车灯照得她眼前一片残白，什么也看不清楚，只感到一个人影在车灯的照射下向她跑来，这个人影越来越近，却越来越模糊，她用尽最后一点力气向来人伸出手……王佳魁一个箭步跨上前，抱住了即将倒下的莫晓北，她在他的臂弯里

复仇计划
长篇侦破小说
FUCHOUJIHUA

昏了过去……

"晓北，晓北——"王佳魁的声音回荡在山谷里。

8

疤瘌他们大功告成后，在返回途中来到国道边的一个小饭馆里吃饭。疤瘌端起一杯白酒"吱溜"一口喝完，这趟买卖他感到值，人也赚了钱，车也赚了钱，比他想的结果要好。泡眼也一杯酒下肚，心里很是得意，他的主意他的手气决定这次行动大获全胜，疤瘌准备下次找辆高档点的车下手，泡眼问他何时回去，他和胖女人约好了这几天还要碰面，心里面火烧火燎的。疤瘌放下酒杯，这两天他感到自己的眼皮一直在跳，心里有点不踏实，泡眼不以为然，凡事疑心太重就没法活了，鸽子家那地方是风水宝地，不会有事。疤瘌犹豫不定，觉着还是沿用老办法，由硬币决定，泡眼同意，事先讲好规则："正面回去，反面先不回，躲一阵再说。"

疤瘌也很痛快，马上同意了，他双手捂住硬币拜了拜，之后把硬币高高抛了起来……决定命运的硬币在空中翻了几个滚儿之后掉在地上，接着在地上又转了几圈之后才停下。是正面，还是正面，同上次一样。他们当然不知道，同一枚硬币，同一种结果，但等待他们的将是不同的命运，正应了那句话，天网恢恢，疏而不漏，在他们返回鸽子家后，便成为瓮中之鳖。

疤瘌看着审讯室地面，眼神始终不敢与王佳魁冷峻的目光接触，避重就轻地交待了把莫晓北卖到山里的经过。

"我指的不是拐卖妇女的事！提醒你一下，五月四日，你们把一辆长安牌白色面包车卖到了河南的一个汽车修理厂，价钱是六千……"王佳魁说到这里，杨子走上前，把焦建中的照片拍在了他手里，疤瘌看看照片，眼神由惊恐到慌乱，不一会儿，流下了冷汗。

"从头说，四月二十八日焦建中失踪那天开始……"

疤瘌抬起头，他想起了把焦建中送上黄泉路，也是自己把自己送上绝路的那段往事。

那天夜里，在渤海的一个十字路口不远处，疤瘌、泡眼和鸽子站在马路边等待，等红灯亮了，汽车一辆一辆停下来后，疤瘌使个眼色，三人便上了快车道，在众多款式的车辆间，焦建中开的那辆白色面包车正符合他们的口味，一是这辆车不属于高档车，开车人心里防备差，二是没有贴车膜，车内状况看得一清二楚。三人靠近，按照分工，疤瘌来到副驾驶门前，泡眼和鸽子到后座门前，他们同时拉开车门，迅速上了车。

看到三个陌生人突然上了自己的车，焦建中很是纳闷，问他们是谁，为什么要上他的车，疤瘌坐在副驾驶座上，装出一副可怜的样子，求焦建中行个方便，说他们要搭车，路不远，一会儿就下车。

"你们可以上出租车，上我的车干什么？赶紧下去。"焦建中正说着，十字路口变换了信号，绿灯亮了，前面的汽车开始前行，疤瘌趁机说："哎哟，师傅，绿灯了，快走快走，不然交警一罚可不是小数。"

尾随在后面的汽车鸣起喇叭，开始催促，焦建中无奈，只好启动了车，车过十字路口时，疤瘌他们紧张地盯着交警，好在汽车一驶而过，他们担心的事并没有发生。过了十字路口，焦建中再次要求他们下车，疤瘌满口答应，让他找个没警察的地方停下，不然乱停车就要被罚款，疤瘌说到了要害，这也是所有司机有顾虑的地方。

汽车又行驶了一段，疤瘌看看前后没什么行人，让焦建中停车，他向泡眼使个眼色，焦建中把车停靠在路边，还没等他反应，疤瘌和泡眼的匕首已经顶在了他的腰上，"别出声！出声扎死你！后边去！"疤瘌小声威胁，焦建中哆哆嗦嗦坐到后座上，泡眼和鸽子一左一右把他夹在了中间，疤瘌很快发动了车，飞快驶去。身后街道上的路灯依旧很明亮，而焦建中的生命已经走到了尽头。

夜幕中，车停在了一条阴森森的土路上，泡眼和疤瘌把焦建中拖下车，搂着他向麦田走去。焦建中这时才意识到什么，突然打了一个

复仇计划
长篇侦破小说
FUCHOUJIHUA

寒噤，拼命挣扎，但是为时已晚……

　　王佳魁他们在审讯泡眼时，泡眼交待，本来焦建中是有机会的，一个是在十字路口，还有就是在马路上停车以后，但是不知道为什么，可能是因为害怕吧，他并没有那样做……之后经过现场指认，焦建中尸体从枯井中打捞上来，这起失踪案就此告破。

第九章

迷案

维修工被误杀一案在他看来和许多人有着千丝万缕的联系，而在这里面，他是多么不希望莫晓北和莫晓南也在其中。可是事情往往就是这样，越是不情愿的，越偏偏事与愿违。

1

晨光曦微，大地苏醒了。晨练的人，买早点的人，赶早班的人，以及公车、私车、出租车和公交车，绘织成一个城市的清晨图。

暖暖的阳光透过窗帘洒在了莫晓北的脸上，她醒了，懒洋洋地躺在床上，想起这几天发生的事，恍如隔世，好似千回百转才又来到了现实世界，像做了一场梦，有种生离死别的感觉……

见李想轻轻推开房门，她赶紧坐起来，李想说她不吃不喝整整睡了一天，莫晓北笑了笑，没说什么，本来想问王佳魁的情况，但想了想没开口，她知道他肯定在忙这个案子上的事，但她不清楚，正是由于她的这次遇险，揭开了焦建中失踪案的神秘面纱。

小梁一到渤海就和莫晓北联系，并约好了在西餐厅见面。服务生送来了咖啡，小梁把菜单递给莫晓北，让她想吃什么就随便点，今天他请客，说着搓了搓手。莫晓北简单翻了翻菜单，要了份套餐，小梁又加了两道菜。

小梁不去公司而是约她到这里，她想不会仅仅是为了吃饭，他回渤海一定有事，莫晓北向他直接提出了这个问题。小梁停顿了一下，

复仇计划

长篇侦破小说

FUCHOUJIHUA

他知道莫晓北是个直来直去的性格，也就直截了当问道："莫经理，我怎么前几天给你打电话，你手机一直关机呀?"

莫晓北停顿了一下，随后说是因为在外出差的原故。其实小梁问过总公司的人，他们也是这样回答的，可是出差为什么要关手机，他不明白。听此言，莫晓北内心有点不快，看着他说，关机肯定就有关机的理由，出门在外有不方便的时候，没什么大惊小怪的。小梁知道她误会了，不安地说："张总出差以后手机就一直关机，你们……你们会不会是在考验我呀?"

莫晓北知道他想多了，这是他回渤海找她面谈的真正原因，她松了口气。小梁低着头说，他能到今天这步非常不容易，他是怕自己有什么地方做的不当而导致前功尽弃，莫晓北已经明白了他的意思，便彻底打消了他的顾虑。

饭菜上来了，小梁搓了搓手，请莫晓北用餐。

莫晓北曾把张炳文在省城的住址给过小梁，而且还通过他给了柳小红生活费，这样苦心运作自有她的道理，一是这事不想让柳小红闹大，以至影响到莫晓南，二是因为现在张炳文下落不明，而且还牵扯到维修工的案件中，所以无论如何，稳住柳小红是万全之策。小梁告诉她柳小红到公司又来过两次，都是来找张炳文的，他按照莫晓北的授意也去过张炳文家，但是柳小红还是不依不饶。莫晓北把汤匙往桌子上一扔，这种人真是得寸进尺，得陇望蜀，诛求无度。小梁有些为难，如果柳小红再来公司向他要人，他真不知道该如何应对了。莫晓北知道柳小红是个难缠的主，她准备抽时间去省城一趟，有什么事等她去了再说。

"莫经理……张总，到底是怎么回事? 都这么长时间了……"小梁吞吞吐吐，他这次回渤海，也是心里实在没底了才想当面问问莫晓北的，以求有个结果。

莫晓北沉吟一下："小梁，张炳文去东北进木材，如果不顺利的话……是不是有可能出国呀?"其实她对这事也一直很迷茫，也曾经试图用这个想法来说服自己。小梁愣了片刻，莫晓北又提醒他会不会有可能去了俄罗斯。小梁想了想也有可能，去俄罗斯进木材，手机肯定要关机，可他走的时候没从公司里拿多少钱，费用怎么解决。看他没回过神儿，莫晓北又继续提示他，卡比现金安全，张炳文有卡，这点咱们就别操心了，接着她感慨道："唉，我'出差'这几天，体会可是太深刻了，这世界上，什么事儿都有可能发生……"

她这是有感而发，被"劫"的那场噩梦，对她来说是永生难忘，小梁当然是难以理解其中含意的。

2

随着焦建中失踪案件的真相大白，石桥下面那具无名尸便成为另一个谜案。杨子在报纸上圈点了一些问号，上面刊登着尸源启示，但无人来辨认，更没有人认领。王佳魁感到问题的关键还是那个神秘的报警人，此人之后再也没有任何信息，如同石沉大海，秦海涛也认为这是关键所在，正常情况下家里人发现这个人失踪，首先肯定是报案，现在他们是通过神秘的报警电话才发现了尸源，但那个神秘的女人却从此无声无息了。杨子认为那具无名尸也有可能属于流动人口，有的人出来好几年从不和家里联系，中间真有什么意外谁都不清楚，这样的案子以前也有过，秦海涛点点头，认为也有这种可能，神秘的报案人发现了有人往石桥下面抛尸，所以才打了报警电话，也就仅此而已。

王佳魁决定按照自己的思路去试一试。

省城刑警支队一大队的翟队长递给王佳魁一份传真，翟队长说："前一段你们队里来过人，我们经过走访调查，发现了你们要找的渤海那辆灰色面包车。这辆车被遗弃在郊区一个村外，没有车牌，但车钥匙还在车上，这辆车被一个村民发现后就跑起了运输，后来出了交通事故，这个村民才交待这辆车出处，这辆车同你们要调查的车架号和发动机号都相符，交警队正在处理此事。这份传真正想给你们发呢，

复仇计划
长篇侦破小说
FUCHOUJIHUA

你来了就拿走吧。"

王佳魁问这辆车的主人，也就是张炳文的情况，他对这点格外关注，翟队长说："目前还没有联系上，还有，你们让我们协查的社会上有没有玩飞刀的团伙，目前也没有发现，有关这辆车车主张炳文，我们还会密切注意的。"

从刑警支队出来，王佳魁来到了张炳文的装饰公司，一进来，他就有与秦海涛和杨子来调查时一样的同感，这个地方他们曾经来过。员工还以为他是客户，得知他要找的是张总，回答去东北出差了，这个答案同他知道的相当一致，他四下看了看，随意拿起一本产品介绍，问员工这里还有谁负责，回答是梁副经理，出差去渤海了，王佳魁又问用什么方式才能联系到张炳文，两名员工都摇摇头。

王佳魁向他们亮明了身份后，继续提问，比如面包车的问题，张炳文日常生活的问题，最重要的就是他这次外出时间长且又无法联系的问题，但员工们对这些均是一问三不知。

回渤海的路上，王佳魁便同莫晓北联系，他想同梁副经理进行面谈，但她的手机一直打不通，电话里提示不在服务区，打总公司的电话，公司的人告诉他莫经理出去了，没在公司。回到渤海他直接回到了队里，因为莫晓北的车已经被杨子他们提回来了。

王佳魁打电话的时候，莫晓北在汽车专卖店，不知是什么原因，她的手机一直处于无法接通的状态。她在展厅里看过几十辆品牌车后，来到一辆黑色的马自达车前，一个服务生赶紧走过来，不失时机地向她推荐，并恭维她不俗，有眼光。莫晓北问有没有银灰色的，服务生回答库房里有，并进一步确认她的诚意。莫晓北说如果是银灰色的她就要，服务生说能定下来就先交定金。莫晓北没有丝毫犹豫，转身就向收银台走去。服务生心里乐开了花，别人买车怎么也要来个三趟五趟的，这主儿第一次就定了下来，简直太牛了。

傍晚的时候，莫晓北回到公司，她接到了王佳魁的电话，少顷，王佳魁开着她的捷达车来了，让她回头去队里补办领取手续，接着他把车钥匙放到了莫晓北手里，算是完璧归赵。没想到这么快，莫晓北琢磨这肯定是他特事特办的结果，得意地说，作为受害者她是不是应该给他们大队送一面锦旗呀，王佳魁笑了笑，说："不光是因为是你的车啊，别忘了，它也是绑架和贩卖你的交通工具。这辆车找不回来，这起案件侦破的就不完美，就有缺憾。"

莫晓北有点失落："瞧你，给你增光添彩吧你还不乐意。走吧，吃饭去。"说完，她自顾自往前走，王佳魁在后面问她怎么不开车，莫晓北站住说，往事不堪回首，这辆车是不能再开了，她准备换一辆新车。王佳魁觉着也好，他可以给她当参谋，问她打算买什么牌的，莫晓北脱口告诉他是马自达，颜色是银灰色的，看她这么快就决定了，王佳魁不明白她为什么非要买这个牌子的。莫晓北回答说，其实她也说不清楚，可能感觉这款车还算漂亮，当然更深层次的原因她自己也无法解释清楚。

饭后，他们谁也没有马上分手的意思。莫晓北看上去随意地，也是客气地问他今天去省城的原因，其实这也是王佳魁想提及的，就问她有没有张炳文的消息。莫晓北看着他说，她怎么会有他的消息，他不是出差了吗，王佳魁说张炳文的那辆面包车出了车祸，已经彻底报废了。莫晓北突然站住，还以为是张炳文出了车祸，王佳魁便把详情告之。但莫晓北还是不明白，张炳文现在人在那里，他的车怎么会丢在村子外面，她心里着急。王佳魁望着远方的大海，这些问题也正是他想弄清的，他问莫晓北："张炳文出差后音信皆无，你就没觉得不正常，里面有什么问题吗？"

"嗨，本来我们就很少联系，他正常不正常我倒没感觉出来。"莫晓北言不由衷，王佳魁再问莫晓南对自己丈夫的这种情况有何感受时，莫晓北明显露出不快，她盯着他说，"晓南，晓南就更少跟他联系了……哎，王佳魁，我怎么听你的口气好像在审问我呀？"

王佳魁请她不要误会。

复仇计划
FUCHOUJIHUA
长篇侦破小说

"误会，我误会什么？你们不是已经都问过莫晓南了吗，别忘了张炳文是个大活人，再加上他们夫妻关系如何你也是清楚的，他出差在外联系不上也属于正常，所以有些事情，包括你说的什么感受我们都没有那么敏感，你不会爱把不好的事情往自己熟悉的人身上揽吧？不就是觉得我接了张炳文的这个公司感到有点不可思议吗？这些我已经告诉你了，当时姓郭的来了那么一手，我们又联系不上张炳文，你说我不管谁管？还有，说到底，这个公司是我们自己的吧，弄成现在这个样子，外人不心疼我还心疼哪⋯⋯"说完，莫晓北自顾自疾步往前，王佳魁原地没动，看她打车走了，从心里长长叹了口气。

3

李想看着计算器最后核算出来的数字，甚是满意，照这样发展，到年底影楼就有望开一个连锁店了。恰好莫晓北进来，他便把计算器推给她看，莫晓北也感到惊喜，这一段她根本无暇顾及影楼，这里全仰仗李想了，她内心溢满感激，但并没有表达出来。李想让她在几张单子上签字，莫晓北签完后，告诉他以后无需她再经手，既然大权交给他，他就说了算。

"那怎么行，这项制度可不能马虎，你不希望再出现姓郭的那种情况吧？"李想说。

"怎么可能？那是张炳文挑错了人，我莫晓北可不会走眼⋯⋯"她说的心里话。

李想见她没了下文，就问是不是有事，莫晓北告诉他准备换一辆车，李想赞同她的想法，睹车思事，更何况给她带来的是伤害。莫晓北说她看上了一款车，二十多万，见他默不做声只点了点头，莫晓北就说："拿支票吧，李经理。"李想这才意识到这笔钱要从影楼出，他停了停，说："晓北，这事儿你别怪我多说两句，我认为这笔钱应该由楼上，也就是张炳文的公司来出。"

莫晓北没想到他是这个想法，现在自己还只是临时帮忙，钱由张炳文公司来出她感觉不妥，"这有什么不合适？他张炳文的公司危难时刻，是你站出来力挽狂澜才到今天这个地步，否则的话他公司还指不定是什么样子呢？"见莫晓北默不做声，李想又说，"当然，你是影楼的法人，一切你说了算，可是我觉得有些事儿还是分清点好，咱们影楼如果想做大、做强，就要严格控制每一笔开支……"

莫晓北没再说什么，回到楼上。她感觉从张炳文公司拿钱怎么也不如从自己的公司里拿心里感到自在，但李想开了口不同意，她也不好反驳，严格来讲他的话没有错，她知道也是为了影楼。她把赵会计叫来，赵会计刚收到两笔现款，账上已经有了一百多万，莫晓北打了二十万的借条。看看手头没什么要紧的事，她打电话约刘芳，一会儿在北国商城见面。

商场外临时搭了一个舞台，在给某个品牌的洗发水做广告，四个女孩子在台上甩动着长发，劲歌劲舞，莫晓北看刘芳在台下看的津津有味，上前拍了拍她。

来到三楼女装精品区，刘芳问莫晓北怎么今天想起来逛商场了，莫晓北说这段太累，买几件衣服慰劳慰劳自己，原来刘芳说想要一套内衣，今天也捎带给她买上。刘芳挽住莫晓北的胳膊，故意拿捏了一下，莫晓北也有意激激她，如果真不要就算了，还省钱了，刘芳便撒起娇来。转了一会儿，莫晓北似乎不经意地问起她公公宿舍的那桩案子，刘芳听她婆婆说，公安局已经认定那个维修工是被误杀，目前还没有破案，她看看四周，然后小声告诉莫晓北，是有人想杀她公公，也就是庄位轮。莫晓北惊诧，没想到最终这个点还是落到了她一直想找的这个人身上。

看莫晓北没有说话，刘芳以为她是少见多怪，就说："嗨，孤陋寡闻了吧，这种事儿还少吗？你不看报纸啊，还有网上……"

莫晓北赶紧打断她，看来她公公是被什么人盯上了，她婆婆最好小心为妙，别一天到晚没事找事。刘芳却满不在乎，脸上露出不屑的

复仇计划
长篇侦破小说
FUCHOUJIHUA

表情，她认为什么都有可能，权力就意味着金钱，难道还有什么比这更诱人的？

"我现在没有权力，可挣的钱不比你公公少吧？"莫晓北看着她。

"那可不一样，社会地位，社会地位不同啊?!"刘芳很认真。

莫晓北感到她说的非常现实，庄位轮为了保住他现在的地位，肯定不会这样善罢甘休，既然是误杀，他就不会坐以待毙。刘芳突然发现了她向往已久的那套束身内衣……

几天后，莫晓北开着崭新的银灰色马自达车驶进地下停车场，在一个车位停好后，给莫晓南打了电话，让她下来。在等待的时候，她眼前又闪出那天晚上的情景。

"叮咚"，莫晓南从电梯走出来，看到莫晓北站在一辆崭新的车前，她停顿了一下，接着不露声色地走了过来。莫晓北指着车问她怎么样，莫晓南看了看，说不错，莫晓北又说刚买的，问她颜色怎么样，莫晓南又说不错，问她为什么要买这款车。莫晓北说自己见过，感觉挺不一般，所以买了，她又试探地问莫晓南会不会开车，莫晓南也不看她，摇了摇头，莫晓北说自己可以当教练教她，莫晓南也不搭话，再次摇摇头。

回到家，莫晓北把她辞职的事便婉转地透露了出来。莫晓南望着窗外，问她还知道什么，莫晓北说出了庄位轮的名字，而她的辞职，正说明庄位轮不是一个正人君子，占完便宜就不管后果，这种人根本不配做男人。莫晓南打断她，明确说没人占她的便宜，如果是那样，比杀了她还难受。但莫晓北认定所有的事都与庄位轮有关，不可能轻饶了他。莫晓南马上郑重地让她以后不要再参与此事，包括她和张炳文之间的事，把影楼和张炳文的公司管理好就是对她最大的帮助。莫晓北不得不答应。

窗外小区的夜景尽收眼底，看着星星点点的灯光，莫晓北忍了忍，但最终还是说了张炳文的车在省城出车祸的事，还把有人想杀庄位轮而导致维修工死亡的信息也说了出来。莫晓南却冒出一句话，猜也能猜得出来。这话令莫晓北突发奇想，莫非是莫晓南想杀庄位轮？这个想法一闪而过后，没想到莫晓南转身离开书房时，却道出：如果是她，绝不会用那种方式。

对这句话，莫晓北百思不解。

4

维修工案件目前所涉及到的人，还没有任何证据能说明问题，其中就包括张炳文。王佳魁对石桥下面发现的无名尸，有种不祥的预感，会不会是张炳文？这个念头曾不止一次闪现出来，这也是一直在困惑他的问题。对这点秦海涛认为，一是无名尸面目全非无法辨认，如果是张炳文的话，他的家人不认可，或者不承认，谁都无法去强迫，二更重要的是，张炳文和维修工之间根本无法用证据链把他们连接起来。法医小胡和小吕在头颅画像方面尝试着作了努力，但是结果很不理想，小吕去南京出差，之后去上海找专家再进一步确定，权威的头颅画像保险系数要大的多，目前他们只有等待。

秦海涛知道张炳文是莫晓北的姐夫，所以多少能体味到王佳魁的复杂心情，而焦建中失踪案如果没有莫晓北的出现，要想破案，恐怕还要再等时机，他意味深长地拍拍王佳魁的肩膀，让他代表刑警队好好谢谢人家。

为晚上宴请王佳魁，吴晓北和李想去超市进行采购了，所以黄全来影楼时没见到她。小圆见并不急于走，悠闲地四处转了转，只好陪着他。看等不来莫晓北了，黄全就把请柬交给小圆，让她转告后天他要举行婚礼。看到请柬上面的地址是"渤海一号"，小圆感到陌生，从没听说过这个饭店，黄全惬意，她怎么会清楚，"渤海一号"是艘退役的游轮，刚刚改装完毕在试运营，他正好赶上。小圆心不在焉，礼貌地催促他赶紧忙去，因为结婚有很多事情需要准备。黄全斜了她一眼：

"我这还没说完呢，让你们莫经理除了带上化妆师、摄影师，还有什么婚纱之外，再找十个礼宾小姐，别忘了啊，就这样吧，这两天忙得焦头烂额。"

看黄全走出影楼，小圆心里忿忿不平，觉得他应该改个名字，叫黄虫比较合适。

莫晓北接到小圆电话后，给黄全打了过去，告诉他其他的好说，影楼没有礼宾小姐，他应该找婚庆公司联系，又问他的结婚大典庄位轮是否到场，黄全说应该去，不知道她问这个干什么，莫晓北说随便问问，就挂断了电话。

晚饭精致而丰盛，莫晓南和莫晓北与王佳魁和李想相向而坐，莫晓南举起红酒，首先敬王佳魁，感谢他在关键时刻救了莫晓北，王佳魁解释这是由他的职业所决定，要说感谢他还要感谢莫晓北，因为她，才使一起失踪案真相大白，莫晓北开玩笑地说，是不是他们的功劳也有她的一半，王佳魁点头称是，但他心里并不是滋味，他宁可她没有那场险遇。

莫晓南又端起酒杯敬李想，感谢他在危难之时来到影楼，帮助莫晓北度过难关。她这里特指的是莫晓北，并没有上升到他们全家，不知是忽略不计，还是有意为之。李想赶紧回敬，请她不必客气，如果他和王佳魁调换位置，王佳魁也会这么做的，说着，他尊称了王佳魁为王队长。王佳魁笑笑，说他还是叫名字听着顺耳。李想问他，刚才说破了一起失踪案，不知是什么样的案件。

"有一段时间了，当时在河南只找到了被害人的车，也是一辆……"王佳魁说到这儿看了一眼莫晓南，接下来说也是一辆面包车。莫晓南似乎没有听到他们的谈话，默默吃饭。莫晓北突然问王佳魁，有一种破案方法连小孩都知道，王佳魁不知她指的是那方面，莫晓北笑了，告诉他是用指纹。王佳魁只好沿着她的思路说："对，利用指纹破案，是从十九世纪九十年代开始的，虽然历经百年，现在仍在沿用，这只是其中一种，高科技的发展，也会带来高科技的侦破手段。"

"但是同时也会带来高科技、高智商犯罪。"李想想到的是经济案件，这几年他接触过不少。

"对，是这样，但是完美的罪犯是永远不会存在的。"王佳魁说。

"所以才会有鱼死网破。"莫晓南接了一句，但并没有针对谁，像在自言自语。

莫晓北感到有点沉闷，把西湖醋鱼这道菜向王佳魁推荐，还说是莫晓南特意给他做的。李想继续自己的话题，又问案件最后的结果，王佳魁沉了一下，讲了案件的结果，李想感慨，看来世上所有案件的最终结果都是如此，法网恢恢，疏而不漏。

"法网？法网也有盲点，也有触及不到的地方，也有滞后的时候。所以有时候，求人不如求自己。"莫晓南没看任何人，轻轻说道。

王佳魁一时没搞清她说这话的主旨，说道："没错，靠自己的力量是可以解决一些问题，但是任何事情都有它的运行规律，凡是超越法律轨道的，最终将是毁灭。"

莫晓南回避着与王佳魁的目光触及，回应道："对，就像流星，虽然偏离轨道最后陨落，但天体中仍然年复一年地出现这种现象，为什么？"莫晓南好像在问自己，接着又说，"这就是一种生存方式。太阳有太阳的永恒，流星有流星的执著，哪怕偏离轨道，哪怕生命短暂。"

王佳魁顿了顿："对，法律不能面面俱到，而且所有的界定都是铁的机械的规范。但是有一点别忘了，执法者却是有情感的。"

看气氛过于凝重，莫晓北马上端起酒杯敬王佳魁和李想，告诉他们今天不是讨论什么宇宙和法律的，说完自己先喝了，然后招呼大家吃菜。

饭后，他们形成这样的局面，莫晓北和李想在客厅里喝茶聊天，莫晓南和王佳魁则来到书房，因为莫晓南知道王佳魁并不是单纯来家里吃顿饭的。站在窗前，她坦然地叫了一声王队长后，直截了当地请

复仇计划 长篇侦破小说 FUCHOUJIHUA

他提问。没想到她如此明察秋毫，王佳魁就首先提到了前一段刑警队来家里了解情况的事，之后便进入正题，问张炳文最后一次回家是什么时间。莫晓南把茶杯放到眼前的窗台上，告诉他是两三个月之前，王佳魁问，他们平时既不经常见面也不常通电话，张炳文的情况她如何掌握，莫晓南微笑了一下，反问他说："你是想说，我和张炳文的感情很淡漠是吧？其实不然，天天厮守在一起，感情未必深到哪里去，张炳文在外开公司很不容易，这点我很理解。"

"张炳文有仇人吗？"

"没有，他是一个谨小慎微的人，做生意，我想也是如此。"

"张炳文长年在省城，你对他的私生活了解吗？"

"你是说，他有没有另外的女人？其实有也好，没有也罢，我认为都很正常，即使丈夫在外面寻花问柳，并不能说明是感情破裂。反过来，妻子到外面寻求慰藉，也不能表明她不在乎对方，你说呢？"莫晓南将视线移到王佳魁的脸上。王佳魁虽然看着窗外，但他已经感到了莫晓南冰冷的目光，他说自己在婚姻方面没有研究，无法回答，接下来他问了张炳文出差前后这一段他们之间联系的情况。

莫晓南回答："渤海公司的郭经理不辞而别后，我给张炳文打过电话，但关机。"

王佳魁又问："你认为张炳文这么长时间联系不上属于正常吗？"

莫晓南喝了一口茶，说道："很正常，如果不是郭经理那事，我也不会和张炳文联系，一切不都很正常吗？生活上的压抑，或者生意上的失意，都有可能让一个人暂时回避一切。"

王佳魁看着她："你是说，张炳文躲到什么地方了？"

莫晓南看着黑洞洞的窗外，慢悠悠地答道："不是躲，是出差，他出差了。"

接下来，王佳魁提到张炳文那辆车的情况，因为他料定她已经知道了这件事，但莫晓南回答说，不值得大惊小怪，有车的人都有可能遇到类似的问题，张炳文的车丢了，后来别人驾驶出了车祸，这实属正常，对于其他的事她无法猜测。

王佳魁来到书柜前说，他一直想去趟图书馆，结果总是没时间，近期准备去一趟，莫晓南不动声色地邀请了他，接着问了他一个私人问题："王队长，你有女朋友了吗?"

王佳魁一愣，反问她这个问题是否可以不回答。问对方最不愿意或最不好回答的问题，是莫晓南想早早结束谈话的一种方式。

客厅里，莫晓北聊到了王佳魁和莫晓南，王佳魁曾经对她说过，他初恋的情人和莫晓南非常相似，连说话的声音和语气都一样，她不相信天下会有这么巧的事。李想想了想，还真想起他曾经在发行量很大的一本杂志上看到过的一个例子。故事中说，有个女人丈夫很早就去世了，她与儿子相依为命。儿子长大后外出打工期间，无意中发现一个男人和他父亲长得特别像，而且岁数还差不多，最奇怪的是，耳朵后面都有个相同的痣，这个儿子就想办法把这个男人领回自己家中。他母亲一看，也认为是自己死去的丈夫回来了，可是左右盘问，这个男人对这对母子以前的生活经历一无所知，其实这个男人就是一个陌生人。

听完，莫晓北突然萌生出王佳魁会不会把对初恋情人的感情转移到莫晓南身上的想法，李想笑她替古人担忧。看时间不早了，莫晓北站起来去了书房，看他们聊完没有。

5

这一段时间庄位轮把能推掉的应酬都推掉了，实在推不掉的也就是应付一下，根本没心思喝酒，更没心情享受什么一条龙的服务了。他终于等到了匆匆而来的黄全，就问昨天托他的那件事考虑得怎么样，黄全内心不免有点紧张，但表面上还是若无其事，昨天的什么事他已经记不起来了。庄位轮脸色阴沉下来，慢悠悠地说："可我已经给你说了，你也知道了。"

"您不就说要找俩人吗？别的我可什么都不知道。"

来之前黄全就已经想好怎么办了，听黄全这么说，庄位轮从旁边座位上拿起一个纸袋扔到桌子上，告诉他里面有十万，刚要说事成之后的话，黄全就慌忙打断，让庄位轮千万不要再往下说，他什么都不想知道，想了想他说："这样吧……您，不就是要找两个人嘛，至于找人干什么，什么目的我一概不知，我只负责给您找人，剩下的事，你们见面自己谈。"

事已至此，庄位轮也只有退而求其次。黄全盯着纸袋："那，那我拿走一半?!"

庄位轮懊恼地把纸袋推给他，黄全装好后抬起屁股说，他今天没有见过他，他也没找过他，总之就是什么事也没有发生。庄位轮心里窝火，摆摆手，黄全一溜烟不见了踪影。

回到家，庄妻见庄位轮神情不定，就知道还是那个狐狸精闹的，原来去图书馆她想把莫晓南狠狠教训一顿，可事与愿违，对手辞职了，这口恶气没出来，她的心头之恨也始终难以排解。

"哼，老庄，让我说你什么好，都这么大岁数了，要是让我再碰上那个什么莫晓南，对了，还有那个莫晓北……"庄妻不管三七二十一把自己的想法都抖搂了出来。

庄位轮这时已经有了主意，他长长叹口气，说自己现在算是想明白了，女人就是祸水，祸水！那些匿名电话肯定是她们打的，庄妻问什么电话，庄位轮皱着眉头说还能有什么，除了经济方面的就是作风问题。庄妻的情绪被调动起来，这姐妹俩简直是无法无天，她还没有出击，她们倒恶人先告状，现在是该行动的时候了，决不能轻饶了她们！庄位轮此时力挺庄妻，意思是要致她们于万劫不复之地。庄妻一愣，接着喜出望外，看来他现在是终于想明白了，便迫不及待地问他的对策。

"这……这事儿，咱俩出面都不合适。这样吧，我想想办法，要不找两个人?"庄位轮用商量的口气，看上去犹豫不决。庄妻完全同意，她此时有点热血沸腾，恨不能马上就把这事办妥。

第二天，见庄位轮回来，庄妻内心急切，第一句话就是要找的人找到没有，庄位轮心烦，指了指手包，告诉她要等这事办完之后。看是黄全结婚的帖子，庄妻不明白找人跟黄全有什么关系，庄位轮让她别管那么多，明天先一起参加婚礼。庄妻也想沾沾喜气，穿什么样的衣服和鞋，都得准备准备。庄位轮坐在沙发上愁眉苦脸地说，他这两天不去单位了，如果有电话来，就说他不舒服。

下午一上班，王佳魁和小吴就站在了庄位轮办公室门前，一个工作人员过来说，没见到庄位轮副局长，听说病了，不过明天有个婚礼估计他要参加，他是主管领导。王佳魁问婚礼在什么地方举行，工作人员也是听说的，叫"渤海一号"。看小吴没了主意，王佳魁悄悄告诉她，去庄位轮家。

庄妻在家里拿起可视电话的听筒，电话的小屏幕出现了王佳魁和小吴的画面，王佳魁说明来意后，庄位轮向庄妻悄悄摆摆手，庄妻找了个借口就挂了话筒。王佳魁在院外拨通了庄位轮的手机，但无人接听，他知道庄在躲避，便示意小吴离开。上了车，王佳魁向她提了一个问题，题目是如果一个女人知道自己丈夫在外面有了情人怎么办，小吴觉着这个问题好生奇怪，就顺口说太简单了，如果妻子知道了肯定是大吵大闹。

"如果妻子偏偏忍了呢?"

小吴看他认真的样子，也认真起来，说："那就不正常了，那他们离离婚这个结局恐怕不会太远了。"

"如果妻子不愿意离，而且还和丈夫相安无事，或者听之任之丈夫的所作所为呢?"

"这个，这个就比较复杂了，有经济方面的原因。哎，我有个朋友的姐姐，问题就出在经济上，如果离了婚连孩子都养不起。"

"如果不是经济上的问题呢?"

小吴想了想，如果是那样，就是最致命的了，看他不明白，她提

复仇计划
长篇侦破小说
FUCHOUJIHUA

醒是因为面子问题，是死要面子活受罪。王佳魁琢磨了琢磨，感觉不是。小吴当然不知道他心里琢磨的是莫晓南，就问是不是有所指，王佳魁答，就是问问而已。小吴趁机也向他提了一个问题："你为什么不结婚呀？对了，杨子说你在疗伤，疗什么伤？你心灵上受过重创？"小吴看着他，王佳魁笑笑，让她别听他们随口说的话，但小吴是认真的，她又问他有没有女朋友，王佳魁赶紧摆摆手，这几天已经是第二个人问他这个问题了，他能不能不回答，"随便！这是你的权利。"小吴扭头看着窗外。

6

"渤海一号"经过改装后变成了停靠在码头的一座酒楼，远远望去，它洁白如洗。船上张灯结彩，悬挂着红灯笼和红绸花，红白相间，分外耀眼，一副长长的铁架梯子横亘在码头和船之间，铁梯上面铺着红地毯，梯子入口处摆放着大花篮，两侧还站着婷婷玉立的礼宾小姐，引导来宾陆续登上船梯。

在轮船的甲板上，莫晓北面朝大海在打电话，刘芳花枝招展地上了甲板，看到莫晓北的背影，纳闷她怎么会在这里。莫晓北挂断电话，也没想到会碰到刘芳。得知黄全是刘芳的同学，莫晓北感到世间的事真是凑巧，但她不想告诉刘芳曾和黄全的关系，便淡淡地解释黄全是他们影楼的客户，刘芳没再问，为客户服务是再正常不过了，这时小圆上来把莫晓北叫了下去，刘芳自己待着没什么意思，就给李想打电话，看他还在影楼，就让他赶紧过来帮忙，也不听李想解释。其实没让李想来是莫晓北的有意安排，按说他是影楼经理，理所当然他应该出面，莫晓北是不想让他看到，或者是更不愿意让他知道一些事情的内幕，因为她觉得李想是少有的不谙世事的人，这种纯真在当今已实属难能可贵，她不想失掉这份情感。

庄位轮和庄妻着装齐整地来到船梯下时，黄全出现在上面的船梯口，他赶紧迎下去，之后把他们领进包间安排好，又去迎接其他客人。

甲板上已经陆续上来了十几个参加婚宴的人，站在那里欣赏着碧海蓝天。莫晓北上来后，刘芳把她拉到一边，告诉她没准庄位轮他们也会来参加婚礼。莫晓北若无其事说："来就来呗，今天是个好日子，你想啊，他一个人事局副局长平时有多忙，真要是我登门拜访，还不见得能见到他呢。哎，一会儿帮我引见一下吧……"

刘芳可不想给自己找麻烦，头摇的像拨浪鼓。

小圆给新娘化妆已接近尾声，黄全疲惫地靠在床头上，看莫晓北进来，他坐了起来，揉了揉太阳穴。"黄全，我可告诉你，婚庆公司那边的事和我们没关系啊，别到时候乱找一气。"莫晓北丑话说在前面，她看看屋里陈设，问他船上有几个包间，黄全告诉她有七八个，都是给一些头头脑脑准备的。

莫晓北又问："你今天都包了？"

黄全飘飘然地说："那当然，'渤海一号'今天就是为咱们服务的。"

莫晓北站起来往外走，丢给他一句："不是咱们，是你们。"

她左拐右转，来到一侧都是包间的走廊上。这里铺着高档地毯，格外宁静，感觉与船上的其他地方有明显区别。她敲敲包间门，听到里面有人回答，便推开，结果里面不是她要找的人。敲开一间又还不是，她知道即使找到庄位轮当下也谈不出什么结果，便转身离开。

她出来正准备上甲板，看见李想上来了，正想问他，李想说是刘芳打的电话。这个刘芳净添乱，莫晓北心里嘀咕了一句。小圆上甲板后喊了一嗓子，她让大家去餐厅，婚礼要开始了，人们渐渐离去。

此时莫晓南走下出租车，她手挽一个精美的小皮包，紫色的小碎花旗袍使她的身体曲线毕呈，在礼宾小姐指引下登上船梯。她没有去餐厅，来到甲板上，这里已经空无一人，只有空旷的大海和微微的海风。片刻，庄位轮神情慌张地上来了，他四下看看，脸上露出惊恐。

"庄副局长，没想到，你的状态还不错。"莫晓南冷冷地说。

复仇计划 FUCHOUJIHUA 长篇侦破小说

"你的那点儿把戏吓唬不了我。"庄位轮冷笑一声。

"是嘛？那我们就走着瞧，你会死无葬身之地！"莫晓南话音刚落，就看见庄妻也上到了甲板，挑战似的来到庄位轮身边，仰着下巴说："姓莫的，你怎么还纠缠着老庄不放？你也不想想，我们老庄早就腻烦你啦，还在这儿做梦哪……"说着，捅了一下庄位轮，让他给她点颜色看看，还没等庄位轮开口，他们身后突然传来了几下掌声。

不知何时莫晓北来到甲板上，她走到莫晓南身旁，然后抱着双臂看着庄位轮和庄妻，冷笑一声道："二比二，这样才公平。"

庄位轮见状，想赶紧摆脱目前局面，示意庄妻离开，可庄妻偏偏不动，莫晓北又发话说："庄副局长，别走哇，见你一面真是不容易。"

"有话快说，有屁快放，用不着用这种腔调来勾引男人。"庄妻粗声粗气，愤愤地说道。

"男人？他也配当男人？他是小人！凶手！"莫晓南一字一句，充满愤怒。

庄妻也不示弱，用手来回指点着莫晓南和莫晓北："你，还有你，你们才是凶手！别以为维修工死了就不会开口说话了，你们想用这种方法来害我们，没门！告诉你们，老娘不吃这套，早晚会好好教训教训你们！"

庄位轮使劲拽了下庄妻，掉头就走，庄妻一看，极不情愿地也走下甲板。莫晓北不甘心他们如此气势，在他们身后喊了一嗓子。而此时，她又想到曾在地下停车场的情景，因为速度和光线，她只有模模糊糊的印象，那个坐在一旁的人是不是刚才的庄位轮，她没有把握，更不敢确定。李想正好上来，莫晓南掩饰住自己的情绪，向他打了一声招呼，莫晓北这才顾上问她，是不是黄全也邀请了她，莫晓南点点头，她要先走一步，李想要送她，于是三个人走下甲板。

柳小红下了出租车来到船梯口，她先去的影楼，之后找到了这里。她一只脚刚踏上船梯，就看到莫晓北在船梯的另一端在向下俯视着她，她把那只脚又收了回去。莫晓南看到下面有个二十多岁的女孩，心生疑云。走下船梯，莫晓北看了一眼柳小红，脸上写满了厌恶，问她怎么找到这里来了，柳小红满不在乎，说："我怎么不能来？"

莫晓北转身小声告诉李想，让他赶紧先送莫晓南走，莫晓南看出端倪，直接问柳小红是不是从省城来，柳小红说是，莫晓南又问她是不是来找张炳文的，柳小红依旧不在乎地说是，莫晓南平静地让柳小红跟她走，莫晓北上前一把拦住，冲李想喊了一声："李想，还不快点！"

李想赶紧上前，趁机拉着莫晓南上了柳小红刚下的那辆出租车。看出租车走远了，莫晓北转身开始对柳小红痛斥："我警告过你，你想干什么！不在省城老实待着到处乱找什么？钱我已经让小梁给你了，还想怎么样？！居然找到这里了，我就纳闷了，你这么有能耐怎么就没本事养活你自己！"

柳小红认定了自己的判断，等莫晓北说完，她看看船上，问张炳文是不是也在上面。莫晓北忍住自己的性子，告诉她没有，但柳小红不信，她猜到了刚才走的可能就是莫晓南，所以肯定张炳文也在，为了确定，她理直气壮地问起莫晓北。莫晓北感到得眼前这个柳小红真邪了，叉着腰告诉她："是莫晓南怎么样，不是又怎么样？"

这下柳小红认定张炳文就在上面，她"咚咚咚"上了船梯。

"啧，还来劲了你……告诉你！别胡来！"看柳小红登梯而上，莫晓北琢磨一下，也随即跟了上去，但她并没有进船舱，就在船梯口等候，守株待兔。果不其然，柳小红找了一圈又来到这里，莫晓北涌出一丝快意，告诉她这叫自找没趣，自寻其辱。"张炳文他去哪了？再找不着，我就报警了。"柳小红随口而出。

莫晓北一听火了："你报警？！你算哪根葱！我告诉你，你不给我们脸面，你也别想好！"她边说边上下打量着柳小红，"你也不照照你自己，你算什么东西！"

柳小红愤愤地回敬了一句，莫晓北终于忍无可忍了，上前要煽她，

复仇计划 长篇侦破小说 FUCHOUJIHUA

柳小红也不示弱，一把挡住，接下来两人扭打在了一起。刘芳正从船舱出来，她大惊失色，急忙上前拉架，小圆这时也到了这里，见此状况，上前就踢了柳小红一脚。双方被拉开后，刘芳指着柳小红问她是谁，竟敢如此放肆，柳小红喘着粗气，反让刘芳问莫晓北，莫晓北不让刘芳管，她用手指点着柳小红警告道："我告诉你，你敢胡说八道，我决饶不了你！不信你试试！"

柳小红顿感心虚，只得抽身离开，刚走了两步，脚崴了一下，一瘸一拐地往下走了。莫晓北紧随其后，刘芳和小圆莫名其妙地也跟了下去。柳小红正想离开，莫晓北在后面喊了一声，接着从包里掏出十几张百元钞票扔到她身上，狠狠地说："告诉你，别在渤海再给我丢人！"

柳小红把钱一一捡起来，头也不回走了。

"晓北，她谁呀？怎么回事？"刘芳问她，莫晓北刚想找个托词，看见庄位轮和庄妻从船梯上下来了。庄妻用敌视的目光看着莫晓北，莫晓北也以同样方式回敬，刘芳感觉不妙，她拍拍莫晓北她要先走了，之后紧走几步追了上去。

莫晓北看小圆还愣在那里，让她一起上船，她们刚上去，黄全带着醉意从船舱出来，看见小圆，赶紧让她去给新娘换掉婚纱，新娘已经等急了。见小圆走进船舱，莫晓北郑重地告诉黄全，从今天开始，他们两清了，以后谁也别再找谁的麻烦。

"你看你莫晓北，你怎么就这么不开窍？你是生意人，做生意就讲究回报……任何一次花钱，都应该当作投资，我，我虽然不是什么生意人，可是道理一样啊。将来，将来我不信你用不着我，你看庄位轮，虽说是副局长，可他也，也有求我的时候……"黄全靠在护栏上，嘴里喷着酒气，颇是得意。莫晓北追问庄位轮求他什么，黄全警觉起来，那是秘密，不能告诉她，说完转身走了，"什么东西！"莫晓北骂了一句，她面向大海，深呼一口气。

王佳魁开着他的云豹吉普车急驶而来，戛然停在码头上，莫晓北和员工们提着大包小包正好下船，她没有想到王佳魁会来这里。看见莫晓北提包里露出的婚纱，王佳魁问她是不是婚礼结束了，然后往船上看看，自言自语地说，也不知道庄位轮在不在船上，莫晓北随口答道已经走了，王佳魁看看她，疑惑他们怎么会认识，莫晓北马上意识到不妥，情急之下把手里的包塞给小圆，让他们赶紧先上车。小圆离开后，莫晓北反守为攻，问王佳魁怎么会来这里。

"案子上的事，你也知道，是维修工被杀一案。"王佳魁说完，看莫晓北的反映，莫晓北说问他怎么还没破，王佳魁试探地说，看来她对这事也很着急，莫晓北不明他意，实实在在地点了点头，王佳魁紧追一句，问她为什么如此关心这个案件，莫晓北迟疑一下，现找了一句："因为，因为社会治安人人有责嘛。"

王佳魁注视着她，希望她如果知道什么，和他进行沟通。莫晓北不与他对视："我，我知道什么？王佳魁，你破你的案，该找谁找谁去，维修工死了是和庄位轮有关系，但和我莫晓北没有什么关系，你应该去问庄位轮呀。"

"你怎么知道维修工的死和庄位轮有关系？"王佳魁紧接着又一句。

"这谁不知道呀，维修工从他家里出来就被杀了，不和他有关系和谁有关系？"莫晓北这话说的没错，她自己就是这么认为的，随后她叫了一声王队长，问他还有什么事，语气里已经有了距离。

王佳魁停顿了一下，诚恳地想和她谈谈张炳文和莫晓南的问题。莫晓北的眼神从远处聚拢到他脸上："王佳魁，张炳文和莫晓南关系不融洽这是事实，既然张炳文和莫晓南关系不融洽，我和张炳文的关系也肯定不会好到那儿去。但是，话说回来，不能因为关系不融洽，张炳文公司出了事，我就可以袖手旁观，我是肯定要管的。"

"你管当然没有错，问题是如果张炳文不是出差，而是失踪，你认为最大的受益人会是谁？"

最大受益人？莫晓北意识到他的心结，脸色骤然变了："王大队长，我真服你了，如果张炳文真出了什么事，最大的受益人也不会是莫晓南，是我！是我莫晓北——恕不奉陪！"她转身快步向自己的车走去。王佳魁在后面喊了几声，但莫晓北没有回头，上车后径直走了。这时一些来宾出现在船梯上，王佳魁知道婚宴结束了，他走向自己的吉普车。

7

傍晚的时候，王佳魁来到影楼，和李想寒暄了几句后，他便提起"渤海一号"的事，得知莫晓南也去参加了婚礼，他感到匪夷所思，因为从各个方面说不通，难以理解。李想向他解释，黄全曾经是莫晓北的男朋友，两个人是经人介绍认识的，没多长时间就分手了，黄全结婚影楼帮了不少，也是人之常情。他当然想不到这里面掺杂了多少因素，更不清楚莫晓北与黄全之间的较量了。

王佳魁对此多多少少有点意外，他又问到莫晓北与庄位轮的关系，李想摇摇头，他隐隐约约地记得，好像听谁提起过这个人的名字，但印象不深，想不起来了，莫晓北应该与此人并不认识。

看王佳魁站在了门口，莫晓北愣了一下，王佳魁知道她对上午的事还心存芥蒂，就真诚地表达了自己的心境，莫晓北笑了一下，虽然有点勉强，但从心里已经原谅了他，他公务在身，想及早破案的心情可以理解，她半开玩笑地问他，如果他们办案中涉及到自己的亲友，是否应当回避，王佳魁停了一下，说："我现在是在了解一些情况，再说我们只是朋友关系，既没血缘又不是亲属，没什么可回避的，……你希望我回避吗？"他把视线移到她脸上。

"嗨，我也只是说说，你可别当真啊，就是，我们这种关系，用得着回避吗？"莫晓北大大咧咧一副满不在乎的神情。

杨子打来电话让他去局里开会，王佳魁先告辞了。莫晓北在公司忙完后就到了莫晓南家，她知道她在等她，中午黄全的这个婚礼可谓是各色人等粉墨登场，人生百态尽收眼底。

两人面对面坐下，莫晓南第一句话就肯定地说她们曾见过面，莫晓北知道是指柳小红，她点点头，事已至此，就问下一步如何处理。莫晓南问柳小红提了什么条件，莫晓北说她能提什么条件，就是要钱。莫晓南让她转告柳小红别等张炳文了，这事可以用钱来解决。莫晓北一拍桌上："凭什么？好像我们倒欠她似的……我现在给她点钱打发她走，是不愿意大家面子上都不好看，不然的话，她算哪根儿葱！"

莫晓南停了停，说："晓北，我觉得还是应该找她谈谈，看她有什么要求，咱们尽量满足吧，她毕竟和张炳文有过这么一段，让她不要再等了，要不你把地址给我，我去找她。"

莫晓北不同意，莫晓南是对付不了柳小红的，要去也是自己去，这事她不想让莫晓南插手。沉默片刻，莫晓北又提出了她心里疑团重重的那个问题，就是张炳文看来真的是失踪了。莫晓南站起来，让她早点休息，就进了卧室，莫晓北默默端起面前的茶杯，她知道自己近来的疑惑已经引起了莫晓南的怀疑，张炳文的问题在这个夜晚是得不到答案了。

从"渤海一号"回来后，庄妻就一直没完没了地在唠叨，想起莫晓南姐妹那个样她就来气，尤其是那个莫晓北，看样子是谁都不服，不想办法治治她们看来是不行了，她让庄位轮抓紧时间找人，只要能教训了这姐俩，她的日子以后就会顺起来，而且会一顺百顺。

庄位轮等庄妻不管不顾地发泄完后，让她不要好事弄砸，只要耐心等待，找到合适的人选，她马上可以去和他们面谈。庄妻没有想到让她去出面，事情真摆到眼前了，她倒不知道该怎么办了。庄位轮让她尽可放心，到时候会告诉她办法。

一箭双雕，这一计，他已经想了很久，这个夜晚也注定了他们是个不眠之夜。

柳小红光着脚，手里拎着不合脚的皮鞋，沿着海边的人行道在漫无目的地溜达，下一步她不知道是该走还是留下，留下来接着寻找张

复仇计划
长篇侦破小说
FUCHOUJIHUA

炳文，看来非常渺茫，就像莫晓北说的，他要是不想见她，比上天入地还难。这时，挂在脖子上的手机响了，看看号码，她暧昧地笑了，不想谁谁还偏来，她撒了个谎说自己在省城，对方说现在就要过去找她，她赶紧推到了晚上。柳小红既兴奋又紧张，她要抓紧时间赶回省城。

大半夜的时候，她回到生活小区，刚走到楼下，手机就响了，接通后还没答话，对方就小声说出了她现在所处的位置。柳小红一惊，四处看了看没发现人影，对着电话让对方赶快滚出来。老黑从黑影中闪了出来，上前叫了一声姑奶奶就一把搂住了柳小红，问她半夜三更去何处风流才回来，柳小红风情万种地说是给他讨债去了，老黑迫不及待要和她上楼，柳小红扭着腰挣脱开，吩咐他在楼下等着。

老黑三十多岁，皮肤黝黑，他和柳小红的关系处在一种游离状态，他能随时找到她，而她却只有他的一个电话。片刻，柳小红通知他可以上楼了。一进来，老黑上前就要搂抱她，柳小红躲闪开了，这么长时间无影无踪，真是没有良心。老黑到卧室门口往里看了看，问张炳文的去向，柳小红坐到沙发上，说："去东北啦。你还没回答我呢，这么长时间你死哪儿啦？"

老黑也坐下，点上烟，戏言一句："出去转悠了转悠呗，我要说我杀了人，你信吗？"

柳小红瞥他一眼，就他这副德性，想起她柳小红的时候肯定就是缺钱了，能干什么大事，她明确地告诉他现在没钱了。老黑满不在乎，让她向张炳文要，有张炳文在，钱对她根本不是问题。柳小红一肚子委屈，这一个月她的日子实在是难熬，准确地说是没钱的日子度日如年。老黑把嘴里的烟头吐到地上，让她现在马上给张炳文打电话，他急等着钱用，柳小红"腾"地站起来："你当我是开银行的！上次给你1万没几天就输光了，我告诉你，我现在和他联系不上了！"

老黑幸灾乐祸，该不是被张炳文甩了吧，柳小红虚张声势："甩我？他跑了和尚跑不了庙，这房子，还有他的公司，可都在啊！"

老黑有点不耐烦，房子公司也不是她的，没有用，又不顶吃喝的，他问她还有多少钱，柳小红头一歪，告诉他没有，如果他不信可以搜身，说着张开两臂挑逗地看着他。老黑正欲上前，突然发现她的包就在沙发上，手急眼快一把抓起来，柳小红上去抢，两人便争夺起来，老黑一把把柳小红推倒在沙发上，他把包打开，拿出莫晓北在码头上甩给柳小红的一千多块钱。怎么才这么点？老黑看着柳小红，抖了抖手里的钱，柳小红突然哭起来，她能要来这点钱已经很不容易了，见状，他把钱甩给她，就为这几个钱他认为根本不至于。柳小红抽泣起来，真的找不到张炳文了，现在已经山穷水尽没有办法了，老黑上前哄了哄她，让她快说说是怎么回事，柳小红便一五一十地说起这一个月的经历来……

这个夜晚，王佳魁坐在刑警队的办公桌前百思不得其解，他想起今天在码头的事，莫晓北对庄位轮似乎很清楚，提到张炳文和莫晓南，她也好像事先已经准备好了答案，他知道莫晓北是个直爽的人，可有时候直爽的人一样富有心计，这样的人在现实生活中为数不少。维修工被误杀一案在他看来和多人有着千丝万缕的联系，而在这里面，他是多么不希望莫晓南和莫晓北也在其中。可是事情往往就是这样，越是不情愿的，越偏偏事与愿违。他拿起笔，在纸上写下与维修工一案有关联的几个人……

8

在昏暗的网吧里，一个个屏幕闪着幽幽的蓝光，十几个青少年目不转睛地盯着眼前的屏幕在键盘上快速操作。光头屏幕上的游戏突然定格停止，这局又没过去，他沮丧地拍了拍大腿，让旁边的胡须也别玩了，他们有一阵子没见到他们的张炳文张大哥了，林老板还盯着保护费的事，胡须说张大哥说过不让咱们找他了，光头想了想，反正好长时间也没见他，干脆去一趟，等见了他就说咱们想他了，想他也不

复仇计划
FUCHOUJIHUA
长篇侦破小说

会生气，于是他们便出了网吧。小梁正准备下班，光头他们进来了，光头点头哈腰地向小梁讨好，小梁也只得笑了笑，但笑的很勉强，脸上的肌肉有些僵硬。

"张大哥呢？"光头问，听到他叫张大哥，小梁一时没反应过来，愣了一下，他醒悟到他们是在问张总，就告诉他们出差了，去了俄罗斯。俄罗斯是上次去渤海时莫晓北提醒他的，现在他说出来就是想让他们一时半会儿不要再来捣乱。他问他们有什么事，等张总回来他可以转达，没见到张大哥光头觉得遗憾，不过张大哥对他们够意思，他们也得对得起他，所以有事还是等张大哥回来以后再说。见光头他们出门后向左拐了，小梁赶紧关灯锁门。

这条街道有许多时装店和餐馆，来往行人络绎不绝。光头和胡须溜溜达达朝前走，小梁在他们身后不远处悄悄跟踪。光头他们走进一个生活小区。小区房屋高矮不等，垃圾随处可见，像个大杂院。他们进了一栋楼房的中单元，不一会儿，楼上传来响亮的关门声，小梁站在楼下看到四楼的灯亮了，便来到楼头找楼牌号码，找不到，他只好边往生活小区外走，边数是第几栋楼房。他也说不清为什么这么做，总觉着这两个曾经威胁过张总的人，应该和张总这一个月没有音讯有着什么联系，他马上把这个情况告诉了莫晓北，莫晓北决定明天就去省城，她主要是想找到和张炳文有关的人，有关的人就是与张炳文不是什么正常往来的人。

第二天来到省城公司后，莫晓北便和小梁一同去光头他们的住地，结果光头他们不在家，莫晓北和小梁又去找柳小红，结果家里也没人。莫晓北掏出手机找到柳小红的号码打了过去，对方占线，等了片刻再打时，已经关机了，她心里窝火，能找到一个也算是没白来一趟，这下可好，全扑空了。小梁安慰她说，像他们这种人生活没有什么规律，现在指不定在什么地方哪，不行就先回公司等等，莫晓北决定不等了，她要返回渤海。下了楼，她告诉小梁如果有可能的话，把找张炳文的那两个人的电话留下，至于柳小红，她会与她再联系。

送走莫晓北后，小梁在公司一直忙碌，正准备去一个施工现场，桌上座机电话急促地响起，他把电话夹在肩头上，边整理桌上的东西边接听，听着听着，他目瞪口呆……

莫晓北接到小梁电话后大吃一惊，急忙问对方是什么人，小梁心惊胆战，对方只说张炳文在他们手里，要赎金一百万，他正急得没办法，从那里马上弄到这一百万呀。莫晓北冷静下来，这么长时间联系不上张炳文，如果是绑架的话，怎么绑匪现在才来要钱，张炳文会在他们手里吗，她心里打了一个大大的问号。小梁在电话里着急地说，对方说了如果不拿钱就撕票，如果报警，马上就把人干掉，决不留活口。莫晓北拿着手机思忖片刻，她做出了决定，事不宜迟，让小梁马上报警，一分钟都不要耽误……之后，她在不安与焦急中等待着小梁的音讯。

李想打理完影楼的事出来，看到莫晓北办公室的灯还亮着，又返了上来，他敲了两下见里面没有反应，就又加重敲了几下门。莫晓北猛地打开，见是李想，一下缓了下来，李想进来后问她怎么还不走，是不是有事，如果有什么事情吃完饭再说。莫晓北不想让他知道有关张炳文的任何事情，为了不引起他的猜疑，答应和他一起去吃饭。刚到后院停车场，莫晓南来了电话，她还以为她知道了张炳文的事，但莫晓南电话里语气轻松，她松了口气。

饭店环境优雅、整洁，用雕花玻璃制作成的隔断也非常精致，李想给莫晓北点的都是一些清口的饭菜，但她却几乎没动筷子。看她心不在焉，他知道她心里有事，果不其然，她掏出手机开始一遍遍拨打，边打还边自言自语地说怎么关机了，李想问给谁打电话，她也是答非所问。

这顿饭草草了结，莫晓北送李想回家的路上，内心越来越不安定，她要马上去省城，但没有向李想说明事由。李想看看手表，要和她一起去，莫晓北不同意，但李想不容商量，莫晓北明白他是怕她再发生什么意外，让他放心，同样的错误她不会再犯第二次，说着，她把车

复仇计划
FUCHOUJIHUA
长篇侦破小说

停在了路边。李想下车后看她的车走远了，就拦了一辆出租车。

王佳魁看到张炳文话单的最后一部分时，皱紧了眉头，随后，在他的笔记本里找到了几个重点电话。这几个重要号码在张炳文的话单上面都是漫游状态，说明张炳文当时不在省城，他最后一个电话就是和那个郭经理的，之后再无任何通话记录……

"这么说，那个姓郭的和张炳文失踪有重大关联？要不要再提审他？"杨子问，王佳魁还在仔细查看，他指给杨子，当天晚上莫晓北也和张炳文通了电话，而且时间还不短，杨子觉得这没什么，小姨子跟姐夫通话很正常。正在这时，省城刑警大队打来电话，内容是在他们那挂了号的张炳文被绑架了。王佳魁将此情况马上向主管局长进行了简要汇报，之后他们便立即出发了。

在路上，王佳魁和秦海涛通了话，让他们也做好准备，随时保持联系。杨子在开车，他觉得这一家人够倒霉的，小姨子刚被解救回来，姐夫又出事了，这正应了那句话，屋漏偏遭连阴雨。他看王佳魁一眼，问他和莫晓北还有没有戏，他该不会还在疗伤吧。

王佳魁看着窗外的夜幕，没有回答，他感到自己在对莫晓北的理解上的确欠缺点什么，不过目前这都不是他要考虑的问题。他突然问法医小吕去上海也该回来了，头颅画像的事这两天应该有结果了，他是怀疑那具无名尸会不会就是张炳文。杨子分析，张炳文这么长时间联系不上，绑匪现在才来要赎金很不正常，即使真被绑架了，也是凶多吉少，不过要把无名尸和张炳文画等号，这种可能性可不大。但愿如此，反正王佳魁总有种说不清道不明的预感，那个神秘匿名举报电话，还有张炳文的无影无踪，使他的预感越来越强烈。

9

按照绑匪的指令，小梁乘坐出租车来到省城第一医院门口。他提着一个黑皮箱下了车，四处打量后，并没发现前来接应的人，不免有点惊慌。正在这时他手机响了，绑匪在电话里让他马上换一辆出租车后到商贸酒楼下车，酒楼门口东边有个卖冷饮的小摊，小摊有部公用电话，让他在那里等电话，而且从现在开始，让他关掉手机。小梁只好照办，他正要再换一辆出租车时，刚才乘坐的那辆出租车司机喊住他，让他付车钱。小梁这才想起来，就在递给司机钱的瞬间，化妆成司机的刑警不动声色地问他下一步的地点。

小梁哆哆嗦嗦告诉了他，刑警接过钱喊了一声谢谢，一打方向盘车开走了，小梁伸手又拦下一辆。在商贸酒楼下车后，他果然看到不远处的确有个冷饮摊，就直奔过去。

一个三十多岁的女人在占用着公用电话，电话里喋喋不休地在调情。小梁站在旁边干着急，看这个女人实在没完没了，他上前催促了几句。女人瞪了他一眼，接着对着话筒酸了巴几地又腻歪起来，小梁顾不了许多，向这个女人语无伦次地吼了几声，女人吃惊地上下看看他，转身对着话筒嘀咕了两句挂了。

小梁守着电话在焦急等待，眼前来来往往的车辆使他感到有些迷茫。那部电话突然响了，电话里的人让他马上打车，十五分钟后在时代广场门口见。小梁跑到路边，正好有辆出租车在等客，他急忙开门上去。出租车司机边开车边告诉他不要紧张，保持联系，还递给他一个小麦克风，让把这个东西藏在领子里，他恍然明白了。

小梁提着皮箱下车后，四处寻找了一下，没有发现时代广场上有电话亭，只好在广场门口等待。片刻，一个男人匆匆朝他走来，小梁赶紧凑上前去，男人用奇怪的眼神看了看他之后走了。

十五分钟已经过去了，在失神和茫然等待中，他感到时间是那样的漫长。这时，一个卖花的小姑娘手拿一枝玫瑰出现在他面前，他心不在焉，摆了摆手，小姑娘并没有强迫他买花，而是递给他一个纸条。小梁看后，紧张地四下望了望，问小姑娘给她纸条的人在那里，小姑娘摇摇头，胆怯地说："不知道，他把我的花都买了，让我把纸条和这一枝花送给你。"

他听罢急忙向路边的出租车疾步跑去。

省城刑警队值班的刑警在等王佳魁和杨子，一见到他们刑警就说："绑匪非常狡猾，接连换了好几个地方，我们的几个行动小组都在现场。一开始绑匪狮子大开口要一百万，经过周旋，一下降到了五十万，后来我们对那个梁经理说，告诉绑匪，手头只有二十万，结果对方也同意了，看来他们是迫不及待，今晚非要拿到钱不可了。刚才接到通知，绑匪把地点又换在了百货大楼门口，现在离关门还有一个小时。"

王佳魁决定和杨子立即就赶过去。

小梁按照纸条上的地点来到百货大楼。这里正在搞店庆活动，到处是采购的顾客，小梁双手护紧皮箱，焦急又紧张。

时间一分一秒过去了，前来接头的人始终没有出现，看着广场上熙熙攘攘的人们，他有点绝望了，就在这时，突然有人在背后拍了他一下，小梁打个激灵，只见光头和胡须站在身后。他不知说什么，以为他们也是来这里买东西的，不料光头却让把皮箱给他，小梁大惊失色，这才明白，他内心矛盾，犹豫之际，光头和胡须已把皮箱夺到了手里，"张总什么时候回来——"小梁在后面喊了一声。光头也不答话，和胡须慌慌张张离开，就在他们正要上出租车之际，突然出现了几个便衣警察，冲上去将他们按倒在地。

老黑隐在远处的角落里，刚才这一幕他看得一清二楚，随后慌慌张张消失在了人群中……

第十章　较量

"先生，在我这儿你打错了主意，告诉你的雇主，给他指的道他不走，那就怨不得老天了，他就等着下地狱吧！"

1

在省厅刑警队的审讯室，王佳魁和省城的刑警们在紧紧注视着光头。光头好像有点支撑不住了，一直喊天叫地大呼冤枉，王佳魁厉声问他张炳文人的下落，光头后悔莫及，委屈地说："哪有什么张炳文呀，我还找他哪，都是老黑让这么干的，这下可害死我了，要是没那个老黑，我不还过得好好的……"

王佳魁问老黑是什么人，让他如实交待，他们是如何策划这起绑架案的，光头低下头，回忆起来……昨天光头和胡须去装饰公司找张炳文，结果在门外迎面和刚从公司里出来的老黑撞在了一起，老黑刚要骂人，发现是光头，便你一言我一语，结果他们得知找的是同一个人，就是张炳文。

老黑搂住光头让跟他走，之后领他们来到一个小酒馆，老黑问光头找张炳文干什么，光头说没什么事，张大哥可是好人，他问老黑是怎么认识张大哥的，老黑打了个哈哈，圆了过去，他告诉光头张老板可是有钱的主，光头说反正张老板挺讲义气，有多少钱他不知道，上次一出手给了他们……说到这他一下打住了，老黑见光头突然不说了，就说咱兄弟还有什么不好说的，痛快点，光头说那不行，张大哥说过不让他们告诉任何人。老黑也不问了，又给光头倒上酒，边喝边告诉

复仇计划 长篇侦破小说 FUCHOUJIHUA

他有个大买卖，就一次，他们这辈子就可以躺着吃香的喝辣的了。光头惊喜地问什么买卖，老黑上前对他一阵耳语，见光头迟疑，老黑眼睛一瞪，告诉他这样做谁也没害谁，要想不寄人篱下，就得狠下心来。光头挠挠头，他得想想，老黑拍拍他，有什么可想的，听他的没错，这事他们不干有的是人干。光头最后终于狠下心，就是嘛，无毒不男人，他抄起酒瓶一饮而尽。

刑警问光头："这么说，是老黑一手策划的这起所谓的绑架案?!"

光头点点头："没错，警察大哥。"

刑警喝斥一声："谁是你大哥？老实点!"

光头小声嘀咕："都是老黑，和我们一点关系都没有。"

王佳魁让他别说的那么无辜，追问他和张炳文是怎么认识的，老黑又是谁。光头交待，是几年前认识的老黑，那会儿他刚来省城，在一家歌厅当保安，有一次光头他们去玩儿，老黑对他们挺照顾，后来就常在一起喝酒，这一两年不知他在做什么，反正早就不在歌厅干了，他对老黑的大名及籍贯均不清楚，对老黑身边的人也不知晓，还说自己这么长时间没同老黑来往了，这次碰到他真是倒了八辈子霉。光头说的是心里话，再次遇到老黑是他的劫数。王佳魁站到他面前，问他最后一次见到张炳文的具体时间，光头低头不语，背上的衬衣渐渐湿透了……

夜已深，街面上静静的，只有明晃晃的路灯。莫晓北把车停在装饰公司门外，看着关闭的大门，她知道里面无人，但还是不甘心地上前敲了敲。一辆出租车停在装饰公司对面的路边上，李想摇下玻璃，远远看到了莫晓北。

再次拨打小梁的手机，电话里不再是关机的提示，电话通了！小梁在电话里说，他刚从公安局出来，现在正往公司赶。挂断电话，莫晓北心情豁然轻松，她打开车门，坐在车里等候。

不一会儿，小梁到了，他把经过陈述了一遍。莫晓北最想了解的是张炳文的下落，但结果令人失望，既然张炳文没有被绑架，下一步她还真不知道该怎么办了，听小梁说王佳魁也在，她决定留下，先找个宾馆住下。小梁走后，她也上了车，没走多远，看到有一家宾馆感觉还可以，就开了进去。

李想看她办完手续进了电梯，便来到总台询问莫晓北登记的房间，并要求住在隔壁，这种事可能服务员以前遇到过，也没多问什么就办好了手续。

莫晓北从走廊上过来，她看看手中的房牌，打开房间走进去。不一会儿，李想也走了过来，进了她隔壁的房间。

2

在另一间审讯室，胡须按照刑警的要求，在讯问笔录签上自己的名字，之后又一一按上指印。杨子向省城的两名刑警点头致意后，拿上笔录兴奋地冲出房门，他来到审讯光头的审讯室，激动地把笔录交给王佳魁，他的声音很大："王队，那个叫胡须的全招了，维修工的案子就是他们干的……"

王佳魁眼睛一亮，迅速将笔录看毕。峰回路转，案情有了重大转机。光头再也抑制不住内心的恐慌，"忽"地从椅子上站起来，连连喊着他没有杀人。

"坐下！老实交待！"

光头彻底崩溃，不得不从头说起。

事情的开始，就是那次张炳文请他们吃饭时候的事。当时张炳文已经有了要请光头他们报复庄位轮的想法，结果事情就这么凑巧，他刚有了这个念头，光头他们自己就送上门了。酒过半巡，三个人都有了醉意。光头拍着胸脯向张炳文保证，从今往后他就是他们的大哥，有什么事尽管说，还指着胡须说，别看他不爱说话，但刀玩得好，要是不相信哪天可以试试。张炳文敬了他们几杯酒后，说自己还真有一

复仇计划
长篇侦破小说
FUCHOUJIHUA

事相求，他掏出了被剪去另一半的半张照片，照片上的人是庄位轮。张炳文用手点了点照片，心中充满怨恨。光头接过来看了一眼，问张炳文想怎么样，要做掉他，还是卸他一条腿，只管说话。张炳文摇摇头，他就是想让他们教训一下照片上的人，不然心里憋得难受，像堵了块大石头，他要让庄位轮知道，不要认为有权有势就忘乎所以，他张炳文也是男人，这辈子不做出一件男人的事来，枉来一生！他从包里拿出两万，告诉光头事成之后会再兑现一半。光头双手捧着钱热血沸腾了，这么多年他干了不少缺德带冒烟的事，但从来没有受到过如此的礼遇，他"腾"地站起来，发誓这辈子不会忘记张炳文，他交待的事他一定会办好，他的事就是他们弟兄的事，兄弟的事刀山火海也要上。

不久后的一天晚上，张炳文带着他们来到渤海。夜幕中，他的灰色面包车驶向庄位轮家，借着附近高楼施工的灯光，他用手指了指，让光头和胡须记住是第一家，车从庄位轮家门外急驶而过。不一会儿，光头和胡须原路返回，两人来到庄家院外的西墙角躲了起来。胡须掏出烟刚想点上，被光头制止，胡须乖乖地放回兜里。"吱"一声，院门响了，光头赶紧探头观察，见从庄位轮家院里出来一对年轻男女向东走了，光头有点失望，想了想，他小声吩咐胡须，让他手脚麻利点，扎大腿一刀就行，他们就可以交差了，胡须哆嗦着点了点头。

天空的月亮正在被一片乌云慢慢遮住，不知过了多久，庄位轮家院门再次响了，一个和照片上体态差不多的男人背着一个背包走了出来，并回手把院门的门锁碰上。这个男人往东走去，光头看了看，赶紧拽拽胡须，告诉他就是这个人，让他抓紧时间，胡须使劲点点头，似乎在给自己壮胆，他掏出一把三寸刀走出了拐角，光头示意他赶快动手，胡须一扬手，接着刀便飞了出去。那个男人被扎中了，呻吟了一下就倒在了地上，光头见状，拉上还在原地愣神的胡须往西一拐不见了。

乌云遮月，不久天空就下起了大雨。

光头还在继续交待：这事发生后没几天，张炳文又突然找到他们，让他们不要在林老板手下干了，赶紧回老家，光头问为什么，张炳文却反复问胡须那天晚上的事，胡须说扎的是大腿，光头也非常肯定，而且是眼看着那个人倒在了地上。这时，他突然意识到是不是把那个人扎死了，因为回来的路上已经都说清楚了，张炳文吱吱唔唔说就是心里不踏实再来问问，让他们以后多加小心，千万别再惹事，没什么事以后就不要再联系了，还拿出一万块钱给了他们。

"从那以后，我再也没见到他……"光头擦了擦脸上的汗，如释重负，王佳魁和杨子对视，他们终于看到了维修工一案的真实面目。

第二天上午，在高速路收费处，光头和胡须从省城的警车上被押下来，秦海涛等人也赶来了，他们与省城警方进行了交接。莫晓北站在车旁看着眼前的这一幕，王佳魁让秦海涛他们先走，他向莫晓北走来。

两人相视后都没说话，王佳魁拉开车门坐到驾驶座上，莫晓北顿了顿也上了车，她的车跟上了前面押解的吉普车。李想坐在不远处的出租车里，也尾随疾驶而去。

窗外的景物一一闪过，看莫晓北一言不发，王佳魁打破僵局，说："晓北，你可能也知道了，张炳文绑架案是一场骗局……有两名涉案人曾经敲诈勒索过张炳文，张炳文反过来又利用他们杀死了维修工。当然，准确地说是误杀。"

莫晓北不相信，尽管她想过种种可能，但是一万个不可能是张炳文会指使人去杀维修工，或者说是误杀，没有理由可以成立。

"下一步我们还要进行现场指认和照片辨认，不出意外的话，张炳文让这两个人教训的那个人就是庄位轮。"

莫晓北内心一惊，她沉默良久，然后自言自语说，难道张炳文真的是畏罪潜逃。王佳魁没有回答，问她是否知道一个叫老黑的人，莫晓北说昨天晚上小梁也说到了这个人，但是他们都不认识。"所谓的绑

复仇计划
长篇侦破小说
FUCHOUJIHUA

架张炳文案是这个老黑一手策划的，看来他对张炳文还是知道一些底细，省城警方很快就会对他进行通缉……晓北，就这起所谓的绑架案，你让那个梁经理及时报案是对的，谢谢你。"王佳魁地说。

莫晓北心情复杂，扭头向窗外望去……

回到渤海，秦海涛他们立刻对莫晓南家进行了搜查，这时莫晓北在栈桥上约了王佳魁。

默然相对，王佳魁知道她在回来的路上内心经历着痛苦，他不想多说，只有等待，他知道这时间用不了多久。少顷，莫晓北告诉他，张炳文在省城还有一个家……分手时，王佳魁告诉她，现在正在对莫晓南的家进行搜查，莫晓北沉默不语，看着他的背影越来越远。

海浪一阵紧似一阵，潮水一次次冲向海滩，不知为什么，莫晓北内心一阵酸楚，这种情感对异性而言，还从来没有过。之后，她在栈桥等来了莫晓南，向她提出了几点疑问：张炳文为什么要杀庄位轮，现在他人在哪里，是畏罪潜逃，还是躲藏在什么地方。面对着大海，莫晓南没有回答，望着她的背影，莫晓北知道她此刻的心情，看来以后所有的事情自己只有义不容辞了。

3

柳小红嚼着口香糖，手里的小包甩来甩去，她人未到声先到："梁经理，什么好事呀？"刚踏进经理室，就愣住了，看到王佳魁和杨子身穿警服坐在办公室里在等她。柳小红嘴唇动了动，却什么也没说出来，王佳魁示意她坐下，杨子拔掉了笔帽准备做记录。见状，柳小红急促地坐下，下意识地扯了扯超短裙，遮掩着大腿。

"你就是柳小红？张炳文是你什么人？"王佳魁开门见山。

柳小红脸上一阵不自在，简单说明了自己和张炳文的关系，当她得知张炳文畏罪潜逃时，对突如其来的事情一时没反应过来，停了一下，她激动地申辩起来，把自己择的一干二净。王佳魁不动声色，问她最后一次见到张炳文是什么时间，柳小红想了想，回答是上个月三号，王佳魁问为什么记得这么清楚，她叹息一声，说："就因为我让他离婚他不肯嘛，有一次我提出来，他躲了一个星期回来，后来我又提，他出去躲了半个月。这次可好，我就多说了两句他就一个多月不回来，最后干脆连手机也关了……"

接下来，王佳魁向她提问了认识的张炳文的时间和地点，以及和张炳文有关人的情况，柳小红一一回答后，王佳魁突然切入到老黑，柳小红暗暗一惊，急忙矢口否认，杨子提醒她，老黑了解张炳文失踪的时间，他肯定认识张炳文周围的人，柳小红再次否定与老黑相识，否定的十分坚决。王佳魁决定对张炳文的住所进行检查，柳小红赶紧站起来，配合他们一同前往。

此时，秦海涛等人在省城派出所郏所长的带领下，来到老黑曾经当过保安的歌厅。安经理正在办公室的电脑上打游戏，见郏所长他们来了，忙起身迎接，他堆着笑说，什么风把郏所长吹来了，郏所长也打哈哈，回答是东风，接着向安经理做了介绍。安经理要沏茶待客，秦海涛谢绝，直接问他老黑的情况。安经理对老黑没有任何印象，问老黑在歌厅打工的时间，秦海涛告诉他两三年前。

"嗨，那会儿我还没盘下这家歌厅哪，这个歌厅原来的老板姓孙……"安经理边说边递烟。秦海涛摆摆手，询问孙老板的下落，安经理告诉他们，孙老板因为吸毒还在戒毒所戒毒。郏所长问他，现在还有没有原来孙老板手下的人，通过他们也可以了解一些情况。

"没有，一个都没有，连原来打扫卫生的都换了，一水儿的新人，我既然还干这行儿，原来的都不想再用了。"安经理解释。秦海涛站起来，让他有什么情况和郏所长直接联系，安经理满口答应，有情况会第一时间报告。

王佳魁和秦海涛是分头从渤海来到的省城，现在他们在戒毒所最后会合。孙老板穿着睡衣，打着哈欠走进戒毒所的会客室，他身后还跟着一名工作人员。

"孙老板，你开歌厅的时候，还记不记得有个外号叫老黑的，他在你的歌厅当过保安。"秦海涛问。

"什么老黑老白？我哪记得那些人呀……"孙老板无精打采。

"你再想想，个子不高，皮肤较黑。"杨子说。

"那些保安经常换，再说了，就是不换，我也记不住他们呀……"说着，孙老板又打了个长长的哈欠，接着疲倦地低下头。王佳魁知道在他身上没有什么突破了。

在回渤海的路上，秦海涛拿出一张单人照递给王佳魁，照片是他向莫晓南要的，王佳魁感到在什么地方见过这个张炳文，他想起来焦建中失踪案一个嫌疑人闯入张炳文公司的场景，那天张炳文也是虚惊一场。

"你们去之后，莫晓南对张炳文的事有什么反应？"王佳魁问秦海涛。

"就一个词来形容——旁若无人。我们勘察我们的，她始终坐在书桌前在看书。"说完，秦海涛叹了口气，"真是一个特别的女人啊。"

杨子说如果没猜错的话，这种女人才是王队欣赏的，王佳魁看着窗外没有回答。

傍晚时分，他们赶回刑警队，小吴看他们回来了，赶紧让他们看胡法医刚送来的无名尸的头颅画像。

"张炳文?!"秦海涛和杨子异口同声。果真是他，尽管在预料之中，王佳魁内心仍是一惊。

在阳光的照射下，海水斑驳刺眼，莫晓北不知道王佳魁为什么如此急迫地叫她出来，当她得知那个无名尸就是张炳文时，猛然站住，惊愕万分。

"张炳文真的死了？怎么回事？什么人干的？"

"这正是我们要调查的。"

"什么人？什么人和他有这么大的仇？究竟是谁？"莫晓北盯着他问。

"案子未破，谜底没有揭开，涉及到的人都有可能。"王佳魁往远处看了看，表情肃然。

"你这是什么意思？"莫晓北没有明白，王佳魁看着她说："昨天我们连夜对张炳文在省城的住所以及公司进行了勘查，和晓南家一样，都没有发现任何有价值的线索，也就是说，这些地点都可以排除杀死张炳文的嫌疑。"

莫晓北顿了顿，忽然明白了，王佳魁是在怀疑她，怀疑她住的地方也是杀人现场。王佳魁知道她已经心知肚明，解释这是工作程序，让她不要多心，莫晓北不答话，从自己的包里面拿出一串钥匙，她拎在王佳魁眼前："看清楚了，这是房门钥匙，你不就是想查我住的地儿吗？直说不就完了，干嘛绕那么大圈子！王佳魁，这没什么为难的，对我莫晓北你尽可以有话直说。从一开始你就怀疑我是吧？你为什么不早点说？早说早查完不就了了你的心思了吗？何必在我身上下这么大功夫！"

她一松手，王佳魁接住了钥匙，"好了，钥匙你拿到了，尽管去查，恕不奉陪，请便吧……"莫晓北转过身，不再理他。此时，王佳魁找不到合适的词语解释，只有告辞。

莫晓北看着海面，她此刻的心情犹如大海的波涛，上下翻滚，一个多月的满腹疑团今天终于得到了证实，但是这个结果实在出乎意料，令人不寒而栗。

4

两个工人将一个新沙发抬进来，黄全指挥他们摆放到位，他现在已经搬进了单间，这也意味着他荣升到了一定的官职。庄位轮阴沉着脸走进来，他咳嗽了一声。黄全好似刚意识到他的到来，脸上堆满笑容，满口感谢领导的栽培。在这里他没直接提到庄位轮，而感谢的是领导，看来是想摆脱过去的东西，与庄位轮保持一定的距离。庄位轮把门关上，皱着眉头又提起那件事。黄全知道躲不过去，解释道："哎哟，您看，我可是连婚假都还没休完就来上班了啊，嗯……马上办，马上办，看您说的，不就是找个人嘛……"

庄位轮不满意他的回答，转身出去了，等回到办公室时，他发现王佳魁和秦海涛坐在沙发上，工作人员在给他们沏茶。

秦海涛开门见山，简明扼要说完案情后，庄位轮对此案的侦破赞不绝口，尽管他内心很乱，但仍镇定自若，说道："好，好，你们这个案子破得好，哎呀，不然的话，我的日子也不好过呀，不管怎么说，维修工是死在了我们家门外的嘛，这下就皆大欢喜了，不然，人们还以为和我们家有什么关系哪，是吧？"

说完他自嘲地笑了笑。秦海涛把张炳文的照片递给他，王佳魁问他是否认识此人，庄位轮一看照片愣了愣，他皱着眉头又仔细看了看说，从来没见过这个人。秦海涛直截了当告诉他，照片上的人叫张炳文，是莫晓南的丈夫。庄位轮啊了一声，不知是吃惊还是回答，王佳魁再问是否认识莫晓南。

"莫晓南？莫晓南……"庄位轮像是想起什么来，"噢，我想起来了，是有这么个叫莫晓南的。哎呀，想起来了，她好像有个什么亲戚要调动工作，找过我，结果你看到现在都没办成嘛……"说着他站起身，到饮水机前去接水，"我这儿一天到晚找的人很多，你们不提醒，还真是想不起来。怎么，这个人就是凶手？是莫晓南的丈夫？"他边说边回到座位上。

"是，没错，这个张炳文一个多月前被人杀死了。"秦海涛说。

"死了？"庄位轮似乎又吃一惊。

"对，死后被人沉到了石桥下面的污水河里。"王佳魁说。

"这，这是怎么回事？"庄位轮双手一摊。

"庄副局长，据我们调查，这个张炳文并不是冲着维修工去的，而是针对你。"王佳魁目不转睛看着他。

"针对我？为什么？"庄位轮一脸无辜。

"我们就是想知道这个答案。"王佳魁坦诚地说。

"针对我？为什么对我……"庄位轮站起来，双手扶着椅子，"噢，想起来了，这个莫晓南找我就是要给她丈夫，对，这个张炳文的什么亲戚调动工作，想起来了想起来了，看我这记性……真是的，太不像话了，不能因为给我送了点什么礼，工作没调成，就这么报复人嘛，太可恶啦，现在的人怎么能这样？动不动就动刀子杀人，这社会风气成什么了?！十个人来找我办事，我能十个人都办成吗？办不成就杀人，我们这工作以后还怎么做？"

王佳魁向秦海涛交换眼神，他们不想顺着他的这种索然无味的话题继续下去。秦海涛从包里拿出老黑的摹拟画像递给他，庄位轮又仔细看了看，他确实不认识这个人。秦海涛把摹拟画像收回，告诉他，这个人同这起案子有关，希望他能提供线索。

"没有，没见过，如果是这样，你们可要抓紧时间一举擒获，现在社会不安定因素，就是由这些犯罪分子造成的，对这些人，一定要严厉打击，决不手软！还要……"

王佳魁他们站了起来。

一大早，柳小红就从省城出发来到渤海。她是个聪明人，张炳文死了，这个时候她非常明白，只有把自己知道的彻底说清楚才能证明自己的无辜，否则她与此案摆脱不了干系。

"你是说你认识这个叫老黑的人？"小吴问她，柳小红眼睛不敢正视她，点点头，杨子拿起桌上老黑的摹拟画像让她看，柳小红看过后，认定就是老黑。

"你们是怎么认识的，什么时候？"杨子问，小吴做笔录。

"就是几年前在歌厅认识的，我也不知道他是那里人，也不知道他有什么朋友，更不知道他都在干些什么，昨天晚上我越琢磨越害怕，我想，会不会是……是老黑杀了张炳文？"

杨子让她详细说明，柳小红把老黑这次回来的一些言谈话语描述了一遍，老黑杀了张炳文，当然只是她的猜测。小吴把联系电话给了她，让她有事及时打电话。柳小红站起来后又坐下，她心有余悸，担心老黑下一步会不会针对她下手，杨子觉得还是应该多加注意，让她这段时间换个居住的地方，也就是老黑不知道的地方，一旦有什么情况让她马上报警。

柳小红走后，小吴感到老黑杀死张炳文的可能性最大，因为他有柳小红这层关系，完全可以通过柳小红掌握张炳文的行踪，他先杀掉张炳文，然后又以此进行敲诈，她非常坚定自己的这个想法。杨子分析不透，老黑为什么要等这么长时间才跳出来进行敲诈，他完全可以在杀死张炳文当天就实施他的预谋。

"嗨，这期间不确定因素太多了，最大的一点就是他还没有在心理上度过一个安全期，他害怕，不敢呀，后来他感到这段时间风平浪静，就又继续他的罪恶的计划了。"

杨子知道她是学犯罪心理学的，听完这番话，点头赞许，他开了句玩笑，让她干脆当他师傅得了。

小梁也从省城到了渤海，坐在莫晓北办公室里唏嘘感叹。张炳文的死对他打击很大，他做梦也想不到会是这样的结局。昨天晚上王佳魁他们到省城找到他，又找到了那个柳小红，当时他们一听张炳文被害都吓了一跳，他整晚都是在失眠中度过的。今天来的时候，他把省城公司所有的财务资料都带来了，整整一大皮箱，他觉得省城的公司应该交还给莫经理了。莫晓北看既然拿来了，就想把省城的公司顺便了解一下，当然她早就表过态，她是信任他的。小梁摇摇头，原来他接手省城公司的时候还不知道张总出了事，现在情况毕竟不同了。莫晓北征求他的意见，如果实在不行，就把省城的公司撤回来，这也是她目前唯一能办到的，小梁感到惋惜，因为从目前看，公司运转的还不错，而且也有了一定的知名度。

莫晓北和李想一起吃的晚饭，上次她和王佳魁见面后，就再没接到他的电话。按照规定，去家里搜查主人是应该在场的，但王佳魁知道当时的情景莫晓北断然不会去，事后也不好和她解释，只能让杨子把家门钥匙给她送了回来，他知道这时候两人如果见面也是不愉快的结果，因为莫晓北还没有想通，他要给她时间。

莫晓北心里不痛快，几杯下去已经略有醉意，李想只好把她送回到莫晓南家。安顿好后，莫晓南把沏好的茶递给李想，听他说完大致的经过，莫晓南认为王佳魁做的没有错，他是在履行自己的职责。李想点点头，他觉得在这点上莫晓南非常清醒，也很大度。莫晓南突然问起他的父母，她想去见见，还问他考虑什么时候结婚，语气里透出不容商量的味道。

李想没料到莫晓南在此时会提出这个问题，说实话，他还从来没向莫晓北提到此事，不是不想提，而是他感觉根本没到那个程度。从某种角度而言，他们还处在朦胧状态，莫晓北的心思他是清楚的，但他的心思莫晓北未必知道。李想说了句等等再说吧。

时值盛夏，不少人来到公园纳凉，在喷水池旁，一些儿童和老人在玩耍、嬉戏，柳树下，自发起来的老年合唱团在唱着《长征》组歌，声音宏亮，此起彼伏。

小圆和大李吃完饭后来到这里，小圆说这两天好像莫经理情绪不好，大李说她太敏感了，人家管理着两个公司多不容易，他就佩服莫经理，小圆奇怪的是，莫经理对她自己的事一点也不着急，这个岁数再不嫁出去就真有点悬了，她分析说，和李想经理在一起让人心里觉得踏实，那个王大侦探呢，总有种让人去探寻什么的感觉，反正这两个人味道不一样，莫经理对王佳魁有意思，她早就看出来了，只是后来又出现了李想，她有点摸不准了。皇上不急太监急，大李笑她的担忧，两个人正亲亲热热走着，一不留神，与一个匆匆的行人撞在了一起。

复仇计划
长篇侦破小说
FUCHOUJIHUA

"走路也不看着点！乱比划什么？"这个女人看上去有点烦躁，说完便走了，小圆摸了摸被撞痛的肩膀，朝着那个女人的背影发泄了两句："自己不看着还说别人，眼睛长屁股上了？"

正要走，她突然感到刚才那个人有点面熟，立即警觉起来，大李不知道她又要干什么，她真是干错行了，应该去当侦探。小圆想起来在"渤海一号"曾见过这个女人，这个女人与莫晓北之间看上去很不友好，她要跟上去，大李没动，懵懵懂懂地不明白她要干什么，小圆也不解释，拉着他便向那个女人走的方向追去。

庄妻来到石亭下面，这个地方在公园一角，有点偏僻，再加上没有路灯，所以没有什么游人来这里。远处高楼上的霓虹灯闪闪烁烁，五彩的光影打在了庄妻的脸上，她看看手表，紧张起来，来之前她觉着没什么，不就是对上暗号后把钱给了那个人嘛，可真到了这里，到事上了，她有点后悔了。

老黑躲在阴影里向石亭这边观察，就在庄妻恍惚间，他已经来到了她面前，庄妻本能地护住了手里的布包。

"……天，天要下雨了……"她不安地说出这句暗号。

"该下就下，没有办法。拿来！"老黑生硬地对上了。

庄妻半信半疑交给他，老黑打开看了一眼，转身走出石亭。庄妻心想这么快就完了，再定神看时，那个人的身影已经淹没在了夜幕里。

小圆和大李躲在树丛后面看到了这一切，见庄妻走远了，她再次向大李证实就是这个女人，大李也感到有点不可思议，这么神神秘秘的干什么。小圆脑海里突然闪现出"特务"和"间谍"这两个特定的词语，大李严肃起来，拽着她赶紧离开了这个是非之地。

5

第二天，莫晓北正在办公室里和李想讨论集体婚礼的事宜，因为距蓝色婚典只有十天了，这时王佳魁来了，莫晓北没有动，看上去好像无动于衷。

"王队长，我的住处发现什么可疑之处了吗?"莫晓北还带着情绪，不冷不热地来了一句。

李想给王佳魁端来茶水，王佳魁并不介意她的态度，他笑了笑说："晓北，什么时候赏光，请你吃顿饭?"

"哎呀，这可不敢当，别再是什么鸿门宴，一不小心又掉进了什么沟里坑里的……"

李想正要打断她，王佳魁对他使了个眼色。

"王队长大驾光临，一定有什么比吃饭更重要的事吧?"

莫晓北猜透了他，她知道他在这个时候是没有什么闲情逸致的，王佳魁故意对李想说，还是莫晓北说对了，一针见血，说着，他就提出了有关张炳文的问题。莫晓北让他看地上的皮箱，说他来的还真是时候，告诉他这是省城公司所有的资料，王佳魁解释不用看这些，主要是想了解张炳文在生意上有没有纠纷，或者是债务

"张炳文离开渤海公司已经一年多了，债务或者纠纷，我们这边不应该有什么问题吧。"李想帮着分析。

莫晓北想了想，说："张炳文曾经有过一个官司，一个老太太家因为装修，室内甲醛超标，后来造成这个老太太死亡。好像法院判定，一个是装修确实有问题，再一个就是这个老太太本身也有病，但是死者家属不满意，官司打了挺长时间，后来就不知道结果怎么样了……省城公司那边我不太了解，如果需要，我可以把梁经理叫回来。"

看莫晓北十分配合，王佳魁向她表示感谢，莫晓北也不答话，低下头整理了整理桌上的资料。

小圆看王佳魁他们走了，在门外探了探头，莫晓北问她是不是有事，小圆只好走了进来，她一时不知该从何说起，吱吱唔唔地把昨天晚上她和大李去公园看到的过程说了一遍。

莫晓北喝了一口水，问她能否确定那个女人就是黄全结婚那天看到的人，小圆十分肯定，莫晓北又问她看没看清那个男人的长相，小圆当时注意力都集中到那个女人身上了，她忽略了这点。莫晓北不以

为然，就算是庄位轮的老婆，和什么人见个面就翻天了，随她去。

莫晓南从生活小区出来后上了一辆出租车，老黑戴着一副墨镜从报亭后面闪出来，也快速上了一辆，两辆出租车一前一后驶向市区。老黑在接到钱的同时也接到了莫晓南的照片和相关资料，按照要求，事成之后他还会得到另一半酬金。

莫晓南在一座十几层高的银行大厦前下了车。老黑乘坐的那辆出租车也停在大厦附近，他点上烟，看着莫晓南进了银行。十几分钟后，莫晓南从里面出来了，她招手叫来一辆出租车，正要上去，她手机响了，之后她辞了出租车，转身向大厦旁边的一个胡同走去。

胡同又窄又安静，同刚才大厦前喧闹的街道简直是两个世界。莫晓南在前面走，老黑不紧不慢跟在后面，不一会儿，莫晓南感觉到什么，猛然转过身，老黑赶紧也转了过去，莫晓南怀疑地看看他的背影，然后加快步伐走出了胡同。没走几分钟，莫晓南就到了图书馆，穿过广场，她径直走进了图书大楼。刚才她接的是姜主任的电话，让她抽时间来拿她辞职前一个季度的奖金，她推掉了，但姜主任说她不要钱也应该露个面，她不好再推托。

老黑跟进图书大楼看见阅览室的牌子后，便蹑手蹑脚走了进去。见刚才跟踪自己的那个男人进了阅览室，莫晓南从粗大的石柱后面闪了出来，她盯着阅览室的门往后倒退，正要脱身，结果与刚走进大厅的王佳魁不期而遇。

"你，这是要出去？"王佳魁问她。

"啊——对，出去。"莫晓南低头掩饰着。

王佳魁并不知道她已经辞职了，跟随她走出大楼，他要送她，莫晓南也不答话，走到大楼后面的停车场，她已经恢复了平静，问他是不是来找她借书的，王佳魁没有回答，打开了车门。老黑从阅览室出来后，又在图书馆大楼里寻找了几圈，见要找的那个女人无影无踪，知道自己被甩了。

王佳魁领莫晓南进了茶楼，绕过幽静的茶室，他们来到一个靠窗的半封闭式的包间，紧跟进来的服务员熟练地洗茶、泡茶，之后退了出去。王佳魁给莫晓南倒上茶，她端起来慢慢品了一口，说："王队长，你今天来找我，肯定不是就喝喝茶吧？"看王佳魁欲解释，没给他机会，她接着说，"人死不能复生，现在说什么都无济于事……"

"你的心情可以理解，的确，把张炳文和无名尸对等起来，如果没有充分的科学依据，我们也很难下最后定论，但是结果就是这么残酷。……关于张炳文的情况，你们是夫妻，我想，总比我们所了解的要多的多……"王佳魁也只好就此开端。

"未必，有的夫妻虽然在一个屋檐下多年却形同陌路，当然，我和张炳文还不至于此。"莫晓南看了看窗外。

"关于张炳文在省城有另外一个女人，想必你也知道了吧？"王佳魁引入正题。

"知道怎么样，不知道又怎么样？这个话题我们聊过……一个男人在外面寻求慰藉并不能说明他要抛弃这个家庭，也不能说明他不想负某种责任。"莫晓南的这番话，听起来不像是在说她自己的家庭，更不像是一个受伤女人的话，倒像是什么学者站在高高的位置在诠释某个问题。

"这个，这是你的理解。"王佳魁突然转了话锋，"我外出学习期间，刑警队曾接到过一个神秘女人的电话，也正是这个电话，使张炳文的尸骨真相大白。按我们推论，这个女人一定是知情者，或者是参与者。"

"还有，是凶手。"莫晓南脸色苍白，淡淡地回了一句，王佳魁一顿，回答说完全有可能，然后给她续上了茶。

"……打电话的女人有没有可能是我？既可以继承遗产，又能再婚，而不至于遥遥无期地守寡？！"莫晓南心如止水。

王佳魁完全没有想到她如此明了，她说出的正是他的疑惑，他一时不知该如何回答。片刻，莫晓南眼里突然涌出泪水，王佳魁递上纸

复仇计划
FUCHOUJIHUA
长篇侦破小说

巾，她轻轻抹去。

"晓南，你，你不要太难过。"王佳魁低头看看自己的杯子，里面有一片茶叶在上下浮动。

"王队长，你还没有回答我……"莫晓南向他追问。

"这，这也只是一种猜测吧……"王佳魁抬起头，"我们现在正在调查中，一切都取决于证据……"

说到这里，他并没有从她的眼睛里看到什么，莫晓南又问他是否得到了证据，王佳魁回答还没有，他说："但是我相信，所有现象的背后都有它本质的东西，证据也如此……"

王佳魁试图打开莫晓南的心结，但接下来她再也没说什么。

莫晓北忙完手头的事下楼来找李想，刚到大厅，就见小圆急急忙忙走来，看她神不守舍的样子，莫晓北不知道她又怎么了，小圆上前开口就说："大李他妈肩膀痛得抬不起胳膊，他就给他妈买了一个热宝，他走不开，就让我给他妈送去，我一想，这不正是我表现的机会吗？我就去了，结果你猜怎么着，我看见谁了？"

莫晓北越听越糊涂，不明白她到底要说什么，小圆有点急了："哎呀你听我说，我看见公安局那个王大哥了，还有晓南姐，他们是在大李家的那个茶楼里，晓南姐还哭了，是不是出什么事了？"

打发小圆走后，莫晓北心想，一定是王佳魁在为张炳文的事在为难莫晓南，顿时一股火窝上心头。

莫晓北的车同王佳魁停在路边的车相向一米时，戛然而止，王佳魁正想告诉她这样太危险，看到她气冲冲的，就问她什么事这么急。

"你还问我？王佳魁，我告诉过你，有什么事尽管来找我，不要再打扰晓南，别看他们是夫妻，但是张炳文的事我要比莫晓南清楚得多。张炳文的生意，张炳文和什么人来往，张炳文的私生活我都清楚，你不要再为难晓南了，好不好？"

清楚了莫晓北的来意，王佳魁让她消消气，他怎么可能为难莫晓南，莫晓北依旧说下去："你知道一个家庭失去亲人是什么滋味吗？当然了，尽管他们夫妻感情很一般，可张炳文毕竟是点点的父亲吧？当然，你们已经知道了张炳文不是点点的亲生父亲，不是做了什么DNA吗，我实话给你说王佳魁，张炳文出事前，我去省城找过他，其实他也很不容易，作为一个丈夫，他从来没有对莫晓南有过打骂行为……当然了，这是一个最低不过的标准了，可是最起码他们夫妻这么多年来一直相安无事吧？现在张炳文死了，难道就因为他们夫妻关系很一般，莫晓南首当其冲就是怀疑的对象吗？……什么事都有动机，杀人也如此，如果说是莫晓南杀了张炳文，动机是什么？目的又何在？为财？她视金钱如粪土，为色？她从内心鄙视这些，还能为什么？你能给我找出一个理由吗？"

王佳魁点点头，他心里承认，现在还真找不出莫晓南的任何动机。

"其实，要说动机，我莫晓北倒是有。大学毕业后一直没找到什么理想的工作，这几年对影楼倾注了我全部的心血，我是一个不服输的人，既然影楼做到了这个份上，我就想把它做成渤海第一，这既是动机又是目的。还有，我的个人目标就是要挣大钱，就是要出人头地，张炳文的死恰恰给了我实现目标的一个捷径，这个奋斗目标我最起码可以缩短十年，十年知道吗？这十年对我一个女孩子来说是多么的重要！难道这点儿没有引起你足够的怀疑，没引起你足够的重视吗？"

王佳魁沉默了。少顷，他郑重地告诉莫晓北："任何现象的背后都有它本质的东西，这话我对晓南也说过，这就是辩证法。"

莫晓北没有答话，转身上了车。看着她远去，王佳魁忧心重重：莫晓北为什么对自己的动机想的那么清楚，对莫晓南排除的又那么干净？难道，她是在排解自己心中的疑惑吗?！

6

吃完午饭，庄妻嗑着瓜子，懒散地靠在沙发上看起电视。门铃响了，送报员送来了两份报纸，平时她很少看报，今天却鬼使神差地翻

复仇计划　长篇侦破小说　FUCHOUJIHUA

看起来，左下角一则《通缉令》吸引了她："……绰号老黑，年龄30岁左右……"仔细看了看，她感到摹拟画像上的这个人好像在那见过，对，昨天晚上在公园见面的就是这个叫老黑的人。

听到庄妻在电话里一惊一诈的，庄位轮没弄清她是什么意思，他再三询问才弄清了她昨天晚上见面的那个人被通缉了，他心里一阵紧张，让庄妻别放电话，然后急忙翻找桌子上的报纸，结果他看到了《通缉令》。他感到事情有点不妙，因为前两天公安局来人也提到了这个老黑，当时他还看了摹拟画像，他决定去问问黄全，拿上报纸走到门口，想了想又放下了。来到黄全办公室，他面带微笑着，丝毫看不出刚才的焦虑，先同黄全搭讪几句后，他漫不经心地问起他找的那个人的基本情况。

"我那里知道，都是朋友托朋友的事儿。哎，庄局长，你可没让我找什么人，我也从来没给你找过什么人啊。"

听黄全这么说，他顿时语塞。他急匆匆赶回家里，还是不相信天下有这么巧的事，不相信不可能的事会真的发生，他抖着手里的报纸问庄妻是不是看错人了，庄妻给了他一句，她还没到老眼昏花的地步，警察要是把老黑抓住，不全露馅了吗？庄妻又添一句，那壶不开提那壶。

"哎，你让谁找的这个老黑，赶紧让他换人。"庄妻有了主意。

"你懂不懂规矩，钱给出去了能换人吗？现在警察肯定都在到处抓他，这个老黑，我估计也不敢到处乱窜，他有可能去的地方，就是咱们给他提供的那几个地点。这样，你这几天到那几个地方找找他，如果碰到他，就说钱不要了，赶紧让他收手。"庄位轮背着手在想对策。

"咱们在明处他在暗处，怎么找？"庄妻犯愁。

"你不会动动脑子？"庄位轮没好气。

庄妻十分不满，现在是钱花了，事不仅没办成还要坏事，真是个赔本的买卖。庄位轮狠狠瞪了她一眼，都到这个时候了她还打小算盘，愚蠢至极。

　　按照庄位轮提供的地址，庄妻来到莫晓南住的生活小区，下了出租车，看到小区门口不远处有个书亭，她走了过去。看书亭的是个大爷，庄妻对他大声喊了一嗓子，大爷整理着书报，慢悠悠告诉她不用这么大声，他的耳朵不聋。庄妻从包里掏出报纸，指着老黑的摹拟画像，问他见没见过这个人。大爷没看，边收拾东西边说这是他闺女的摊位，这几天他临时来帮忙，书亭里这么多报纸和杂志他从来不看，一看就眼晕。庄妻怏怏地把报纸塞进包里，站在马路边四下看看。小区门口是等客的出租车和偶尔几个行人，都很正常，也很清静，她觉着等下去也没什么希望，就决定去图书馆试一试，看能不能在那里碰到老黑。

　　从图书馆出来后，庄妻又来到点点所在的学校，她认为老黑来这的可能性最大，因为莫晓南辞了职，不可能常去图书馆。这时正是上课时间，校园里很安静，校外人行道上也没什么行人，她疲惫又失望，只好打道回府。突然，她发现人行道上一个人的背影像是老黑，便上前紧跟了几步。前面那个人似乎在点烟，停了下来，庄妻也停下。男人继续向前，庄妻又跟上，她越看越像，心里一着急，上前抓住了那个人的胳膊，男人猛一转身，庄妻才知道是自己认错了人。

　　"神经病……"男人不满，走远了。庄妻虽说心里窝火，可又无处发泄，只能朝那个人的背影喊了一声："你才神经病哪，谁让你长的那样……"

　　她又急又累，回到家便发起牢骚。庄位轮没去上班，一直在家等消息，这个时候他要鼓励她，不能让她泄劲。他给庄妻倒了一杯水，说："你也辛苦了，咱们还真得抓紧时间，赶在警察之前找到他，不然可就麻烦大了，就这两三个地方，你说他还能去哪儿？"

　　庄妻想了想："按说是呀……要不，咱再雇俩人盯着这个老黑？"

　　庄位轮认为这样不妥。

　　老黑藏匿在租来的一个一居室，他对着镜子把一个略带红颜色的假发套套在了头上，左右看看，他很满意，感到自己的面容立即有了改变，吹了几声口哨，他旋即把假发套一把摘下来，仰面躺在床上。他在遐想，情不自禁脱口而出："钱呀钱，真是一个好东西，有了你就是爹，有了你就是爷……"

他猛地坐起来，有了主意，有人雇他干掉这个女人，而他正好可以利用这个女人弄笔大钱，也就是让这个女人出钱消灾，然后他远走高飞。事不宜迟，他戴上假发套出了门。

莫晓南听手机里是一个男人的声音，她当然不知道这就是庄位轮雇来的杀手老黑，老黑小声说："有人出钱要你的命，不过我想，咱们可以做笔交易，怎么样？"

"交易？怎么讲？"她冷静地问对方。

"你拿五十万买条命吧！"老黑明确地说。

莫晓南一下就想到了庄位轮："哼，你的雇主终于忍耐不住了，好哇，他向死亡又迈进了一步，这也正是我希望的……至于，至于你说的交易，先生，你找错人了。"

老黑怕这个女人放下电话，赶紧让她等等，说："张炳文，这个名字你应该很熟悉吧？"

"先生，在我这儿你打错了主意，告诉你的雇主，给他指的道他不走，那就怨不得老天了，他就等着下地狱吧！"

还没等老黑弄明白，对方就挂断了电话，没想到这个女人不屑一顾，嘿，还真有要钱不要命的主儿……给谁指道？谁要下地狱？莫名其妙……老黑心里在嘀咕。他来到快餐店，这几天一直在凑合，还没有正经吃过一顿饭。店里人不多，他要了一碗面和两个小菜，在等候时，有一对年轻男女坐到了他的旁边。不一会儿，服务员把饭菜端来，他不慌不忙开始吃起来。

"还得快点，一会儿我回所里还要换警服上任务。"

小伙子的这句引起了老黑的注意。

"要不就来快餐店了，不然还能好好吃一顿……这次你们什么风暴呀，多长时间？"女孩儿有点不满。

"一个月，跟上次'严打'差不多。"小伙子说。

"这次给你几个指标？哎，来了，快吃吧。"女孩见服务员送来了他们要的两碗面。

"……五个指标，哎，你也帮着点，看谁不顺眼赶紧告诉我。"

"我就看你不顺眼。"

女孩边笑边往老黑这边看了看，老黑摸摸头上的假发，心里不踏实，赶紧低头吃饭，始终不敢再看他们，直到那对年轻男女风卷残云般吃完饭走了，他才抬起头。擦擦脸上的汗，他定了定神，看看四周，慌慌张张离开。

7

刘芳为她表弟装修婚房的事来了，莫晓北看过图纸告诉她，设计师会与她表弟联系，她就不用操心了，"哎，你和那个警察，叫什么来着，还来往着哪？"刘芳问。

莫晓北欲言又止，说就算是吧。

"什么叫就算哪？哎，我可跟你说啊，如果把李想和这个人放在一起，我宁可选择后者。"

莫晓北没料到刘芳是这种想法，因为她一直比较欣赏李想，还经常称赞李想可是个难找的好人，刘芳看看她，沉稳地说，如今这个年月，光是好人是没有用的，现实生活非常残酷，弱肉强食，这个问题莫晓北理应比她清楚。刘芳确实非常实际，别看她在报社工作，是"上层建筑"，但是比起莫晓北这个搞"经济基础"的可要实际多了。

莫晓北看看时间，不想再讨论这个问题，在她看来，一切随缘，不管是王佳魁还是李想，她现在都说不好，谁知道明天又会发生什么。短短两个月时间，在她身上，在她身边出现了许多不可思议的事情，她现在不能顾此失彼，一切都等蓝色婚典结束后再考虑。

她请刘芳吃完饭就回来了，她并未下车，靠在座位上想休息一会

复仇计划
长篇侦破小说
FUCHOUJIHUA

儿，刚闭上眼睛，突然有个问题又冒了出来：老黑和柳小红之间会不会有什么关系？她决定问问。

听到莫晓北的声音，柳小红就紧张，赶紧回答自己和老黑只是一般的朋友关系，她已经和警察说清了，这事和她不再有什么关系。

"说的轻松，我问你，张炳文到底怎么死的？"莫晓北在电话里声音严厉，柳小红战战兢兢作着解释，不等她说完，莫晓北就打断她，看看时间，让她六点之前务必赶到渤海，她等着她，过时不候！莫晓北说的非常坚决，没有商量的余地。

柳小红不得不再次来到渤海，她早就领教了莫晓北的厉害。从长途汽车站出来，一个卖小宠物的地摊吸引了她。老黑戴着假发套和墨镜轻松走过来，他感觉到什么，又回头看了看，认定在逗宠物的那个人就是柳小红，他紧张了，看看周围并没什么异常。柳小红站起来继续往前走，老黑悄悄跟在后面。走着走着，柳小红突然转过身又往回走，老黑一时没反应过来，只好随着行人继续往前，柳小红和他擦肩而过，老黑惊出一身冷汗。柳小红返到一个冷饮柜前买了雪糕又回来，老黑佯装看地摊上的东西，柳小红走了过去，依然没认出他，老黑心里庆幸，亏他化妆有术。

黄昏的时候，莫晓北和柳小红来到影楼后院，莫晓北说："我先相信你刚才说的，也相信张炳文的死和你无关，从此往后，你走你的路，好自为之。"她正要上车走，突然想起来了，从包里拿出一沓钱，告诉她就是做一个了断，让她明白，这是有人特意嘱咐这么做的。柳小红颇感意外，但还是伸手收下了。

8

莫晓南拨通庄位轮的电话，空洞的声音在屋里回荡："你终于按捺不住了，我在等你雇的杀手……"

庄位轮猜测不准她是怎么知道的，声音有点哆嗦。

"你以为所有的游戏都按你的规则出牌？……十年了，这十年你恐怕从来没想到会有我这张牌出现吧？我这张牌就是一把毒剑，不是你死，就是我活，告诉你，你的时间不多了……"挂断电话，莫晓南调整了一下自己便出了家门，她要去接点点，时间有些晚了。

庄妻在出租车里等待着老黑的出现，司机有点着急，问她走还是不走，庄妻不耐烦地让他等着，又不是不给钱。

"老这么等着，那我这一天可跑不了几趟活儿了？"司机说。

"你还省油了哪怎么不说？"这句话把司机噎得不知该说什么。

莫晓南急急忙忙从小区里走出来，庄妻一看，有点犹豫，不知该不该跟上去，不过她很快反应过来，因为老黑随时可能出现在莫晓南的周围，她催促司机马上跟上前面的那辆出租车。

放学时间已过多时，校门口等候的学生几乎走光了，点点正在着急，这时，老黑出现在她的面前。老黑问她是不是张点点同学，并告诉她，他是她爸爸的朋友，她爸爸出事了，现在正在医院抢救，她妈妈委托他来接她。

点点半信半疑："我爸爸的朋友？我爸爸叫什么？"

老黑蹲下，温和地说："你爸爸叫张炳文，不是在省城开装饰公司的嘛，不会有错，快走吧，不然来不及了。"说着，拉开出租车车门，点点犹豫了一下，但还是跟着老黑上了车。

出租车驶入一条僻静的街道，点点有一种不安，而且越来越强烈，她盯着老黑左右看看，老黑一惊，问怎么了，点点摇了摇头，老黑不自然地笑笑，拍拍她的头说："哎呀，你说你们这一家人，怎么这么和我有缘哪。"

夜幕降临，莫晓南赶到学校时，校门口已经没有了等候的学生，这时莫晓北开车也赶到了，她们便进学校去寻找。

庄妻跟来后，就在学校门口对面的出租车里，她是在等老黑的出现，看到莫晓南姐俩进了学校，之后又急急忙忙跑出来，她感到不解。

莫晓南突然意识到点点会不会遭到了绑架，莫晓北认为不可能，

复仇计划
长篇侦破小说
FUCHOUJIHUA

绑架一个小孩干什么，她安慰莫晓南，点点一定是没等到她们打车直接回家了，莫晓南感到不太可能，要是回家或者去同学家，她肯定要打个电话，不会不通知她们就自己离开这里。莫晓北让她打电话问问班主任，也许是班里有事。

莫晓南一下感到有了希望，急忙掏出手机……

路灯刚刚开启，泛着昏黄，点点突然大声地问老黑："叔叔，咱们这是去哪儿呀？"

"刚才不是告诉你了吗？"老黑压低嗓音。

不知司机是不是有所察觉，他看了看后视镜，突然，点点捂住肚子，痛苦地呻吟起来……她歪倒在座位上，看上去痛的不轻。刚才还好好的，怎么突然喊起肚子疼了，老黑不明白。

"要不，我送你们去医院吧？"司机在前面说。

"哎哟，疼死了……好疼啊……"点点疼痛难忍，整个身子趴在了座位上。

"还是先去医院吧，弄不好是盲肠炎，我女儿就得过这急病，吃点药打打针就行了，要是耽误了，弄不好有生命危险……"司机回过头，特意看看老黑，好像有意在配合点点，就在他犹豫不决时，出租车司机趁机拐上了通往医院的路。

到了医院，司机把点点从车里搀扶了出来，还特意嘱咐她如果不行，就赶紧给家里打电话，老黑扔下车钱，让司机赶紧忙去，司机看他们进了医院大楼这才放心，将车很快开走。

这个时间医院的候诊大厅里已经没有什么就诊的人了，老黑紧张又茫然，不知该往哪里走，点点捂着肚子又喊起来，她要马上去厕所。看到卫生间指示牌，老黑就拉上她从大厅过来，点点进了卫生间。

老黑盯着女厕门口，在走廊上来回溜达，一个女护士进了厕所，等她出来，老黑赶紧上前问里面有没有一个小女孩，护士说没注意，就径直走了。这时，一个穿病号服的中年妇女走了过来，老黑上前迎了两步，央求道："麻烦你看看，有个小女孩肚子疼，进去老半天了也没出来，我干着急没办法……"

中年妇女也不答话，上下打量了一下老黑，她走进去接着很快又出来，里面根本没有什么他说的小女孩。老黑顾不了许多，冲进女厕所，片刻，他惊慌失措地跑了出来，恶狠狠地向外追去。

点点背着书包站在电话亭旁边，她身后是个大型超市，门前人来人往。莫晓北的车急速驶来，猛然停在点点面前，莫晓南跳下车，上前一把抱住她，莫晓北也是又惊又喜。没等她们问话，点点平静地告诉她们，刚才她去超市里面转了转，出来后才想起来给她们打电话，为此她要道歉。莫晓北警告她以后不许这样，下不为例，说着打开车门，三人上了车。

回到家，点点拉着莫晓北进了自己的卧室，莫晓北知道她有事，刚想开口，点点示意她小点声，然后神秘地说："小姨，这下咱俩扯平了。"

见莫晓北没有明白，点点颇为自豪："刚才我根本没去什么超市，和你一样，虎口脱险。"

莫晓北大吃一惊："什么？有人把你——"

点点赶紧凑到她耳边，把刚才发生的事向她原原本本叙述了一遍。

庄位轮看庄妻神色慌张地回来，以为见到老黑了，庄妻说老黑没见到，不过莫晓南的女儿好像不见了。庄位轮忙问是怎么回事，庄妻喝了口水，说："莫晓南姐俩去学校接女儿，没接到，看样子挺着急……后来接了一个电话，她们就匆匆忙忙走了，我一看也就赶紧回来了，路上我还琢磨，这是怎么回事？难道是老黑把莫晓南女儿弄走了？"

庄位轮感到浑身无力，一屁股坐到沙发上，真要是老黑，等于正撞在枪口上，这是在找死。唉，事到如今只能听天由命了。

复仇计划
FUCHOUJIHUA
长篇侦破小说

柳小红在做头发，吹风机的噪音溢满了整个发廊，直到安静下来，柳小红这才听到她的手机在响。听到老黑的声音，她吃了一惊，看看镜子里正给她梳头的理发师，小声问他在什么地方，老黑让她少废话，反问她到渤海干什么，柳小红急忙站起来走到发廊外，她左右看看，小声问道："你怎么知道我去渤海了？我对你说老黑，现在警察到处在抓你，你还是赶紧去自首吧。"

"放屁！我自首什么，你都知道些什么？"老黑恶狠狠地。

"杀人偿命！你，是你杀死了张炳文。"柳小红也狠狠地说。

"胡说八道！谁杀他了，你这个臭婊子！什么张炳文死了，你报丧哪。"

"老黑，我说你还是赶紧去自首吧，这样政府还能宽大，也省得连累别人。"

"臭婊子疯了，告诉你，要是敢告诉警察我给你打过电话，老子先做了你！"

从理发店出来，柳小红越走越急，时不时还回头看看，其间她还像电影里甩掉特务那样突然闪进一间店铺内，直到放心后才出来。她来到空旷的广场中央，看看四周无人，赶紧把电话回拨了过去，但是电话始终无人接听。

刑警队经过摸排，已经掌握了老黑的基本情况。老黑的真实姓名叫李二树，今年三十岁，渤海人，初中没毕业就辍学了，之后就在外闲荡，以前他还回家看看，近几年回来的次数越来越少，家里人不知道他在干什么，也管不了他。目前刑警队在他有可能落脚的地方进行了布控，张网待捕。

王佳魁他们在分析案情，秦海涛感觉老黑潜回渤海的可能比较大，因为这个人心理素质还不错，也许他认为最危险的地方，恰好也是最安全的地方，刑警小李说，老黑可能在渤海租了房子，那样难度可就大了。王佳魁认为，老黑对张炳文家情况有所了解，会不会在他家附近，或者在他家人的周围出现，杨子一下就明白了他的想法。

莫晓北正想同王佳魁联系时，他已经到了莫晓南家楼下。上了车，莫晓北让他先说，王佳魁看了看点点，显然有点顾虑，莫晓北说她是特意把点点带来的，让他直说。

"老黑对你们的情况应该有所了解，我的意思是你们平时注意点，防止狗急跳墙，遇有什么可疑情况，马上报警。"

莫晓北没有说话，向他要老黑的摹拟画像，王佳魁从包里拿出给她，杨子把从老黑家找到的一张他几年前的一时照片也递给了她。莫晓北让点点辨认摹拟画像和照片，点点仔细看过，然后说真人要比这上面的头发长。

王佳魁和杨子惊喜。

王佳魁他们同莫晓北分手后，就接到了柳小红的电话，根据她提供的电话号码，他们与电信局取得了联系，并找到老黑与柳小红通话的那个公用电话亭，杨子用手机拨打了这个号码，话亭里的电话果然响了起来。为防止老黑外逃，王佳魁他们决定采取行动，在车站和码头严密布控。

这个夜晚，庄位轮坐卧不宁，庄妻本来已进入睡眠状态，此刻她不耐烦地翻了个身，最后干脆坐了起来，看庄位轮还在地下来回走动，她心里烦了："你就别来回转了，光着急有什么用？你说你也是的，找人怎么找了个通缉犯？这么倒霉的事让咱们给摊上了，你告诉我谁找的，我去找他，看他这给找了个什么人哪？"

"你有完没完！"庄位轮真急了，庄妻只好退一步，让他赶紧休息，明天她再想想办法。

悬挂在客厅的可视电话突然响了几声，庄位轮正好到客厅来拿烟，就过来拿起了话筒，话筒里没有任何声音，他按下了可视开关，小屏幕里出现了院门外的场景，空无一人。庄妻走过来，这现象曾经出现过，她狐疑了。

第二天上午，庄妻来到报社，她也只有这个办法了。刘芳正要出

复仇计划
FUCHOUJIHUA
长篇侦破小说

去，见自己婆婆来了，就让她坐下，庄妻问她看没看今天的早报，刘芳说还没顾上看，庄妻小声说："那上面登了悬赏令，是一个叫老黑的，你要是发现了他，先告诉我啊。"

"悬赏令？和咱家有关系呀？"刘芳纳闷。

"没有没有，那不是，那不是奖金挺高嘛。"庄妻撒了个谎。

刘芳当然不相信婆婆的解释，让她别抱太大希望，就是真碰到了，也很危险，不过她让庄妻放心，如果真让她遇到了，她会第一个告诉她，说完她看看手表。

9

一只蝴蝶形状的五彩风筝在湛蓝的天空中飞翔，点点拽着风筝的摇把在沙滩上奔跑，边跑边叫，十分开心。

莫晓南远远看着，这一段时间发生了太多的事情，虽然一切还都不十分明朗，但她反而感觉越来越清晰，如此一来，一切的一切对她来说也就都不是意外了。这时，她手机响了，接通后，对方却没有说话。莫晓南猜到还是那个人打来的，虽然她不知道他的姓名，果然，老黑在电话里慢条斯理地告诉她，关于钱的事他们好商量，五十万不行，问她三十万是否可以接受。

"三十万？三十万我买自己一条命是吧，你是不是这个意思？"

"对，是，然后咱们各走各的道。"

"看来你的主子没给你多少好处。不过，你就不怕他收拾你吗？"

莫晓南心里冷笑了一下，老黑忍耐不住了，让莫晓南给个痛快话，否则一切照旧。莫晓南告诉他，她是不会用三十万来买自己这条命的，老黑只好又退一步，问她到底想出多少，莫晓南慢悠悠地说，这不是钱的问题，他们能否见上一面。

"你想干什么？少耍花招！"老黑说完挂断了电话。

自从在点点的事上失手后，老黑就一直闷在屋里。到手的熟鸭子愣飞了，一笔巨款就等于打了水漂，他感到实在窝囊。猛吸了一口烟，见只剩下了烟屁股，就用脚狠狠捻了捻，借此发泄了一下，这时的他像困兽般在屋里转了两圈，之后又给莫晓南打了过去，恶狠狠地说，他的忍耐是有限度的，再最后给她一次机会，就十万，否则明年的今天就是她的祭日。莫晓南告诉他，不是十万，而是十五万，老黑糊涂了，想弄清她的真实意图。

"我改主意了……本来我是想用手里的证据置他于死地，现在看来，不如用他的办法，倒来的干脆利落。"莫晓南告诉他。

"你这是什么意思？我听不明白……"老黑在电话里问。

"你不需要明白，这是我和他的一笔旧账，本来我是想让他也慢慢享受享受煎熬的滋味，品尝品尝什么是痛苦，现在既然你出现了，我不想失去这个机会，既然命运这样安排的，那就让我们去顺从吧，十五万怎么样?!"莫晓南的口气不容商量。

老黑明白了，她的意思是给十五万让他去做掉一个人，他心里窃喜，咬咬牙，同意了，让她把对方的情况告诉他，莫晓南说见面再说，到时候他自然就会知道，老黑同意了，什么时候见面让她等电话。他抑制不住内心的狂喜，一下子躺倒在床上，不由得大声喊了几嗓子，之后他坐起来，感慨着他同张炳文这一家人的缘分，也该他老黑咸鱼翻身了。

莫晓南拿着手机正在愣神，莫晓北走了过来，刚才刘芳来交她表弟装修房子的定金时，顺口透露了她婆婆为悬赏老黑的事找过她。

"你说庄位轮的老婆，怎么这么热衷于找到这个老黑？……张炳文指使人误杀了维修工，而老黑杀了张炳文，这不正合她心意吗?"莫晓北说。

莫晓南认为庄妻这种女人，多半有可能是为了出风头，她当然想不到庄妻找老黑的真正目的。

"嗯，她为了给庄位轮脸上贴金，消除维修工之死给他们带来的负面影响，还真有可能，挺下功夫的啊。不过，这个老黑为什么要杀张炳文呢，是图财害命？你这段时间也要多加注意，因为公安局已经发

复仇计划
FUCHOUJIHUA
长篇侦破小说

了悬赏令，当心老黑狗急跳墙。"莫晓北说了自己的担心。

莫晓南当然不知道这个被通缉的老黑就是庄位轮雇来的杀手，也自然不可能清楚庄妻找老黑的真正目的，更不清楚在此之前，老黑对她以及对她全家所做的一切种种"努力"的真实目的。因为她对这个杀手一无所知，所以根本不可能把他与这个老黑画上等号，而老黑却对她的情况略知一二。

柳小红走进装饰公司，看上去无精打采的，小梁在归置桌子上的东西，看到她进来，他停下手，柳小红把一串钥匙放到桌子上："屋里的东西，属于我的我都拉走了，和我不相干的，我也不愿意拿，晦气，走了。"

小梁明白了，把钥匙放进抽屉里，准备回头交给莫晓北，恰巧这时莫晓北打来电话，关于他的正式任职问题让他再等等，因为张炳文不在了，公司人事方面还需要变动和调整，还让他可放心，省城这边仍然由他负责。放下电话，小梁心里踏实了许多，索性把办公室彻底打扫了一遍，正要坐下休息，一个中年男人匆忙走了进来，一进门就问张炳文在不在，小梁心里暗暗吃惊。

"是这样，我是张炳文一个朋友，今天刚出国回来，临走前张炳文在我那里喝酒，把这个东西丢到我那儿了，忘了拿。第二天我要走，也没来得及给他，你就转交给他吧，我打他手机老关机，我还有急事，先走了。"

说完，中年男人把一封信放下，转身就走了，小梁在后面欲言又止，心里着实不是滋味。他看到信封上面写着几个字：转交莫晓南。他也没多想，觉着什么时候回渤海的时候再带去，就顺手放进了抽屉里。

10

黄全也没敲门就撞了进来，神色紧张地问庄位轮和那个人见面了没有，庄位轮明知故问，问怎么了。

"那就说什么也晚了，刚才我中间托的那个朋友说，找的那个人不太可靠，怕出什么事。不过咱可说好了，甭管到什么时候，我都不承认有这码事，我这边是朋友托朋友，反正那个人也不知道我是谁。"

见黄全把自己摘的干干净净，他正想说什么，庄妻来了电话，让他赶紧回家，到了家，庄妻说这么找老黑也不是办法，她又找了一个上午，疲惫不堪，庄位轮点点头，今天黄全也坐不住了，他估计现在也有人在找那个老黑，只要不被警察逮住就行，现在只能走一步说一步，他又鼓励了鼓励她。庄妻说吃完饭她再出去转转，她又有了动力，觉着自己在这种状况下说什么也要冲在前面，一定会赶在警察之前找到老黑。

老黑来到了批发市场，整条街进货的出货的，人和车混在一起，看上去乱乱糟糟的。一个中年男人在一个摊位前停下，木板上面摆放的是仿真枪仿真刀仿真手雷等各色仿真武器。老黑与老板成交，拎着一个塑料袋离开了，中年男人注意到老黑，跟在了他后面，边走心里边琢磨。

老黑戴着一个黑白头发相间的短发套，从背影上看去，还真像个五十岁左右的人。老黑并没意识到有人跟踪他，突然感到有人拍了一下他的肩膀，心里一哆嗦。中年男人看到一张生疏、诧异的面孔，赶紧道歉，因为太像他的一个哥们儿了。

老黑还在余悸中，中年男人已经不见踪影。他赶紧走几步，拐进了一间杂货铺，这里倒是清静许多，老板娘正和一个中年妇女在聊天。

"……我表侄在当联防队员，就在北边的出市口值勤。"

"你说他叫啥不好，老黑！"

老黑一惊，发现她们并没有在意他，还在继续热聊。

"叫老黑，这不就等于是黑灯瞎火了吗？他还往哪儿跑呀，对吧？哎，你说这要让咱碰上了，不就挣笔奖金了？"

"这种好事那能轮上咱哪。哎，你要点什么？"

老板娘这才顾上招呼客人。老黑不敢抬头，指了指柜台里摆着的一种香烟，老板娘拿出来递给他，老黑扔下钱仓皇而出。

小吴接到群众的报警电话，反映在莲花小区见到了有个像老黑的人，王佳魁准备马上过去，她说这几天这方面的消息太多了，可能又是白跑一趟，也不管王佳魁同意不同意，就跟了出去。

老黑准备出发了，他装扮好自己，约莫晓南一个小时后在海湾广场见面，在他的心里，这个女人始终是个谜，他只知道有人雇他做掉这个女人，而这个女人又反手雇他去做掉要让她消失的那个人。当然，他已经顾不上这些了，只要钱拿到手就离开这里，离开这个让他无处躲藏，让他时时心惊肉跳的城市。

莫晓南把钱装进一个提包里，之后上了一辆出租车，庄妻这时也出了家门，走向通往海湾广场的那条路，因为那里人多，她要去碰碰运气。

老黑在熙熙攘攘的人行道上穿行，人们都在忙着自己的事情，根本没人注意他，但他还是心虚，边走边不时观察，看到路边有个公共厕所，他走了进去。从男厕出来后老黑来到水池前，他掏出手机，把新买来的电话卡换到了手机上，旧卡他一掰两瓣，扔到了垃圾筐里，这样保险，以免那个女人耍什么花招。水池上方是一面大镜子，老黑摘下墨镜，看看四下无人便摘掉假发套，稀里哗啦洗起脸来，天热，他心里更热。

庄妻从女厕出来到了对面的洗漱池，无意间往镜子里看时，老黑正好抬起头，庄妻看着镜子里的老黑愣住了，老黑也从镜子里看到了庄妻，但他并不知道也想不起来她是谁了，本能使他一个激灵，抓起假发套就往外跑。

"老黑？是老黑！"庄妻脱口而出，"哎——你别跑哇……"她急忙追了出去。

正值中午一点多钟，这条街道上的行人和车辆并不多，庄妻在后面能清楚地看见在前面仓皇奔跑的老黑。老黑回头看看，见这个女人还在拼命追赶，急不择路，突然窜到了快车道上。"站住——"庄妻大喊了一声，她多想告诉追他的原因，但这一切已经来不及了，一声刺耳的急刹车声突然传来。前方不远处一辆轿车横在了路上，有几个行人快速围了上去。庄妻急忙跑上前去，只见老黑仰面躺在车前，头下流出了一摊鲜血，发套和仿真手枪散落在地上。

王佳魁和小吴从莲花小区出来，不出所料，他们这趟又白来了。车行驶在通往海湾广场的街道上，王佳魁看见前面的马路中央围观的人们，以为出了交通事故，他的车很快来到现场，小吴跟着王佳魁急忙跳下车，拨开围观的人群。看到地上的这个男人，王佳魁感到了什么，他仔细看了看男人的面部。肇事司机吓得哆哆嗦嗦的，语无伦次地想解释清楚突如其来的事故。

王佳魁认定了倒在血泊中的这个人就是老黑，他悄悄告诉小吴，让她赶紧叫急救车，接着他打通了市局指挥中心的电话。

庄妻惊魂未定，挤出人群来到人行道上，她定了定神，老黑死了？死了?! 她想赶紧离开这个是非之地，不小心碰到一辆自行车，结果引起连锁反应，十几辆自行车倒在了地上，她赶紧跑开。

庄妻回到家后连喊带叫，不知是紧张还是兴奋，庄位轮急忙从卧室出来，庄妻端着粗气叫了一声老黑，就没再说下去。庄位轮站在边干着急，不安地猜测老黑是不是让警察抓了，庄妻端起杯子咕嘟咕嘟喝了几口水，她安定下来，她知道他的担心，高兴地拍了拍他，告诉他老黑死了。真的死了？庄位轮站起来，简直不敢相信还有这样的奇迹在这个关键时刻发生，这无异于彩票中了大奖，不，大奖岂能与此相提并论，看来是老天要救他，命不该绝。他激动地在屋里来回走动，直到平静下来，他让庄妻去出事附近的医院找找，看看把老黑送到了那个医院，他要进行证实。庄妻立马就要去，庄位轮喊住她，他估计现在正在抢救，让她等等再去。

莫晓南到了海湾广场，他们约定见面时，是以莫晓南打一把蓝色的伞为识别记号，老黑看过莫晓南的照片，而莫晓南并不知道对方是个什么样的人，对对方一无所知，她知道如果那个人到了一定能看到她，她只能这样等待。她看看手表，已经过了和那个人约定的时间，是等下去还是不等，她一时拿不定主意。

"姐，你怎么在这儿呀？"莫晓北突然在她身后出现，莫晓南脸上有丝不意察觉的异样，"上次看见一套衣服断码了，服务员给我打电话说刚到货，我就赶紧过来了，哎，你在等人？"莫晓北往四周看了看。

莫晓南矢口否认，莫晓北正好有事要和她商量，让她一起去停车场，莫晓南走在后面，她回头往广场上看了看。

莫晓北边开车边告诉莫晓南，有个事需要她尽快定下来，莫晓南没有听到，她正在给约见的那个人，也就是给老黑打电话，但对方手机始终是关机。莫晓北喊了她一声，她嗯了一下，问她什么事。

"就是我昨天说的，张炳文是公司的法人，现在应该换成你的名字，否则一些事情处理起来挺麻烦……"莫晓北说。

"噢……我不当这个法人，不是已经说了吗？"

"那怎么行，我名不正言不顺的……"

"你怎么就不行？"

莫晓南说完又拨了电话，她脱口而出：怎么关机了？莫晓北问她找谁，她没有回答，往窗外看去，莫晓北的车正好从刚才老黑出事的地点走过，街道上已经平静如常。

第十一章 悬疑

张炳文被杀案，虽然因为老黑死于意外的交通事故而陷入僵局，但是王佳魁从整个案件中抽丝剥茧，发现了庄位轮与莫晓南母亲曾在同一个单位工作的这条脉络。

1

王佳魁在医院抢救室外，向主管局长汇报了这里的情况，抢救室不时有护士出入，一个小时后，胡法医和医院的一名医生从抢救室走了出来。

"死了。"胡法医对王佳魁说，医生补充说，送来的时候已经就不行了，说完忙去了。王佳魁问胡法医，是否能确认是老黑，胡法医十分肯定，死者就是老黑，也就是李二树。

秦海涛和杨子也赶来了，杨子得知结果扼腕兴叹："咳，这可真邪门了啊，维修工一案我们要抓张炳文吧，结果无名尸就是他，牵扯出了这个老黑，这又出了交通事故，老黑这一死，这不成了一宗连环谜案了吗？"

王佳魁要去交警队向肇事司机了解案发情况，他让秦海涛去局里详细汇报，让杨子通知老黑家里人来医院，之后他们便分头行动。

走廊上空荡荡的，庄妻找到了这里，来到抢救室外，正要从门缝往里看时，医生从里面走了出来，庄妻急忙询问被撞人的情况，医生还以为她是肇事司机的家人，让她去问公安局，庄妻谎称是被撞人的朋友，医生丢下一句：人死了。

真死了！庄妻快步离开，激动的有点发抖。

听到这个消息，庄位轮身心放松，心里在感慨万端，庄妻兴奋劲还没过去，在庄位轮面前晃来晃去："我就说，咱们还有什么坎儿过不去？维修工替你挨了一刀，怕老黑被警察逮住吧，他又死了，现在咱们不等于躲过了两劫吗？至于那个莫晓南，等瞅机会再说，反正不能便宜了她，跟咱们斗，她还嫩点儿。"

听到莫晓南的名字，庄位轮的情绪又低沉下来，告诉她老黑的事就算过去了，跟谁都不能再提，至于莫晓南，再想想办法，反正不是她死，就是我活。庄妻着实吃了一惊，听他的意思是想干掉那个莫晓南，庄位轮解释他的意思是不能就这么完结，怎么也得有个了断。

"那当然，这一连串的事还不都是她弄出来的。行了，从今天开始，真应该好好轻松轻松了，你说这几个月过的叫什么日子。"说完，庄妻高兴地伸个懒腰，洗澡去了，庄位轮却愁眉不展。

回到家莫晓南就给老黑打电话，但是对方手机一直是关机状态，莫晓南心生疑惑，她下意识地打开了电视，里面正好在播报刚才老黑出交通事故的片断。

"……这起交通事故再次说明了有的人交通安全意识淡薄，不遵守交通法规，随意横穿机动车道而造成的严重后果……"电视台主持人拿着话筒，站在人行道上，背景就是出事的交通路段。莫晓南当然不会清楚，即便她就是在现场，也不会知道这个出交通事故的人就是她要找的那个人，所以现在她不会明白对方为什么会失约。她只有等待，等待对方的再次联系。

忽然，手机响了，她竟然有点紧张，以为是那个人打来的。是物业公司来的电话，要来收物业费，她推迟了时间，快步出了家门。

她又来到海湾广场，四周寻找了一遍，广场上依旧是那么热闹，人们都在忙着自己的事情，莫晓南彻底失望了。

杨子在医院忙完回来，见小吴坐在桌前，一副冥思苦想的样子，就提醒她还有十天半月就走了，是不是能留点什么念想，小吴眼睛也没抬，让他别捣乱，她正在写论文。

"我怎么觉得老黑死得这么不是时候啊？他这嘎崩一死，我这论文结尾可就有点太仓促了，他等于把过程和细节都带走了，少了多少精彩的部分啊，遗憾，真遗憾。"她往椅背上一靠，神情凝重。

杨子给她倒了一杯水，告诉她已经查清了肇事司机的底细，人家是无辜的，根本就不知道老黑是什么人，他又说，王队去省城向省厅汇报老黑的案子了，走时交待她好好回忆回忆那个神秘女人的电话嘛。

小吴用笔敲敲桌子，很无奈："我回忆了，当时那个女人就说了那么几个字。"

杨子掰着手指头："石—桥—下—面—有—尸—体，七个字，没了？"

小吴点点头，杨子让她再仔细想想，当时听没听到周围还有什么其他的声音，小吴摇摇头，这个事她都想了八百遍了，除了感觉当时那个女人好像是捂着话筒打的电话，没有任何特别的地方。她自责起来，当时要是多问几句就好了。

杨子分析打电话的这个女人不是简单的人，短短七个字，地点有了，事情也说明了，非常简练，没有一个多余的字，真可谓神秘电话引出神秘尸体，神秘女人牵制神秘案件。他让小吴别苦恼，反正到时候她实习结束走了，这案子是什么样跟她也没有什么关系，再说了，谁也不是事先诸葛亮，她当时就是想好了题目要问这个女人，可人家打定主意不多说一个字，她照样没办法。杨子的话，不知是在安慰她，还是在埋怨她。

2

莫晓南打了电话说一会儿就到，小梁刚放下电话，王佳魁进来了。得知老黑出交通事故死了，小梁也感到意外，不过他觉着是罪有应得，他把张总害了，又反过来敲诈钱财，这种人没好下场，他突然停住不说了，看到莫晓南站在了门口。王佳魁没料到莫晓南会来，莫晓南平静地说，如果不方便，她可以回避。王佳魁没说什么，伸手向她示意，请她坐下。

"那好，我先说几句，梁经理，这是委托书，在公证处做了公证，张炳文在省城的这套房子就由你来处理吧。"

莫晓南交待完就要走，王佳魁问她是不是现在要回渤海，他们可以一起走，莫晓南点点头，算是同意了。走到门口，王佳魁再次向小梁提问了关于张炳文有没有购买新车的问题，小梁还是回答没有，假如事情是真的，他应该知道，王佳魁让他去车行进行了解，小梁满口答应。

送走他们，小梁这才突然想起来，有人送来的那封信还没有交给莫晓南，不过他一想，等把房子卖了，连同房款一块再给她吧，想想她也挺不容易的，小梁叹了口气。

上车后，王佳魁不知道该如何挑起话题，就告诉她通缉的那个老黑死了，莫晓南没有说话。王佳魁看了她一眼，接下来又说，老黑在张炳文被害的案件中确实是个突破口，对整个案件而言，这个环节至关重要，莫晓南看着窗外说，他一定感到很遗憾吧，王佳魁说也属正常，一个案子侦破中很难说没有什么意外。莫晓南停了停，她的声音依旧轻轻的，问他以前有没有类似这样的案件，王佳魁摇摇头，别说他从未遇到，就连主管局长对这起蹊跷的案件也是闻所未闻。他随意问道，上次去家里，发现她对侦探方面的书比较感兴趣，是不是种特别爱好，莫晓南表示就是随便翻翻，都是一些名著。王佳魁紧追一句，问她对哪类案件感兴趣，是否喜欢高智商类的案件，莫晓南回答，高智商是对高人而言，她一介平民百姓，就算是欣赏，也无法介入到那种层面。

"其实这个案子，老黑的出现纯属意外，也正是由于他的出现，使案情变得更复杂了。唉，下一步还真不知道该如何下手……"王佳魁紧紧握着方向盘。

"王队长，完全可以按照你以前的思路进行……"莫晓南幽幽地，又说，"你不是对我一直在怀疑吗?"

王佳魁此时也是直言相告，因为在案子当中，她的身份首先就是怀疑对象，相信她对这点能理解，莫晓南说无所谓，这是他的职责，尽管去做，不必太在意。王佳魁转了话题，莫晓北可能对他有点误会，不过他发现，其实她还是一个明白人，莫晓南也转了话题，从男人的角度，问他怎么看待李想这个人。王佳魁发自内心称赞了李想，莫晓南说她很欣赏李想，他对莫晓北也真是尽力了。她话里有话，但王佳魁并没有听出来，因为他有同感，李想的牺牲精神一般人很难做到，尤其是男人。他又提到了张炳文。听到张炳文这三个字，莫晓南立刻打断了，告诉他张炳文的事情已经过去，该说的她已经都说过了，不想再提。

"可是为什么张炳文要找人去教训庄位轮?"这个问题使王佳魁琢磨不透。

"这个你应该去问庄位轮。"莫晓南看着前方，语气中并没有露出多少拒绝。

王佳魁如实道来:"庄位轮的意思是因为你曾经找过他帮忙，而他又未办成，所以才造成现在这种局面。但是从我们对张炳文调查来看，他还不属于不计后果，容易冲动的人。我和张炳文曾经在一个偶然的情况下见过一面，当然那会儿是想不到后来发生的一切。现在老黑死了，不会再开口说话，假如不是老黑杀的张炳文，那么又会是谁呢?张炳文和庄位轮之间到底有什么秘密?如果说张炳文不可能为亲友调动工作的事去教训庄位轮的话，又为什么?"

见莫晓南依旧平静，依旧沉默，王佳魁又问，她是怎么认识的庄位轮，莫晓南的回答和他了解的情况一致，就是有人曾给莫晓北介绍过一个男朋友，而这个人正好和庄位轮在一个单位，引荐之后请庄位

复仇计划
长篇侦破小说
FUCHOUJIHUA

轮帮的忙，过程很简单。

"我刚才说的那些假如，你有什么看法？"王佳魁再问。

"合情合理。"莫晓南淡淡地回答。

"如果你来侦破这个案子，有什么高见？"

"……不知道，反正该发生的总要发生，该结束的时候总会结束……"

莫晓南说完便靠在椅背上闭上眼睛，王佳魁知道这次谈话就此结束了。

　

从省城回来莫晓南给庄位轮打了电话，告诉他，她一直在等他派来的人，半途而废是不是害怕了，趁她现在还有兴趣，这场游戏他们还可以继续下去，虽然老黑死了，但张炳文的案子还是一个悬案，警察顺藤摸瓜会找到他，要想做什么，他现在还来得及。庄位轮哼了一声，她不是在等人吗，那就等着吧。

看来，莫晓南目前还不知道老黑就是想送她命的人，下一步怎么办，再找人风险太大……

3

汪所长进来时，莫晓北正在整理名片，她惊讶他的光临，汪所长虽还是慢悠悠的样子，但直接向她挑明了来意，他是为前任郭经理而来，郭是他的一个战友，出事后家里四处托人，花了不少冤枉钱，现在案子从检察院已经移交到了法院，到时作为证人出庭，他希望莫晓北手下留情。

送走汪所长，莫晓北把赵会计叫来，向她说明对郭经理不再追究下去的意见，当初她为此事也是痛恨之极，现在既然他已经受到了惩罚，就告一段落吧。赵会计虽然觉着害得她背黑锅，但是莫经理这样宽宏大量，自己也没什么好说的，她慈爱地看着莫晓北说道："我退休之后能遇到你这样的老板也是一幸事，哎呀，如果我儿子有你这样的朋友那该多好……对了，我儿子的油画在国际上获了一个大奖，得了一万美元的奖金，晚上他要开个什么拍特，我们全家欢迎你去，一定赏光啊，说好了，不去不行啊。"

见赵会计盛情邀请，莫晓北说如果没有别的事情她一定去。中午的时候莫晓北专门去了趟莫晓南家，车开进生活小区时，正好同徒步的杨子和小吴打了个照面，小吴停下来，还特意回头看了看。

见莫晓南已经把饭菜摆好了，莫晓北坐下来就吃，她问刚才刑警队的人又来家里干什么，莫晓南说没有来，会不会是因为老黑死了他们又要重新调查什么，莫晓北想想也有可能，这事她不想再问王佳魁，由他们去，事情总有弄清的那一天。莫晓南叫她来是商量张炳文遗产的事，因为他家里提出了只要现金，她说："晓北，我想咱们还是尽快把这件事了结，该给张炳文父母的，按照他们的要求满足他们，只是恐怕这样一来，省城的装饰公司就保不住了，不管怎么样，这些事要尽快处理。"

莫晓北觉着没必要这么急，早一天晚一天没什么关系，莫晓南站起来："这些事越快越好，在办的过程中少不了我要签字的……"说着进了厨房。

回到影楼，莫晓北直接来找李想，李想一见她就问，评估张炳文公司的人何时到，莫晓北没想到他也这么着急，李想说这是大事，下一步张炳文公司如何由她来接管，影楼怎么发展都是面临的现实问题，莫晓北说走一步算一步吧，她是想让他晚上一块去赵会计家吃饭。李想一听，这顿饭与他无缘无故的，感觉不合适。

"我一个人去多尴尬呀，你把名片带上，我估计去的都是些搞艺术的人，有可能的话你也让他们给咱们影楼出出点子。"看他还在犹豫，莫晓北又说，"行了，就算陪我去总行了吧？"

一下班，他们就出发了，看上去莫晓北的心情愉快了很多，路过一个花店时，李想让她停车，不一会儿，捧着一大束红玫瑰走了出来。莫晓北问他这是送给谁的，李想说送给赵会计儿子，人家不是得了大

第十一章 悬疑

复仇计划
长篇侦破小说
FUCHOUJIHUA

233

奖嘛。莫晓北觉得不合适，玫瑰是送给情人的，李想说特意咨询了小圆，当初也觉得不太合适，可经她那么一解释，觉得还是挺有道理，红玫瑰，寓意着红红火火嘛，莫晓北心想，这个小圆不定又在琢磨什么呢。

赵会计住的小区在渤海是有名的豪宅区，她家的房子是个复式结构，客厅就有四十多平米，装修既大方又豪华，他们一进来就感到这里充满了一股艺术气息。赵会计笑容满面迎了过来，她儿子路天遥正好从楼梯上下来，看到莫晓北便几步奔了过来，没等赵会计介绍，路天遥已经把手伸向莫晓北，热情又潇洒："是莫晓北吧，我是路天遥，欢迎你光临。"

赵会计介绍了李想，路天遥又同李想握手，看到李想手中的那束红玫瑰，兴奋不已，问是谁送的，李想正不知该如何回答，刘芳突然冒了出来，莫晓北感到奇怪，怎么什么地方都有她。

"我是文化生活版的记者啊，路天遥获奖的消息还是我写的哪。"刘芳颇为得意。

赵会计一看大家都是熟人，赶紧招呼去餐厅入座。

筵席快到尾声时，莫晓北一个人来到客厅，她想独自欣赏这里的装潢，路天遥跟过来，手里还端着红酒，他走到莫晓北面前，举杯向她示意说，为了表示深深的歉意，他要把这杯酒喝掉，看莫晓北茫然，又说："你可能不记得了，如果那天下午没有我一个电话，我妈怎么会中途回家？如果我妈不是中途回家，你怎么又能遭到绑架？如此说来，罪过不在我在谁？所以，请你一定原谅我那个不该打的电话，我干了。"

原来如此，这是什么逻辑，莫晓北哈哈大笑，刘芳和李想来到客厅，正好看到这一幕。刘芳悄悄捅捅李想，告诉他这个路天遥对莫晓北可够上心的，让他留神，李想答非所问说道，谁都愿意欣赏美丽的景致，刘芳认为不能只是欣赏而已，他们早应该有点实质性进展了，"看我的。"刘芳悄声说，然后走过去，"哟，路天遥，虽说咱俩也是初识，但你也得敬我一杯酒吧？"她话里带着酸酸的味道。

路天遥反应机敏，强调刚才在酒桌上他们俩已经喝过几个来回了，他想解释这杯酒的出处，莫晓北打断他，让他保密，她可不想让刘芳知道，她知道了也就等于全世界人民都知道了。刘芳惊讶，他们刚见面就有秘密可言了，是不是速度太快了点。莫晓北差开话题，让他们聊，她来到李想对面坐下，李想在翻一本杂志，似乎对他们刚才的谈话并不在意。

弯弯的明月挂在半空，街道上已是车少人稀，从赵会计家出来后，李想让莫晓北找个快餐店，他要吃点东西，莫晓北笑了："没吃饱？吃饭的时候，有一个女孩子老向你敬酒，她是谁呀？"

李想想了想，没想起来，或者是根本就没注意，莫晓北知道难为他了，就问路天遥的油画画得怎么样，李想相当认可，赞叹路天遥不仅画画的好，人也热情奔放，充满活力。这点莫晓北和他倒是同感，反正他和王佳魁，与这个路天遥不是一个类型的人。

通过和路天遥的交谈，李想认为影楼也可以扩展到油画，而不仅仅只限于摄影，莫晓北觉得那样成本太高，一张婚纱油画画像怎么也得上千，恐怕还得分什么人画的，像路天遥这样的，价格肯定不菲。她一打方向盘，车拐了个弯，这条街上有个二十四小时营业的豆浆店。

莫晓北把车停在路边，无意间看到王佳魁的那辆吉普车也在，这时，王佳魁和小吴拎着盒饭，有说有笑地从店里走了出来。看到莫晓北，王佳魁露出一丝意外，李想走上前向他问候，莫晓北则不冷不热礼节性地点了点头，王佳魁没说什么，先走了。看着远去的汽车，莫晓北沉默不语，不知为什么，感觉自己离他越来越远了。

第二天一上班，莫晓北惊喜地发现办公桌上放着一束黄玫瑰。她没有马上动它，静静欣赏了一番，她知道不会是李想送的，不过还是让他上来一下。果然，李想进来后就问是谁送的，莫晓北让他猜，李

复仇计划
长篇侦破小说
FUCHOUJIHUA

想琢磨了琢磨说，让她还是去问问赵会计吧，"你是说，路天遥送的？"莫晓北半信半疑，但还是把赵会计叫来了。

赵会计进来后就说，儿子今天非要送她上班，花是他买的，昨天晚上他一宿没睡，弄了一个策划书，让她亲手交给莫晓北。莫晓北接过来，策划书的封面上写着：《婚纱照与油画之发展前景》

她大致看了看，递给李想，她对路天遥这点还是欣赏的，对赵会计说："你儿子不仅在绘画上是天才，在生意上我看也是个行家呀。"

赵会计道谢后走了，看看眼前的黄玫瑰，莫晓北感到这个路天遥还挺浪漫的，"你昨天投桃，今天人家报李，怎么不行？"李想诡秘一笑，证实他猜的没错。

"昨天那花还不是你送的？还有这个小圆。得了，你先看看这个策划书怎么样，别是皮儿不错，馅不怎么样就行。"莫晓北把花插进了花瓶里。李想前脚刚走，她就接到了路天遥打来的电话，请她下楼到后院的停车场，虽然不解，但莫晓北依旧抱着好奇的心理下去了。

路天遥站在一辆白色的雪铁龙车旁，等莫晓北快到车前时，他绅士地打开了车门，奇怪的是莫晓北竟问也没问就上了车，路天遥关上车门，然后绕到驾驶门开门上车，车驶出停车场。

路天遥打开音响，车里即刻飘荡出天籁般的音乐，他还是那么热情，请莫晓北对他的策划书赐教，"我还没有看，交给李想经理了……路大画家可真会见缝插针呀。"莫晓北也不问这是去哪里，随着他的话题聊了下去。

"这都什么时候了，现在的社会有个缝就不错了，你没感到处处杀声一片？"

"那倒没有，就是感觉生意不太好做。"

"我的策划书写的很详细，包括每幅画的完成时间和价格。还有，不仅仅涉及到影楼的婚纱油画，凡是家里搞装修的，你都可以让设计师进行推荐，我们可以按客户要求，满足他们想画的内容。莫经理，这我可不是什么见缝插针，是你把生意送到我们门上的，咱们互惠互利，我的目的是想把我的那个油画沙龙做大点，没钱怎么行？"

莫晓北看看他："你倒是毫不掩饰。"

路天遥也看看她，按了几声喇叭："我的莫经理，这都什么时候了，拿着大喇叭喊都来不及了还掩饰什么?!"

路天遥把莫晓北领到了他的油画沙龙基地，其实莫晓北对这个地方并不陌生，当初她和赵会计就是从这里回去的路上分手后遭到的绑架。这个地方装修后莫晓北从没有来过，它由生产车间改装而成，装修风格看似简单，其实却非常实用，屋顶上依旧保留着原来的大吊扇，但所有陈设均具现代风格，墙上悬挂的十几幅巨大的油画，给人一种震撼和冲击。莫晓北边走边欣赏，路天遥在一旁不失时机地向她介绍这些作品。

"不错，不过按照咱们中国人的传统，好像更喜欢水墨画吧？"莫晓北是按自己的喜好而言。

"也不尽然，现在有些老外反而喜欢水墨的。反过来，咱们国家油画市场现在可是蒸蒸日上。"路天遥指了指吧台，问她喝点什么，莫晓北要了一瓶矿泉水，路天遥从冰箱里拿出来，之后打开瓶盖递给她。

"我们刚出手三十多幅油画，卖了一个好价钱。对了，给你看一幅，这可是我的保留节目……"说着，他从一个大木柜中取出一幅蒙着白布的油画，然后把油画挂在墙上，他把白布从油画上慢慢拿下来。

这幅画的画面是一个女人于风中站立于崖边的背影，天地茫茫之间，她一袭白裙，婷婷玉立，围于脖颈上黑灰相间的纱巾在风中飞扬，崖的前方是一望无际的蔚蓝色大海。

莫晓北突然怔了，路天遥没有觉察，兴致勃勃地给她介绍起来："这是一个多月前，在绝尘崖后面的山上我无意中发现的，当时我正在写生，就悄悄画了下来。奇怪的是这个女人就这样站了足足一个多小时，你说她要是中途走掉了不太可惜了吗？哎，这可真是天作之合，你可别看这只是她的背影，那让人想象的东西太多了，你看，她含蓄不露，天然之态又难以掩尽……我给你说，这幅画可是我的镇宅之宝，

复仇计划
长篇侦破小说
FUCHOUJIHUA

不出售。"

一个多月前，不正是张炳文失踪前后的时间吗？莫晓北不由得想到这点，她脱口而出，他这幅杰作上的人，就是她姐姐。

意外、惊诧，超出了路天遥的所有想象，其实对莫晓北来说又何尝不是，路天遥让她再仔细看看，因为太巧合了，巧合的令人有种不真实的感觉，莫晓北十分肯定，无可争辩。路天遥欣喜，没想到她还有个亲姐姐，莫晓北猜测路天遥当时作画的时候，莫晓南应该毫无察觉。

路天遥沉浸在当时的画面中："……记得当时我在她背后的山坡上画她时，因为距离稍远了一点，我是一手拿着望远镜，一手在画，要不说这幅画得来不易，我还从来没有这样画过画呢，我对你说啊，有好景，不一定就恰巧有这么一个富有韵味的背影在等着你，就是真有这么一个背影，也不一定就在那里站那么长时间，可能是转瞬即逝呀，所以，老天就这么眷顾我，哎，谁见了这幅画谁都想买去，可我就是不卖！"

莫晓北心如悬旌，她不想再待下去，要离开这里，路天遥让她别着急，还没告诉她这幅画的名字，因为他为这幅作品起的名字他认为是神来之笔，画龙点睛，见莫晓北看着他，他郑重地告诉她这幅画的名字叫《边缘》。

"《边缘》？"

"你没看她站在什么地方？"

路天遥指向油画："你看，退一步是生，进一步是死啊？"

莫晓北扭头就往外走，路天遥在后面边走边猜想：莫晓北，那她的姐姐会不会就叫莫晓南？

汽车行驶在郊外的公路上，看坐在一边的莫晓北情绪不高，路天遥还以为有什么地方得罪了她，莫晓北还在想油画的事，问他那天画完之后，看没看见她姐姐去了什么地方。路天遥回忆了回忆："没有。我收最后几笔的时候，再一看，她突然不见了，消逝得无影无踪，我还纳闷哪，你说要是幻觉，可我这幅画怎么解释？现在你这么一说，那肯定就是真实的了，对了，你姐做什么工作？如果业余时间如果能给我当模特，那可是求之不得。"

他不理解莫晓北此时的心境，莫晓北让他趁早打消这个念头，路天遥依旧不知深浅，他可以出高价。

"不是钱的问题，既然老天这么照顾你，你就知足吧，我敢说，你这幅画是唯一的，也是最后的。"莫晓北只能如此告知。

"为什么？你别那么绝对行不行？还没见你姐就这么肯定。"路天遥不依不饶。

"那好，你不相信是吧？那你就试试！"莫晓北的语气已经不客气了。

4

姜主任看莫晓南来了，有点意外。互相问候后，莫晓南从纸袋里掏出一个精致的盒子放到桌上，这是她前几天整理东西的时候发现的一套茶具，她知道他爱喝茶，就专程送来了。姜主任过意不去，不知是该收还是不该收，莫晓南执意留下，接着要走，姜主任送到门口，问她有没有别的事，莫晓南随意问道，这段时间有没有人来找过她，姜主任回答没有，莫晓南便走了。看着桌上的茶具，他有点纳闷。

王佳魁再次来到图书馆，上次来找莫晓南正好在大厅碰到，这次他依然没有提前通知她，但是却得到了他没有料到的结果，那就是莫晓南已经辞职了。向姜主任亮明身份后，他了解莫晓南辞职的原因，姜主任说她是三年前来的，当时他们这里正好实行了聘任制，需要招几名工作人员，感觉她各方面都符合条件就留下了，这几年她工作一直不错，也没有什么是非。可是前一段，突然来了一个女人，意思是莫晓南和她丈夫有瓜葛，不依不饶，再加上图书馆风言风语的，莫晓南感到脸面上过不去，所以就辞了职。王佳魁问那个女人的情况，姜主任猜测五十多岁，其他均不清楚，还说莫晓南刚走，送了他一套茶具，还问有人来找过她没有。王佳魁心里一沉，下意识地感到她所说的"有人"，其实就是在指他。从图书馆出来马上约了莫晓北，地点是海边街道。

杨子他们在省城的调查有了结果，他们走访了梁经理还没查过的车行，果然不出所料，查到了张炳文曾经购买过一辆银灰色马自达轿车的记录。

莫晓北的车远远驶来，看她下了车，王佳魁指指车告诉她，张炳文出事前曾买过一辆新车，和她的这辆车一样，莫晓北脑海里突然闪过在地下停车场那个恍惚的画面……

见莫晓北怔怔不语，王佳魁就喊了她一声，莫晓北反应过来说，他的意思是她的这辆车是张炳文的，也就是张炳文出事后她开了他的车。王佳魁摇摇头，他们已经排除了她这方面的嫌疑，这点请她不必有顾虑。他看着莫晓北，向她挑明了莫晓南辞职的原因，如果他没猜错的话，他认为应该是因为庄位轮。见王佳魁如此明察秋毫，莫晓北只好沉默不语。

王佳魁轻轻地问："你难道不认为张炳文死的很蹊跷吗？"

莫晓北抬起头："张炳文应该是老黑杀的，如果不是又会是谁？"

王佳魁看着她，没有说话。

莫晓北知道他在指庄位轮："既然如此，为什么还不把他抓起来，一了百了。"

王佳魁坦诚相告："现在仅仅是怀疑，还没有任何证据。"

莫晓北认为庄位轮不可能因为莫晓南而对张炳文下手，像庄位轮这样自私的人，不管什么事情摆在眼前他首先想到的是自己，绝不会为他人考虑什么，所以要说庄位轮为情而杀了张炳文，太牵强了。

"晓北，我知道晓南辞职这事恐怕你早就知道了，也知道这事确实你不好说什么，但是张炳文的死摆在了这里，晓南也脱不了干系。"王佳魁说完，看向远方的大海。

"你是说……不，决不可能，莫晓南决不会为了庄位轮去杀死张炳文，不可能！我不是因为晓南是我姐姐才这样认为，是事实上莫晓南根本不可能因为庄位轮，你的猜测根本不成立。我也说不上为什么，凭我的直觉和判断，绝不可能！”

这时李想打来电话，他刚从省城回来，给张炳文公司去评估的两个人现在就在公司等她，让她马上回去。他们各自走向自己的车，莫晓北突然转过身，大声告诉王佳魁，请相信她，相信她的判断！

杨子和小吴从省城回来后，按照王佳魁的安排，来到莫晓南居住的小区，他们此行是调查张炳文回家的车辆记录。物业公司负责人拿来登记本，介绍说：“我们小区是对人不对车，只要是小区的人，甭管开什么车进去或者开什么车出来都行。你们说的那个张炳文家共办了四个门卡，是张炳文、莫晓南、莫晓北、张点点，每张卡上都有业主的照片，还有姓名、性别和年龄，刚才所有保安都回忆了你们说的上个月三号，有没有一辆没有上车牌的、新的马自达车进入小区，他们都没有印象，就这些保安，到现在都还没有对所有的业主混个脸儿熟，更别说车了。”

小吴问小区怎么没安监控设备，这个负责人解释，小区刚入住不久，配套设施还不完善，一切得慢慢来。

“那照这么说的话，我是这里的业主，开进去一辆破车，我再换一辆别人的好车开出来你们也不管是吧？”杨子发问。

“那我们当然要管了，保安二十四小时是干什么的？再说了，谁家的车谁也会锁好的是吧？就是真被盗了，不是还有保险公司嘛？”

小吴生气他的振振有词，说：“你们这个制度就是让坏人有可乘之机。”

这个负责人有点委屈，说道：“我们管的紧了不是，松了也不行，就现在这个办法好，不是小区的业主如果进小区一律登记，有车的我们记车牌号，驾驶证号，没车的出来也别想开辆车出来，你别说，就这种办法，到目前为止还真没出现过一起盗车案呢，关键是责任心。”

复仇计划
长篇侦破小说
FUCHOUJIHUA

5

庄位轮猛地从床上坐起来，庄妻正好走进卧室，看他心慌意乱的样子，正想问他，庄位轮瞪着眼睛问她谁在敲门，庄妻以为他在做梦，话音刚落，果真就传来了门铃声。庄妻边往外走边感到奇怪，她一直在客厅，刚才怎么没有听到什么铃声。

门外是王佳魁和秦海涛，他们随庄妻进来，庄位轮这时也从卧室来到客厅，王佳魁简短几句说明来意，便进入正题。

庄妻不满地拍了一下大腿，倒是直言不讳："是我去的图书馆，可我也没逼着她辞职呀？自作自受，为了给什么人调动工作就勾引别人丈夫，亏她想的出来，做得出来！道德败坏，第三者，她是破坏别人家庭的罪魁祸首！你们应该好好审问审问她，辞职那是识相，想和我们斗……"

庄位轮盯了她一眼，让她别扯东扯西的，警察问什么就说什么。王佳魁告诉庄位轮，据了解，维修工死后，曾经有人给他的办公室也送花了，应该与院外放花的人同属一人，他知不知道是何人所为。庄妻吃惊，有人也给他办公室送了，怎么从来没听他提过。

庄位轮坐在沙发上不语，随后他说他怀疑这事是张炳文干的，庄妻随声附和，也说是张炳文，他把维修工杀了又在这里假装慈悲，搞送什么花这一套。

"张炳文不是被那个老黑杀死的嘛？你们这又是——"庄位轮问。

"我们没有充分证据是老黑杀的张炳文，虽然老黑也意外死亡了。"王佳魁说。

"既然没有充分的证据，那也不能乱怀疑呀？"庄妻撇撇嘴。

秦海涛在做笔录，他放下笔，严肃地说："我们是在了解、调查，法律是严谨的，它要用证据来说话，我们不想冤枉一个好人，也不想放过一个坏人。"

庄妻紧逼一句："那你们应该去问莫晓南呀？张炳文是她丈夫，就她们家那种情况，我们才犯不上去杀人呢，我们家老庄还想着当局长哪，为一个莫晓南，根本不可能，除非——"

庄位轮马上截住她，不让她再往下说，王佳魁追问她，除非什么。

"除非脑子进水了，你们今天既然来了，我也就跟你们说个明白，自从我去了图书馆之后，我也就和老庄摊牌了，老庄立马就悬崖勒马，是不是？"庄妻脸上呈现出一丝得意，庄位轮赶紧点了点头，"后来发生的这些事，都是莫晓南和张炳文一手策划的打击报复行为，现在老黑死了，死无对证，我们也没办法，是不是？"

王佳魁再次问庄位轮是否认识张炳文。

"不认识，从没见过，没必要认识嘛，是莫晓南来求我办事，又不是我主动找上门去，上次你不是问过了嘛，现在想起来太可怕了，这个女人真可怕……"最后这句，庄位轮是深感不安。

"你怕她什么？"王佳魁警觉。

"她……没有她哪来这么些麻烦事嘛。"庄位轮一带而过，婉转掩饰。

"就是，我说女人是祸水，招不得，怎么样？这下信了吧，往后接受教训吧。"庄妻以胜利者姿态对自己丈夫说这话的时候，庄位轮低头不语，看上去是一副知错改错的样子。

从庄位轮家出来，王佳魁他们到加油站加油，这时路天遥也来加油，两个人正好打了个照面。路天遥看着王佳魁，叫出了他的名字，王佳魁也认了出来："路天遥？你从哪儿冒出来的，不是早出国了吗？"

"回来了，都半年多了，你可没什么变化啊，还是从前那样。哎，你不是考上刑警学院了吗？现在在哪儿？"

他们是在上中学的时候在美院学画画时认识的，之后便没有了来往。两个人留下联络方式后，就此告别。王佳魁不知道，此时的路天遥要去找莫晓北，他正在以自己的方式朝着既定的目标大踏步前进。

莫晓北知道李想是为了帮她而辞的职，这里面固然有他为人善良

复仇计划 长篇侦破小说 FUCHOUJIHUA

的一面，更有他对自己情感的因素，这点她心里清楚，但正是为了这点他放弃了自己忠爱的事业，这也是莫晓北所承担不起的。静静坐着，一抹夕阳照在她脸上，金色的阳光晃的她睁不开眼睛，不知不觉中，莫晓南开着一辆崭新的马自达车，忽然从她的眼前飘过。

小圆冒冒失失地撞进来，让她赶快下楼，莫晓北知道她爱小题大做，但看样子她确实着急。来到影楼大厅，见路天遥和李想站在一字排开的五六幅油画前在说什么，几名员工在旁边窃窃私语。莫晓北走过来，只见眼前是几幅裸画，模特或卧姿，或站姿，或坐姿。她正要问个究竟，小圆拽拽她的衣角，小声告诉她，路天遥要把这些都挂在大厅里，莫晓北不知道他想搞什么名堂，面有愠色，路天遥却毫无查觉，告诉她这是免费赠送，他看看四周，问她挂在什么地方合适。

莫晓北压低嗓音："路天遥，我这儿是影楼，不是……不是洞房！"

路天遥一听乐了，连连称她思维敏捷，对李想说还是莫经理聪明。见李想也笑了，莫晓北问路天遥什么意思，路天遥像对待哥们一样，拍了她一下肩膀："你能把影楼和洞房联到一块儿，这就等于上路了。"

看她依旧不明白，他面对油画，双手像拉帷幕一样那么一比划，既投入又动情地说："你看看这些画，如果在前面蒙上红的、粉的或者白的，薄薄的轻如蝉翼的一层纱，是种什么感觉？……那是一种朦胧的美，是让人心中微微一颤的那么一种美……来影楼的都是什么人？都是准备步入洞房的人，你说他们要是看到这些油画，那照婚纱照的时候，是不是就自然而然的……"他看看莫晓北，故意靠近她，"是不是亲近了许多？也省你们费口舌了……当然，别忘了告诉他们这些画都是出售的……"

听他绘声绘色的描述，莫晓北明白了他的用意，转脸看了看李想，李想却笑而不答，她只好征求他的意见。李想沉了沉说未尝不可，看路天遥得意的神情，莫晓北告诉他："你倒是别出心裁，如果我们这么做，可就成了渤海的爆炸新闻了，是福是祸很难说。"

"那当然，你就是第一个敢吃螃蟹的人，别忘了我们这里是渤海，有的是螃蟹。"

　　莫晓北正要反击他，她手机响了，接完电话，她让路天遥先把画收起来，她考虑考虑再说。路天遥自信地看看李想说："有莫经理这句话，我就放心了，不过时间不要太长，什么叫抢占市场，说不定我能想到的别人也能，啊。"

　　莫晓北答应尽快给他答复，说完要走，路天遥上前拦住，为了表示他的诚意，还有歉意，他要请他们吃饭，莫晓北边走边让他改天再说，她还有事要去莫晓南家。一听，路天遥反应迅速，也要同她一起去，这正是见面的好机会，但被莫晓北拒绝了，拒绝的非常坚决。

　　莫晓南详细看了装饰公司的评估报告，她决定带上这份复印的资料明天就回水镇，按照张炳文父母和他两个哥哥的要求，到时候分别给几个账号，让莫晓北再把钱汇去。莫晓北知道省城这个市场打开不容易，但是纵观全局，她不得不通盘考虑。她好像突然刚想起来，告诉莫晓南张炳文出事前曾买过一辆车。

　　"刑警队的人已经来过了，我不知道，也没见过。"

　　见莫晓南如此平静，莫晓北再次试探她会不会开车，莫晓南从茶几的水果盘里拿起一个荔枝，边剥皮边说："你不是不知道，咱爸妈是出车祸去世的，在这方面，还是谨慎点好。"

　　莫晓北不想再瞒下去，告诉她王佳魁已经知道了她辞职的原因，莫晓南淡然地说："他已经问过我了……别管这些了，做你自己的事，其他的一切都不要管了……"

　　看着莫晓南走进书房，莫晓北越想越感觉迷茫，本来似乎已经抓到了一条线的另一头，但是现实总是在虚无缥缈间游离，没有真实感，她不知道该如何应对这些感觉，很矛盾。

6

　　电闪雷鸣，雨似倾盆。熟睡中的庄位轮突然坐起来，他惊恐、心

复仇计划
长篇侦破小说
FUCHOUJIHUA

悸，耳边又响起莫晓南最后的通牒：三天时间，他只有三天……黑夜中，他脸上流下冷汗。

闪电划过夜空，雷声震耳，庄妻被惊醒，她坐起来推推庄位轮，大半夜怎么还不睡，"魔鬼，魔鬼……"庄位轮抱着头在自言自语。"啪"庄妻打开台灯，以为他在说梦话，直到庄位轮断断续续讲完，庄妻才意识到事情的严重，内心掠过一阵惊恐，她从床上一下蹦到床下，说："你是说莫晓南是化工厂那个总会计师的女儿？……你，你还和她一起把张炳文杀了?！哎哟，这不是钻进人家设好的套里了吗?！这，这可怎么办……"

"我没杀他，不是我杀的，那天晚上……"庄位轮脸色苍白，回忆起当时的情景。

一天晚上，莫晓南突然给庄位轮打电话，她有东西要交给他，是原来胜利化工厂的一些证据。可是当他火急火燎地赶到了莫晓南家的时候，看到的却是倒在卫生间门口的张炳文，张炳文心脏处的外衣上透出血迹，莫晓南蹲在一旁，让他把水果刀捡起来。庄位轮呆若木鸡，低头看看脚下，毫无意识地拿起水果刀放到了茶几上。莫晓南站起来，告诉他，如果不想坐牢，别无选择，只有按照她说的去办。后来他们一起把张炳文尸体沉到了石桥下面……

庄位轮垂头丧气，越说越沮丧，当时他真是一念之差，谁成想，后来她竟然报了警……庄妻失魂落魄，片刻，她突然嚎啕大哭起来，哭声和雷声交织在一起："……报应！这是报应！我怎么这么倒霉，你说我怎么这么倒霉呀，以后可怎么办，到现在连孙子的影子没见着，还有这个家，这个家就这么完了，我怎么命这么苦呀，老天呀，你也开开眼吧……"

突然一个炸雷，庄妻吓得止住了哭声。这时，庄位轮忽然在床上向她跪下，庄妻一下傻了。

"现在，现在也只有你能救我了，看在老夫老妻的分上……"没等庄位轮说完，又是一声响雷，他们惊恐地向窗外望去。

莫晓北和小梁作为证人，出席了法院审判郭经理的案件。从审判厅出来，因为正在进行省城公司撤回来的事宜，小梁着急走了，汪所长伸出手向莫晓北表示感谢，也代表小郭全家谢谢她，还让她下午在公司等他。

车拐进影楼后面的停车场，莫晓北看见路天遥站在车前在等她们，赵会计还以为儿子是来找自己的。路天遥摇晃着车钥匙，说他能掐会算，专门在这里等莫晓北，接着打开车门，请莫晓北上车。莫晓北皱起眉头，问他去什么地方，路天遥笑道："你就放心吧，难道我还绑架了你不成？"

莫晓北狐疑地上了车，路天遥对妈妈摆摆手，赵会计亲昵地看着儿子的车出了停车场，心里想：这孩子，怪不得昨天晚上问莫晓北这问莫晓北那的，还挺上心……

来到海洋馆停车场，路天遥请莫晓北下车。见莫晓北坐着没动，他掏出门票向她示意，一副做好了准备的样子，莫晓北无奈，只得下车。

进了水族馆，莫晓北渐渐有了情趣，站在硕大的玻璃墙前，看着里面五彩斑斓的景致，她感到既兴奋又刺激，"哎，我还是上小学的时候来过这里，不过那会儿可没现在这样的规模。哎，你看那条，多狡猾，哎，还有这条，太漂亮了……路天遥，你怎么想起到这儿来了？"

路天遥没有答话，领着她继续往前观看，来到鲨鱼馆区，莫晓北看着几条来回游动的鲨鱼说，论个头鲨鱼也大不到哪去，为什么如此凶猛。路天遥笑了，说她无知，动物的凶猛跟个头大小没什么关系，莫晓北瞪了他一眼："我也就是这么一说，鲨鱼为什么这么厉害？就在于它的牙齿锋利。"

路天遥又笑了："我也不是专家，所以你怎么说怎么对。"

他们又来到了乌龟展区，莫晓北用手指随着乌龟来回划动，看着来回游动的绿毛龟，路天遥说："现在是眼下时兴红头发，说不定过一阵就转了风向，当然这绿颜色也没什么不好，不过你可别赶这潮流。"

莫晓北有点不乐意，她怎么样那是她自己的事，跟他有什么关系，路天遥反问她怎么没关系，莫晓北问他能有什么关系，两个人在较劲。

"你，你是我的合作伙伴呀，视觉享受懂吗？"路天遥依旧笑眯眯的。

"哪跟哪呀，别说现在不是，就是将来在一起合作，你的什么视觉享受跟我也没有什么关系！别把自己抬那么高。"莫晓北不理他，往前走去。

"我把自己抬那么高了？有意思。哎，你看你看，乌龟多悠闲自在……我今天就是让你出来放松的嘛，干嘛一天到晚绷根弦呀，你放松下来，啊，咱们合作肯定能成功。"

小梁从渤海赶回省城公司，员工告诉他，有人已等他多时了。进了经理室，见是柳小红和一个五十多岁的胖男人正亲热地坐在沙发上，他有点不自在。柳小红也没站起来，向他介绍了那个胖男人是张老板，又向张老板介绍了小梁，顺便还拍了下张老板的脸，夸小梁年轻有为。这个场面令小梁十分尴尬，不等他说话，张老板一副财大气粗的样子，也不问价钱，就告诉小梁这个公司他收了。小梁没有想到柳小红这么快就得到了消息，张老板放荡地摸了把柳小红的脸蛋，说她早就惦记上这里了。

"什么呀，谁早惦记了？是你早瞄上了……"柳小红嗲声嗲气的，张老板对小梁挥挥手："不瞒你说，我手下有十几家这样的公司，我也就是看中了你们的客户网，痛快点，咱今天就把手续办了。"

要是别人倒好说，小梁巴不得今天就有个结果，但是眼下这种情况他真拿不定主意。他倒没什么，给谁都行，只要价钱合适，他主要考虑的是莫晓北，不知道她怎么看待此事。

"就这么点事还有啥考虑的？快点，我还有事，今天不行就算了……"张老板看看柳小红。

"梁经理,你是不是做不了主呀,要不,你打个电话问问?"柳小红说到了他心里。

小梁赶紧走出公司,在外面用手机给莫晓北通了话,莫晓北自然没有想到收购的人会是柳小红,她沉默不语。

"现在找个下家不容易,再说了,他们是主动上门的,价钱也合适。晓北姐,当断则断,咱们既然已经决定撤了,越拖对咱们越不利。经商嘛,没必要治气,咱不赔就行了,您说哪?……没时间了,过了这个村可就没这个店了,晓南姐一再交待要快点……"

也不知是怎么了,自打决定要撤回渤海那天起,小梁就感到越快越好,起初是莫晓南催的急,再后来他是归心似箭。莫晓北正是听了小梁那句莫晓南催的急,才勉强答应了。小梁让她放心,一再强调办理手续的事不会出问题,就急急地挂了电话。

双方在早已准备好的转让协议上签字后,柳小红兴奋起来,这下妥了,她征求张老板的意见,这个公司改叫红红装修公司不错,张老板把协议书装到包里,拍拍她屁股:"太俗气太俗气,叫'马上发'也比你这个强。走,宝贝儿,想吃点什么?"说着,搂着柳小红就往外走,"咱们就按协议,三天之内你们搬清。"他回头对小梁喊了一声。

屋里静下来,看看熟悉的环境,小梁突然有点怅然若失。

在海洋馆门外,莫晓北在跟自己治气,朝着一棵树踢了一脚,路天遥不知道发生了什么,见她又恼又无奈。

"怎么会是她?我怎么跟吃了苍蝇似的……哎,邪门!你说山不转水转,怎么又转到她那儿去了?"莫晓北使劲拍了几下手机,路天遥赶紧把手机从她手里拿过来,不知道是什么事让她如此扫兴,别再拿手机出气了,他提议现在去吃饭。

"还有心思吃饭?"

"莫晓北,我可告诉你,我妈提起你来,那可是佩服的不得了,在没见到你之前，我眼前幻化出的是一幅古代侠女图，哎，就这样，这样，宝剑出鞘……"路天遥做拔刀状，接着在原地转了一圈："沙尘四起，披肝沥胆……"

莫晓北乐了，让他快停下来，已经有人在围观了。路天遥收手，他靠近莫晓北，严肃起来："莫晓北，咱们做朋友吧，你懂我的意思……"

莫晓北怔住了。

"三天，我就给你三天时间考虑。"说着，他自顾自往前走，莫晓北站在原地未动。

7

庄妻来到报社，来之前她给儿媳妇刘芳打了招呼，她这段时间对刘芳的态度来了个一百八十度大转弯，她小声对刘芳说："有人给送了一块缅甸玉，到时候你看看，喜欢你就拿走。"

刘芳一下高兴起来，如果是真的，那东西可值钱，她问玉的颜色是白的还是绿的，庄妻说是绿的，特别好看，接下来她让刘芳向莫晓北打听莫晓南的情况，她来就是这个目的，因为莫晓南手机关机，家里也没人。她这次可是给刘芳下了本，这个时候她知道什么是轻重。

这对刘芳来说举手之劳，她马上就同莫晓北联系。缅甸玉，她觉着自己好像在古玩市场上捡了一个漏，当然前提是婆婆不懂，她在电话里和莫晓北东拉西扯之后，就问到了莫晓南。莫晓北说出门了，不在渤海，问她有什么事，让她痛快点，刘芳只好说自己现在很无聊，就是想给她打个电话。放下电话，刘芳把刚才的情况告诉了庄妻。关于她们之间的事，刘芳认为早就过去了，她开始收拾桌子上的东西，让庄妻有些事千万别认真，说多了反而麻烦，有时候越想解释越解释不清，越抹越黑。庄妻站起来，让刘芳后天回家，给她公公过生日。

正午阳光很烈，庄妻站在太阳下在等莫晓北。到了这个份上，不管怎么说，只要能见到她们姐妹，能让莫晓南手下留情，就万事大吉，保往了她苦心经营了三十多年的这个家。

莫晓北开车来到影楼后院，看见庄妻，她心里有些恼火，一下车她就说："你又来干什么？噢，来看我是不是倒霉了是吧？来看我公司是不是关张了是吧？"

庄妻不自然地笑了笑，赔着不是。

"如果我没记错的话，一个月前也是在这，你不是还威胁我吗？怎么现在来了个急转弯？你到底想干什么？"莫晓北盯着她。

"真没别的意思，冤家宜解不宜结，过去的事就让它过去吧，有什么事咱们好商量，我保证让你们满意。"庄妻急忙解释。

"奇怪，我们有什么事好商量的？"莫晓北不解。

"我是想，想让你给莫晓南捎个话儿，我想见见她。"

"见我姐？干什么，你又想干什么？"

"我就是想见见她，请她大人不记小人过，什么事都好商量。"

"她不在，出门了，就是在，她也不会见你。"

"莫经理，看在芳芳的份上，你给捎个话，捎个话就行。"庄妻近于哀求。

"捎什么话，就说你想见她？有什么事对我说就行了，一样。"莫晓北有点不耐烦，不想再纠缠下去。

"这……有些事恐怕你也不清楚，一句两句也说不清，你给捎个话就行，莫晓南什么时候回来？"庄妻赔着笑脸。

"不清楚，等她回来再说吧。"莫晓北说完就走。

庄妻看到了一线希望，在后面连连拜托和感谢。

回到办公室，莫晓北还在疑惑，弄不清庄妻来的目的，看到花瓶里那束有点发蔫的黄玫瑰，她又想到了路天遥，想到了在海洋公园让她考虑的问题。

李想进来告诉她，有个五十多岁的女人来找过她，莫晓北知道他说的是谁，发出了人生无常这句感慨，李想笑她莫名其妙，莫晓北气恼地敲敲桌子，让他猜猜省城的公司转给谁了。

"这我往哪猜去？"

"你使劲儿猜！动动脑子。"

李想想了想，他实在想不出来。

"柳小红！没想到吧?！我看张炳文一出事她就开始打主意了，不，没出事之前她就惦记上了……"莫晓北又敲敲桌子，虽然省城公司的事已成定局，但是她还没过去。李想确实没有料到，不过想想，也属正常，省城公司这么快就解决了，未必不是一件好事，他劝解说："……其实你卖，人家买，怎么不可以？无非就是她得到消息快点、早点嘛，就为这，人生就无常了？晓北，想开点吧，商场如战场，说不定哪天你们还握手言和，结成联盟了呢。"

事已至此，不想它了，莫晓北在宽慰自己。门是开着的，汪所长象征性地敲了一下，莫晓北见汪所长站在门外，便向他礼让，汪所长没有进来，他感到不便打扰他们，见状，李想借故走了。等李想走出办公室，汪所长特意把门掩上，然后把一页纸放到莫晓北面前，虽然上面只有几行字，但令莫晓北没有想到，汪所长告诉她这是庄位轮的个人简历，这个调查结果和所里没有关系，是他的个人行为，如果触犯法律，他自己承担，和她也没有任何关系，他承认有她帮助过他的因素，但实际上是莫晓北到"有事来事务所"之后，他就开始着手调查了，只是不太容易，时间长了一些，说完，他扶扶眼镜。莫晓北不知该如何表达自己的谢意，诚心邀请他晚上吃饭，汪所长站起来，依旧慢条斯理的："免了，免了。后会有期，后会有期。不送，不送。"

不等莫晓北答话，他已经出去了。莫晓北没有动，她虽然和汪所长交往不多，但知道他不想做的事不必勉强。

胜利化工厂？怎么好像和母亲在一个工厂……莫晓北放下庄位轮的简历，皱着眉头，百思不得其解。

8

刘芳随路天遥绕过屏风，来到咖啡厅靠窗的位置落座，她问路天遥把她约来有何贵干，路天遥笑眯眯地说："过两天不是要举行画展了嘛，提前给你通个气，这次参展我有七幅入围，你要多加关照。"

刘芳看着桌上的咖啡价目表，说他们报社不是主办方，所以作品获奖的事跟她也没什么关系。

"我是让你手下留情，吹我的时候别吹得太狠，悠着点儿，这年月树大招风。"

听他此番话，刘芳知道叫她来肯定不是参展的事，他是别有用意。路天遥用小匙搅动了几下咖啡，他问刘芳，他想知道他的竞争对手是谁。刘芳不清楚他指的是那方面，路天遥说出了莫晓北的名字后，她马上明白，看来这个路天遥对莫晓北还动真的了。她连讽带刺地说，像他这么聪明的人怎么会不知道，他应该回家问问他妈妈，就凭他家老太太的精明劲，他早就应该知道了。

"她要能说得清楚我还来问你呀？这叫有的放矢。"路天遥还挺认真。

"这就怪了，像你这么前卫的人，直接跟莫晓北说不就完了，还兜什么圈子呀，这可不是你的风格……"刘芳端起咖啡慢慢喝起来。

"这你就不懂啦……"路天遥往沙发上一靠，看着窗外。

刘芳告诉他李想对莫晓北不错，路天遥说知道，但他不是自己的竞争对手，刘芳说那就不知道是谁了，总不能乱猜吧，路天遥说就是要她乱猜一个。

和刘芳分手后，路天遥找到了刑警队。小吴一个人正在忙着接收传真，告诉他王队马上回来，让他稍等片刻。果不其然，没几分钟王佳魁就进来了，看到路天遥，还真有点意外。

路天遥说自己正好路过，来看看他，王佳魁感到真是没法和他比，他练的是静功，在画室可以几天不用出房间，而他们却是到处跑。路天遥告诉他过两天有个画展，据说是渤海市有史以来最大的一次，请他光临，还对小吴说也请她去。小吴说，那可是高雅的艺术，他一定是画家，路天遥说就算是吧，接着有意地让王佳魁也叫上莫晓北。

看王佳魁惊异，路天遥含笑，接着又说出了莫晓南的名字。王佳魁坐下，心里说真够巧的，就问他怎么认识的莫晓南，路天遥实话告知，他虽然不认识，倒是很想再见到她，他让王佳魁有时间去他们的画室就明白了，说着站起来告辞了。

小吴把刚收到的传真递给王佳魁，上面是水镇当地派出所发来的莫晓南的基本情况，但是从材料上看不出什么，王佳魁把秦海涛这一段调查庄位轮的情况又认真看了一遍，也没发现什么新的疑点，只有庄位轮二十年前曾在省城化工厂工作过的情况，他感到有点价值，决定着重进行了解。

莫晓南在水镇收到了莫晓北从银行转来的巨款，这笔钱是卖掉省城公司，以及渤海公司所有流动资金的总和。这时，她接到小梁的电话，小梁告诉她很快就要撤回渤海了，张总有一封信还在他那里。莫晓南一听，便急切地问这封信的情况，小梁说是张总的一个朋友送来的，放下后就匆匆走了，也没留下姓名。不知为什么，莫晓南对这封信有种异样的感觉，嘱咐小梁一定保管好，直接交给她。

放下电话，小梁擦擦脸上的汗，本来和莫晓南打交道他就非常谨慎，唯恐出错，刚才她的一再叮嘱，使他陡然紧张起来，赶紧把那封信锁进了抽屉里。

莫晓北到省城后，四处打听胜利化工厂的地址，可是转了两个多小时依然没有任何线索，她将车停到路边，在一个冷饮摊买了瓶水，顺便再打听一下。摊主五十多岁，告诉她这种找法可不行，应该去问化工厂上边的主管部门，那样全市的化工厂就都能知道了，他侄子前两天找个什么电子元件厂，怎么也找不到，最后还是别人给他出的这个主意，不然费死劲也不一定能找到。莫晓北一听有道理，是个捷径，赶紧道谢。她先去了市政府，后来又跑到中小企业局，这才打听到胜利化工厂具体的位置，但是这个厂已经破产倒闭了。

呈现在她眼前的是一片残垣断壁，厂房裸露，杂草丛生，锈迹斑斑的架梁横亘在半空，阴森森的景象。门卫大爷个子又小又瘦，他甩了一把鼻涕，往衣服上蹭蹭，唠唠叨叨地说："……哎哟，说不让你进来吧，你非要进来看看，这有啥好看的？厂里就留下我在这看摊儿……你说还有啥好看的，都倒闭这么长时间了，听说有个什么房地产开发商要来开发，可是到现在都没影儿……你看这还有啥？就剩下烂砖破瓦了，有啥好看的，走吧……"

莫晓北看着荒凉的景象，问他厂里人的情况，大爷边往外走边说："早都各回各家了，谁还知道谁呀，都这么多年了，光这门卫就换了十好几个了，哎呀，这地方听说闹鬼……我是今年才来的，谁愿意来呀……"

天空乌云密布，突然起风了。

见莫晓北这个时间来到公司，小梁以为有什么急事，莫晓北告诉他是顺便过来，问最后一笔工程款收回来没有。小梁说为此事刚回来，恐怕得十天半个月的，咱们先撤回去，他们赖不了这笔账，无非多跑几趟。正说着，赵会计打来了电话，提醒她别忘了晚上和客户吃饭的事，莫晓北这才想起来，赶紧朝小梁摆摆手，边打电话边匆忙出了公司。小梁突然想起来还有张总的那封信，等追出来时，已不见莫晓北的踪影，谁知刚回到经理室，柳小红就进了公司。

"人哪，怎么没人哪？"柳小红趾高气扬地喊了一声，见小梁出来，就问他收拾的怎么样了，小梁指指地上已装箱打包的物品，告诉她正在收拾，柳小红让他抓紧时间，接着指指点点起来："这房子当初是怎么装修的，以前也没觉出来，怎么现在越看越不顺眼，装修公司不先把自己装修好人家怎么信呀？"说完，扭着腰出去了。

小梁不由感叹世间变化莫测。

莫晓北从省城回来直接到了酒店，李想、赵会计和两位客户已等候多时，没办法，她先自罚了三杯，然后又敬了郝经理和他的部门经

复仇计划
长篇侦破小说
FUCHOUJIHUA

理小韩。郝经理回敬了莫晓北,小韩马上跟进,就关于合作中的优惠事项,连敬了莫晓北三杯。李想可不想场面失控,赶紧介绍起桌上的时令海鲜,招呼他们吃菜,接着,他悄悄告诉莫晓北,王佳魁下午来找过她,她最好现在联系联系。莫晓北对客人招呼了一下,就走出包间。

来到中厅,莫晓北给王佳魁打了过去,但是他的电话无法接通,她又拨了一遍,结果依旧。路天遥从另一个包间出来,无意中看到了莫晓北,他悄悄来到她的背后,莫晓北一转身,吓了一跳。路天遥喜出望外,问她在给谁打电话,莫晓北嫌他管的太多,有点不悦,路天遥非常自信,十分肯定她是打给王佳魁的,莫晓北本来绷着脸,也不得不为他的准确性笑了。路天遥让她别误会,因为他认识王佳魁比她认识的还早,上初中时就在美院认识了。

莫晓北不愿就王佳魁的事再谈下去,欲进包间,路天遥拦住,问里面是什么人,莫晓北不想让他参与,瞪了他一眼,路天遥笑了笑,说自己有义务陪她进去,便一起进了包间。

赵会计见儿子路天遥也来了,不知和莫晓北约好的还是意外碰到,没有说话,李想加了一把椅子。路天遥自来熟,对两位客户进行了自我介绍,郝经理还以为是莫晓北搬来的救兵,让路天遥先敬在座的每人一杯。路天遥大声招呼服务员都斟满酒,然后依次先敬郝经理,之后是小韩,再就是李想和妈妈,最后轮到莫晓北。莫晓北不端酒杯,她灵机一动说,刚才在他的那桌已经喝过,所以免了。路天遥当然明白,马上应和着她,郝经理不可能放过,对莫晓北说那桌是那桌,这桌是这桌,她必须喝掉,莫晓北知道躲不过去,只好干了。路天遥一看,赶紧担当起主角,招待起大家。

莫晓北告诉李想王佳魁的电话打不通,不知找她有什么事,李想说也没什么,就问了她父母生前在什么单位工作的事。莫晓北暗自吃惊,她从汪所长那里刚得到庄位轮的信息,王佳魁对这个问题就开始调查了,她不知道他的目的何在,是不是同案件有关,她拿不准。

路天遥悄悄捅了她一下，让他们有什么话明天再说，莫晓北没有理会，又掏出手机要打给王佳魁，路天遥把手机夺了过来，悄悄告诉她吃完饭再打，否则不礼貌，莫晓北瞄了他一眼："你在你们那桌中途溜号你就有礼貌了？"不等他反应，她招呼起大家，"来来来，别光喝酒，吃菜，吃菜啊。"

路天遥悄悄关掉了她的手机。

饭局结束后，郝经理他们走了，莫晓北不让路天遥开车，让他和赵会计打车回去。路天遥拦住大家，谁都不让走，要去喝茶。赵会计和李想不语，他们在等莫晓北的决定，莫晓北并不想去，但是她知道喝了酒也不能开车，正犹豫不决，赵会计上来劝她，并指向马路对面的一个茶楼，路天遥趁机推了推莫晓北。他们四个人摇摇晃晃走了过去。

进了茶楼，莫晓北和李想坐在一起，赵会计和儿子路天遥坐在对面，他们要了一壶西湖龙井，在等待的时候，莫晓北谢了路天遥，但他却佯装不知谢意，故作矜持。

"得了别装了，要不是你今天我非喝趴下不可。"莫晓北只好说透了。

路天遥碰碰妈妈，得意地向她示意，什么叫做心有灵犀。

"得了吧，今天李想也喝了不少，是吧赵会计？"莫晓北又说。

赵会计说那是自然，她告诉路天遥喝多了伤身体，还容易惹麻烦，尤其是还开车，好多人在这方面出了事，听到这，莫晓北不由叹了口气说，自己的父母就是出车祸去世的，听说就是因为司机酒后驾车，赵会计心情沉重，再次告诫路天遥。茶上来了，路天遥拍拍桌子，为了缓解气氛，他要给大家说个段子。

回到莫晓南家，莫晓北把客厅所有的灯打开，她有点疲惫，在沙发上坐了一会儿，感到屋里静的有点奇怪，掏出手机，这才知道手机关机了，她打开手机，之后来到书房。

复仇计划

长篇侦破小说

FUCHOUJIHUA

书桌上是莫晓南用过的毛笔，毛笔未清涮，墨已干，笔头很硬，她四面环顾，突然感到书柜里多了什么，便打开了柜门，她看到的是那张化工厂一百多人的集体合影照。这张照片莫晓南一直锁着，但现在却放到了书柜最显眼的位置。

照片可能是为了取景，照的人非常小，如果不用放大镜，根本看不清密密麻麻的人头。莫晓北仔细看看，也没看出什么结果。突然，手机冷不丁响了，她吓了一跳，王佳魁在电话里问她在家不在家，因为她手机一直关机，莫晓北问下午找她有何事，王佳魁说明天吧，电话里说不清楚，还是见面再说，莫晓北刚要挂电话，听到王佳魁哎了一声，她忙问什么事，王佳魁让她当心身体，别太劳累，莫晓北顿了顿，道了一声谢谢。挂断电话，看着窗外灯火点点，她内心涌出另外一种滋味，形单影只的感觉。

9

因为李想回老家去接他父母了，莫晓北早晨一上班便来到影楼大厅安排事宜，见王佳魁来了，就和他来到办公室。

"晓北，我想问问你父母的事，你不介意吧？"王佳魁的眼神并没有看她。

"你昨天不是已经问李想了吗，还有什么介意不介意，我想问问，我父母的事和你要破的案子有关系吗？"莫晓北说着打开了电脑。

"嗯……目前没有。是这样，我们在调查中发现，庄位轮曾在省城胜利化工厂任过职……其实，张炳文这个案子认定是老黑所为也勉强能说得过去，你们家属也没什么异议。但是有疑点，你知道，一个案件的最后认定除了证据，还有严谨的科学推断，也就是要有证据链条来支撑，张炳文案件中那个神秘女人的电话非常关键，她肯定是知情者。现在这个案子陷入了僵局，希望——"

莫晓北打断他，平静地说："我明白了，有人对我说过，你所做的都是由你的职业所决定的，我理解……我妈妈生前也在省城胜利化工厂工作过，是总会计师。"她注意到王佳魁有一丝惊诧，继续说，"我爸爸生前在省城华光动力厂工作，是搞机械设计的，十年前我爸妈出车祸去世了，当时我刚上大学，等我赶回来的时候，我爸妈已经火化了……小时候我离开他们时只有十岁，后来是在外婆家长大的，晓南在我爸爸的老家水镇，我们就一直这么分开着，直到前几年她才回来。"

听莫晓北说到这里，王佳魁心情也很沉重，感到她们双胞胎姐妹确实不幸，他停了停，又问她从小离开父母的原因。

"听外婆说我妈妈得了重病，我爸爸要照顾她，有的时候是我爸爸回来看看我，晓南虽然没有回来，但她去省城看过我爸妈，记得当时我也想去，晓南在信里告诉我，让我考上了大学再去，我爸妈肯定会高兴的，所以我就拼命学习，没想到，没想到他们后来竟突然……这成了我心中永远的痛。后来我们把我爸妈的骨灰撒入了大海，就是在绝尘崖……"莫晓北的眼里潮湿了。

王佳魁不知怎样安慰她，劝她淡忘过去，调整好自己。莫晓北说自己现在很好，生意和生活都还不错，她不想再往下说了。王佳魁站起来走到门口，告诉她这两天路天遥有个画展，问她去不去，莫晓北没说去，也没说不去，含糊了一下。

王佳魁走后，莫晓北和小圆正要去花市，路天遥来了，索性他们就一起去了。李想临走前，莫晓北向他要了他们家的钥匙，她想在他父母回来之前，让家政公司把家里打扫一下，一会儿买点花再送到他家里。

花棚里摆放着各种鲜花和乔木，多姿多彩，争相斗艳，莫晓北走着走着笑了，本来不想买大棵木本的植物，既然路天遥来了，正好是个壮劳力，路天遥当然乐意，来到如此赏心悦目的地方，也算值了。看莫晓北在看一盆兰花，路天遥抑制不住好奇心，便在旁边开始发问了，问她为什么叫莫晓北，她姐姐叫莫晓南，这里面肯定有什么说法。莫晓北看了他一眼，说道："我姐在南方出生叫莫晓南，我在北方出生

复仇计划
FUCHOUJIHUA
长篇侦破小说

就叫莫晓北，明白否？"

路天遥点点头，回答然也，结果等了一下，突然反应过来，大呼上当，她们是双胞胎，怎么可能不是同时出生！此时莫晓北已经笑弯了腰，小圆也笑得在擦眼泪，等莫晓北笑够了，他又向她提问关于莫晓南的问题，莫晓北不知道他脑子里哪来的这些问题，不仅对莫晓南如此感兴趣，还这么喜欢刨根问底的。看莫晓北一下严肃起来，路天遥双手挡住她，不再问了。莫晓北继续往前走，说他："也就是你，你看人家李想，从来不打听这些……"

路天遥跟上来，解释他的用意就是想了解她，就算关心也说得过去，小圆在一旁也跟着帮腔，莫晓北让她少跟着掺和，他们俩差不多。小圆耸了耸肩。

张炳文被杀案，虽然因为老黑死于意外的交通事故而陷入僵局，但是王佳魁从整个案件中抽丝剥茧，发现了庄位轮与莫晓南母亲曾在同一个单位工作的这条脉络，他沿着这条若隐若现的脉络追根溯源，经过多方联系，最终有了一点线索。

曾在胜利化工厂保卫科工作过的这位老人已经七十多岁，老人事先接到了电话，所以王佳魁他们来后很快就进入了主题。

"我们这个化工厂不大，也就百十来号人，我住的是老伴的房子，你刚才也去厂里看了吧，已经倒闭多少年了，要不说你们找得巧呢，我和派出所所长他爹是老牌友了，要不你们往哪儿找去？这化工厂的人死的死、散的散，不好找了，就是找到了也不一定知道情况……你刚才说的那个叫庄什么，我还有点印象，二十年前我退休的时候，他是厂里的副厂长，是最年轻的厂领导，至于你说的那个女会计，也是她死了之后我才听说的，那个时候我已经退休十几年了……哎呀，没听说她死之前发生过什么事呀？反正那会厂里挺乱的，谁还有心工作呀，厂里的领导只知道往自己兜里捞钱，好好的一个厂就这么完了……"

"听说那个女会计不是死于车祸?"王佳魁问老人,这与他从莫晓北那里得到的信息大相径庭。

"不是,是从……"老人比划了一下,"是从烟囱上跳下来的,当时厂里封锁消息,不让说,人们也只能私底下悄悄议论议论,要是让厂领导知道了那可不得了……你刚才说十年前那个女会计死的是吧,对,就是她死之后没多久厂子也就倒闭了。"

杨子问女会计为什么要寻短见,老人叹了一声,要是正常人那能那样?他指指头,是脑子有毛病,住了好多年的精神病院,正常人谁也不会作出那样的举动。王佳魁内心不知是什么滋味,悲悯,沉重,还是一丝隐痛,都说不好,他问老人她得病的原因。

"哎哟,这可说不好,原来厂里好像有个什么李工,也不知道为什么突然自杀了,我当时就在保卫科工作,不是也弄不清嘛!唉,这些都是二十年前的事了,谁也说不好,也说不清。哎,你们怎么想起来问这些了,陈芝麻烂谷子,谁还想得起来呀,就是想得起来谁也弄不清啊……"

从老人家出来,王佳魁和杨子来到了市交管局事故科。本来约好是先来这里的,因为那个老人要马上外出去走亲戚,所以就先奔了老人的家。事故科副科长四十出头,用例行公事的方式说,想不起来十年前的那起车祸了,时间太久,没有印象。

"是这样,发生车祸的当天,也就是这个人是在去他爱人工厂的路上出的车祸,他爱人从胜利化工厂的烟囱上……从烟囱上……"

王佳魁不知是不愿意再说,还是不想说的太明了,反正杨子马上接了过去,准确无误地表明了结果。副科长仔细回忆了回忆,想起来了:"对,那起交通事故还是我处理的,关于那个女人的情况是在处理交通事故时听出车祸的这个厂里的人说的,说是那个女的精神失常刚死了,这个男的就急着赶去,结果在去的路上遭遇了车祸。对,这事我有点印象,没错,是你说的那样,有那么一起交通事故……"

"当时那个肇事司机,最后是怎么认定的?"王佳魁问。

复仇计划
长篇侦破小说
FUCHOUJIHUA

"嗯……应该是酒后驾车，好像是个大货车，这个我印象挺深，后来我还对司机说，你可缺了大德了啊，一下两口子不等于全没了吗？而且还同一天，前后相差也就那么十几分钟，我有印象，不会有错，像这么巧合的事不多，也就是这么一起，让我碰到了……"

回渤海的路上，王佳魁多多少少能感受到一点莫晓南她们的心情了，莫晓北还好点，没看到当时的惨状，莫晓南就不一样了。杨子感到此行也就是知道了一起交通事故背后的来龙去脉，对张炳文案子来说，没什么新的线索。王佳魁不置可否说，结果是过程的必然，只是现在还不清楚过程中的源头，就是导致莫晓南母亲发疯的病因。

10

功夫不负有心人，庄妻终于等到了时机。她躲在书亭后面，看着莫晓南下了出租车，拉着行里箱走进生活小区。随后，她果然拨通了莫晓南的手机。

"……莫晓南，你只要开个价儿，我保证都能答应，只要你不把证据交给公安局怎么都可以，你说吧，你要多少钱？！"

"别费心思了，根本就是两回事！"

"你想怎么办？我求你了，求你看在……看在我们都是女人的分上，你就放过老庄一马，求你了，为了我的这个家，来世我给你当牛做马都行，求你了，求求你了……"

"哼，别做梦了，你告诉庄位轮，这一天我已经等了十年，十年！十年来我活着所做的一切只有两个字：复仇，复仇！"

看莫晓南挂了电话，庄妻彻底失望了。回到家，看到庄位轮，她火一下窜了上来，指着他喊起来："我说过，最毒莫过妇人心，这下完了，我说你招她惹她干什么？！这下好了，怎么办！"

庄位轮狠狠地拍了拍沙发扶手，希望她明白这是一个阴谋，莫晓南就是不用这种方式来加害他，也会用其他的办法。庄妻的气不打一处来，他把莫晓南的妈妈害死了，就是人家现在真放他一马，到了阴曹地府也不会放过他，这和她明不明白没什么关系。

"不行就干掉她！"庄位轮上前对庄妻悄悄耳语，庄妻听后大吃一惊。

莫晓南将张炳文公司作了归属公证，因为她首先是遗产的受益人，所以把属于她的张炳文这家公司，以赠予的形式转给了莫晓北，当然这一切莫晓北并不知晓。见莫晓南来了，莫晓北放下手里的事，莫晓南刚才听影楼的人说李想这两天有事没来，正要细问，庄妻打来了电话，她随后告诉莫晓北有事就走了。莫晓北感到刚才那个电话有点可疑，一是莫晓南在电话里说他们没什么可谈的，接着又问什么东西，在什么地方见面，所以她决定跟踪，因为预感对方可能是庄妻。

庄妻在咖啡厅的一个角落里，莫晓南坐下后就让庄妻把东西拿出来，她不太相信她手里有母亲生前的东西。桌子上事先已经要好了两杯咖啡，庄妻有点慌乱，让莫晓南先喝咖啡。莫晓南没动，让她把东西拿出来。

"我，我怕路上弄丢了，再说了，就是给你也是有条件呀……"庄妻低头看看眼前的杯子。

"哼，什么条件，是想用我手里的证据交换吧？"莫晓南看透了他们的心思。

"对对对，你是聪明人。"庄妻含糊其辞，心里发虚。

此时，莫晓南已经感到这是场骗局，她倒要看看他们怎么收场。庄妻露出勉强的笑容，歉意地说她们见一面不容易，先喝咖啡，说着，推了推莫晓南面前的杯子，然后心慌意乱地端起了自己面前那杯咖啡。

莫晓北坐在屏风后面，从缝隙中看到了这一切，这时她手机突然响了，只好赶紧出去接电话。

莫晓南看看自己面前的咖啡，又看看庄妻，庄妻见莫晓南在看自己，急忙喝了一口。莫晓南悠然地端起了杯子，慢慢放到唇边……但

复仇计划
FUCHOUJIHUA
长篇侦破小说

她只是闻了闻，又放下杯子，用小匙搅动了一下杯中的咖啡，咖啡旋转着，似探不着底的涡流。庄妻从莫晓南端起杯子那刻起，眼神就随之一直在移动，心在呼呼乱跳。

"这咖啡真好，你没闻到香味儿？"莫晓南平静地看着庄妻。

"闻到了，挺香，挺香……"庄妻不知何意。

莫晓南回头喊了服务生，很快，服务生不知从什么地方走了过来，"您有什么事？"服务生弯下腰，问莫晓南。莫晓南向他示意自己面前的那杯咖啡，请他倒掉，服务生不解地伸手正要拿走，没想到庄妻的手也同时伸到了杯子前，之后她尴尬地缩了回来，直到服务生消失在她的视线里，才不安地收回眼神。

服务生把洗干净的空杯子放到莫晓南面前，问她还需要什么服务，莫晓南道声谢，服务生便离开了。莫晓南拿起空杯子仔细看了看，慢悠悠但却狠狠地告诉庄妻："你们这套我曾经也想尝试。今天，你就当我把它已经喝了……回去告诉庄位轮，明天是最后期限，过时不候！"

莫晓南拂袖而去。

这招失败了，庄位轮当然不能坐以待毙，他清清楚楚记着，在那盘录像带里是他和莫晓南一起把张炳文装进的麻袋，上面并没有他杀死张炳文的镜头。庄妻马上看到了希望，这样一来，公安局就不能完全认定是他参与了谋杀张炳文的案件。庄位轮没有回答，反而拉着她坐到沙发上，这让庄妻倍受感动，他拍拍她的手，事到如今，也只能走丢卒保车这步棋了，接着便语重心长说出了自己的想法。庄妻看着眼前的庄位轮，感到如此陌生，简直不敢相信这话是从他嘴里说出来的。

"什么？你是说让我去自首？说，说张炳文是我杀的？！"庄妻打了一个寒噤。

"莫晓南肯定不会说自己把丈夫杀了吧？再说公安局也不信哪。"庄位轮解释。

庄妻彻底发怒了，指着他的鼻子说："那你就让我顶这个黑锅？我承认了我就等着挨枪子了是吧?！庄位轮，你，你好狠心，说实话，你是不是早想好了！"

庄位轮摊开双手，无奈地说："是被逼到这步了嘛，事已至此，你去自首落个宽大处理，我再想办法把你弄个保外就医出来，放心，不会让你受罪。"

不等他说完，庄妻一下站起来："就算你这一步可行，那莫晓南不放过的可不是我，不是我这个老婆子！再说了，那录像带上有你，你就能摆脱得那么干净？还想办法把我弄个什么保外就医呢，你能把自己保住就不错了！……"

庄位轮心里明白这招行不通，只得赔礼道歉，庄妻越想越委屈，由抽泣到号啕，边哭边诉苦。庄位轮看她没完没了，走进卧室"啪"地把房门狠狠一关，庄妻一下止住了哭声。

莫晓北在马路对面的出租车里看见莫晓南离开咖啡厅后，就回到了影楼。一进大厅，只见路天遥正和一个员工在嬉闹，她内心不悦，路天遥看见她，赶紧走了过来。莫晓北讽刺他是不是画不下去，来这里找灵感了，路天遥说他忙得都快找不到北了，刚才他在她办公室里就谈成了一笔业务，不过金额不大，才二十来万。嘴上虽然满不在乎，他心里却甚是得意。他看看手表，他和王佳魁已经约好了，要去他的画室。

"嗨，我说你怎么现在又和王佳魁搅和到一起了？"说这话的时候，莫晓北不由叉起了腰。

"用词不当啊，什么叫搅和？我那是让他去欣赏欣赏。"路天遥拍拍她的肩膀，表情像对待孩子。

"你就是故意的，你的用意你自己心里清楚。"莫晓北也拍了拍他。

"我当然清楚，我现在和他都在起跑线上，明天，明天是我给你的最后期限。"路天遥虽然声小，但语气十分坚定。

"没时间考虑。"莫晓北把头扭向一边。

"我能不能理解这就是你的拒绝?"路天遥转到她面前,看着她的眼睛问。

"明天是蓝色婚典集体婚礼,你别捣乱好不好?"莫晓北近乎于哀求,路天遥这才突然想起来,连忙赔礼道歉,正说着,李想回来了,他说为明天婚典的事他手机都快打爆了,估计今天要加班到很晚。莫晓北刚要上楼,路天遥在她后面故意说:"李想,如果有一天你在莫晓北这待烦了,去我那里,我随时欢迎。"

莫晓北转过身,让他别太高估了自己,李想哪儿都不会去,要走就回报社。路天遥看看李想,李想笑了一下,路天遥还想说什么,王佳魁来电话问他现在何处,路天遥看着莫晓北说就在影楼,他边说边往外走,回头还朝莫晓北和李想摆了摆手。李想说挺喜欢路天遥的性格,莫晓北没说话,撇下他上了楼。

走进路天遥的油画沙龙基地,这里的大气和前卫,不由令王佳魁感叹,他边走边欣赏挂在墙上的油画,或是小桥流水,或是人物肖像,最后在蒙着一块白布的油画前站住,他说:"如果我没猜错的话,这就是你说的那个什么神秘女人吧?"

路天遥告诉他猜的没错,这幅也是参展作品,他自信地把油画上的白布一把掀了下来,请王佳魁看看这幅画的庐山真面目。开始纯粹是欣赏,后来王佳魁眉头一皱,他感到这个女人的背影像是莫晓南。路天遥夸他好眼光,不亏是搞刑侦的。王佳魁不明白为什么说莫晓南是个神秘的女人,神秘在那里。

"如果我不是有幸认识了莫晓北,那她……"路天遥指指油画说,"在我眼里可就永远是个神秘女人了……"

王佳魁问他画上的背景在什么地方,路天遥打开一听啤酒,说:"这你肯定不知道,她站的这个地方叫绝尘崖,距海面足有十五六层楼那么高,一般人不敢站上面。"

"这个地方我也是才听说的，不过不是从你这里。"王佳魁看路天遥在等结果，就告诉他莫晓北父母的骨灰就是从这撒入大海的。路天遥明白了，莫晓北的事王佳魁敢情比他知道的多的多。王佳魁看着油画，如果他没猜错的话，路天遥当时画莫晓南的时候她并不知道。

"没错，不然我哪来这幅佳品……"

路天遥知道王佳魁还有许多疑问，便指了指沙发，两人坐下……

从路天遥那儿出来，王佳魁与杨子在车辆管理所会合，他们并没有查到张炳文新买的那辆车上牌照的记录，杨子说今天是最后一天，那辆车再不上牌照的话就过期了，如果不在渤海上可就麻烦了，王佳魁说那只是时间问题，只要这辆车上牌照，网上就可以查到。回去的路上，杨子看着车窗外，一个女人打着遮阳伞在人行道上行走，很快向后面滑去……

"王队，你说那个神秘女人真够神秘的，就来了那么一个电话，之后就像从地球上消失了一样。"他有感而发。

"她打电话的目的就是想告诉我们，那就是失踪的张炳文，她相信公安局早晚会认定石桥下面的无名尸就是张炳文，对这点她有充分信心。"

"这么说，她还真没低估咱们，既然这样，她为什么不用其他方法告诉我们那具无名尸就是张炳文，干嘛兜那么大圈子？"

"我想她是在给自己时间，也不排除在给另外什么人时间吧。"

"动机呢？她这么做肯定有什么动机吧？"

这个问题也正是王佳魁想解开的，不知为什么，他竟一声叹息。之后他把杨子送回队里，来到了莫晓南家。

莫晓南自然而然地把他领到了书房，王佳魁进来后，一眼就看到放在书柜里的那张胜利化工厂集体合影，他说见过这张照片，是在庄位轮家被盗现场看到的，看莫晓南听后没有任何反映，问以前的事她还记得多少。

莫晓南今天正好身穿油画中的那身白色长裙，她端着茶杯站在窗前，冷冷地说那要看什么事情。王佳魁也来到窗前，问她母亲得病的原因，莫晓南淡淡地回了一句不知道，王佳魁看着窗外，又问起她的父亲。

"父亲从未提起过母亲的情况，在我的印象中，我父亲很少说话，他唯一的希望就是盼望我们快点长大，盼望我们生活幸福。"莫晓南看着窗外说。

"这恐怕是所有家长的愿望吧。"王佳魁说。

"可他不一样，只做，不说。"莫晓南轻轻说了一句，仿佛是在说给自己。

"你父母去世后，给你留下什么东西没有？噢，我指的是文字上的。"王佳魁又问。

莫晓南低头看着茶杯，摇头否认。

"你从来就没有怀疑过你母亲的病因吗？"王佳魁问道。

看着窗外，莫晓南心如止水，说自己累了，能不能让她休息，王佳魁迟疑了一下，点点头。

王佳魁走后，莫晓南就把那张化工厂集体合影照从镜框里取了出来，这张照片已经完成了它的历史使命，该看到的人已经看到了。她用打火机把它点燃，照片被火焰一点点吞食，广场上那个高高的烟囱，顷刻化为灰烬……

王佳魁把车停在了海边，他的心情格外沉重，刚才在莫晓南家，他几乎一直没有看到她的眼神，或者更准确地说他一直没有找到和她对视的过程。他想到路天遥那幅油画，仿佛白布从油画上自动掀飞了下来，莫晓南的背影似乎赋有了灵魂，她围在脖子上那条黑灰相间的纱巾，在风中轻舞飘扬……王佳魁眼睛潮湿了，他决定即刻南下。

第十二章 伤逝

莫晓南留给王佳魁的是证据：一把只有庄位轮指纹的水果刀和一盒录像带。莫晓南已死，没有任何人证明庄位轮没有杀人，"她是魔鬼！"他在刑警队歇斯底里的喊声，被窗外飘泼的大雨淹没。

1

看到刘芳的样子，莫晓北就知道她有事。不出所料，刘芳上前叫了一声大小姐，之后就让她回去劝劝莫晓南，过去的事情已经过去了，张炳文死了已经是无可挽回的事实，就不要再纠缠着这些事情不放，没有意义，人死不能复生……莫晓北急忙把她拉到影楼大厅一边，让她说明白。刘芳说刚才她回家，她婆婆哭哭啼啼的，就是因为张炳文的事，张炳文是老黑杀死的，公安局都没说什么，但是莫晓南却纠缠不放，要和他们算账。

莫晓北顿了一下，因为莫晓南从来没有说过张炳文的死和他们家有什么关系，她突然想起咖啡厅的事，当时她从屏风后面看到莫晓南和庄妻在说着什么，会不会就是刘芳所说的。

看莫晓北不言不语，刘芳拍拍她，莫晓北回过神来，告诉刘芳晚上回去问问是怎么回事，因为这两天特别忙。刘芳已经不着急了，说："你现在弄着两个公司不忙才奇怪呢，晓北，说实话这事我也不想管，可是不管又不行，这次我想装聋做哑根本就混不过去了，他们也知道咱们俩是好朋友，我要不关心一下这事肯定不行，明天我公公生日，到时我也好搪塞一下。你也理解理解我，你说这家里弄的鸡飞狗跳的对我有什么好处，是吧？"

　　莫晓北当然理解，她也只能尽力而为，因为莫晓南如果认定了什么事，别人恐怕很难改变。不管怎么说，刘芳感到自己也尽了力，就走了。

　　因为明天梁经理他们就撤回来了，莫晓北要去集体婚礼的现场不在公司，她让赵会计帮着处理这边的事。随后，她犹豫了一下，但还是直接问了路天遥在国外这么多年，个人问题为什么没有解决。

　　"嗨，你算问到点上了……"赵会计感到正中下怀，"别看遥遥这孩子那么有女人缘，可是真就愣没有一个谈成的。我也纳闷，我说儿子，咱哪点儿差呀？要模样有模样，要本事咱也有本事，可他就是没有走进那个什么——婚姻的殿堂，我也不管了，由着他吧。"

　　莫晓北笑了笑，她也是随便问问，如果真有合适的，也帮他介绍一个，赵会计道谢。

　　黄昏的时候，路天遥开着他的车来到酒店。还没到吃饭时间，店里没有客人，路天遥坐到桌前拿起菜单，服务员走了过来，他看着菜单开始点菜："来一个醉斩虾……金凤飞舞是什么菜？"

　　服务员想了想："就是，就是红烧鸡翅。"

　　路天遥笑了："这也太离谱了，鸡翅就鸡翅呗，还飞舞什么呀？"

　　服务员停下笔："先生，不好意思，菜单上就是这么写的……"

　　路天遥挥挥手，继续往下点，点完之后，他给莫晓北去了电话。莫晓北问他怎么知道影楼办公室的电话，又问怎么知道他们晚上还要加班。路天遥说别忘了他有内线，准确讲是卧底，莫晓北不知道他在指谁，看了看坐在电脑前的李想。好像路天遥安了电子眼，马上说不用想别人了，是他妈妈，这么一个重量级人物在她身边都忘了，让她一定在公司等他。

　　影楼大厅灯火通明，准备工作基本结束后，莫晓北和李想及所有员工汇集到了这里，她对大家说："明天早晨六点，咱们全体到影楼集合，之后把所有用品装车。婚纱是十六箱，再加上摄像、化妆，还有道具什么的，总共二十五箱。贵重设备，大李你盯着装车……除了晚上值班的，都可以回去了。"

员工们未动，眼光全部投向了她的身后。莫晓北回头看去，只见路天遥走了过来，双手还拎着装满盒饭的大塑料袋，不等莫晓北开口，路天遥便说是上门送餐，为人民服务。莫晓北有点难为情，小圆趁机喊了一嗓子："晓北姐，有人请客喽——"

莫晓北就势让他们过来，其实她心里也挺美的，发现路天遥心还蛮细。

离开影楼已经大半夜了，莫晓北将她的马自达车开进地下停车场，把车停好后，她静静地坐着，从眼前一闪而过的，似乎又是莫晓南开着的马自达车，好像是庄位轮坐一旁的场景。如果车上真的是庄位轮，而庄又杀了张炳文，那莫晓南也逃脱不了干系，怎么办，该怎么办……她趴在了方向盘上。之后她没有下车，又开出了停车场。她想不到，永远也想不到，第二天发生的事情，竟是她人生的一个重大转折。

2

太阳从海平面升起，大海波光粼粼，蓝天白云再加上远山背景，眼前蔚蓝的大海、白色的沙滩和雄壮的礁石显得非常壮丽。这是渤海有名的丽人湾，也是影楼和电影、电视剧取景的最佳场地。今天的丽人湾格外美丽，由蓝、白、红三色气球组成的一个半圆形拱门竖立在广场上，拱门两侧是五彩缤纷的花篮，广场周围彩旗飘扬。

路天遥来到广场，他没有发现莫晓北，李想告诉他莫晓北在文化宫，婚礼十点开始，还有三个多小时。路天遥看着广场感慨起来："哎哟，今天是多少人值得纪念的日子哟。可够你们忙活的，这个集体婚礼渤海原来没弄过吧？"

"没有，第一次，也算是尝试吧，你也会有这么一天的。"李想说，

复仇计划
长篇侦破小说
FUCHOUJIHUA

路天遥还是那么自信："当然，这也是我回国的目的之一呀，李经理，什么时候洞房花烛呀？"

李想笑笑说一切随缘，这时他们见刘芳快步走了过来。看到路天遥也在，刘芳并不意外，得知莫晓北还在文化宫做准备，她要去找她，路天遥正好也要去，顺便为刘芳效劳了。

到了文化宫，刘芳找到莫晓北后把路天遥支开，路天遥知道她们有话，也就借口上楼看新娘们去了。莫晓北知道刘芳来的意思，告诉她昨天太晚了没见到莫晓南，不过原来她曾就张炳文的事与刘芳婆家他们之间的关联问题问过莫晓南，但是莫晓南什么也没说。

"哎，你说这里面是不是真的有什么事呀？"刘芳还是有那么点担心。

"不知道，我总感觉没有那么简单。"这是莫晓北的心里话，"这世上说不清和解释不通的事多了，唉，说不定很多秘密我们永远都无法解开了……"

路天遥从楼上下来，问莫晓北有什么要帮忙的，刘芳说他来的正好，刚才还和莫晓北讨论人的复杂性呢。

"怎么想起说这些了？我告诉你们，什么事都不复杂，这世上所有的万事万物，包括人，其实就两个字：因和果。我给你们讲啊，就从绘画上来说吧……"

就在路天遥想展开话题的时候，小圆突然从楼梯上跑下来，一看她紧张的程度，莫晓北就知道出事了。自从筹备集体婚典以来，还算顺利，现在到最后关头，看来还是没有躲过去。

新娘小丽躺在化妆室的一个长条椅上，捂着小腹痛苦地在呻吟，新娘们七嘴八舌，束手无策。莫晓北上前询问小丽，但她已经痛苦得无法言语，有人说已经去找她丈夫了，这时小丽突然喊了一声，就晕厥了过去。见状，莫晓北决定马上送她去医院，路天遥二话没说就蹲下，让她们把小丽扶到自己背上，莫晓北心里陡然热了一下，她在后面扶着小丽，边往外走边让小圆赶紧去找新娘的丈夫，同时让新娘们不要乱，抓紧时间去休息室，等候市总工会的大巴车来接她们，新娘们鸦雀无声，各自收拾好东西迅速离开。

车流如潮，这条繁华的街道是上妇产医院的必经之路。路天遥边开车，脸上的汗边往下流，不知是热的，还是急的，后座上莫晓北扶着小丽，这个新娘仍在痛苦中。莫晓北有点急了，让路天遥加快速度，路天遥看看拥堵的车流，干着急没办法。

"我看她好像昏迷了，路天遥，怎么办?!"

路天遥回头一看，他脸都白了，顾不了许多，左超右拐，闯过十字路口的红灯……在人们异样的目光中，路天遥抱着身穿婚纱的小丽疾步进了医院的急诊室。几分钟后，一个医生从急诊室出来，问他们谁是病人家属，因为是宫外孕需要马上进行手术，否则就很危险。莫晓北和路天遥都没有想到会这么严重，就实话实说了，他们恳请医院先行手术，路天遥说不行的话他就签字。

看来这个医生被说服了，让他们抓紧时间去办理住院手续，医院先做术前准备。时间不长，刘芳和一个穿着新郎套装的小伙子从走廊的另一头跑了过来，看来他就是小丽的丈夫了。

路天遥已经办好了住院手续，新娘刚被推进手术室，医院还在等着家属签字。新郎看着紧闭的手术室大门，懵懂无知，他满头大汗站着未动，路天遥上前拽住他的胳膊就走，如果再磨蹭人就没命了。刘芳问莫晓北怎么会是宫外孕，莫晓北也不懂，医生说再来晚点就危险了。哟，这么严重，刘芳担心起自己来。

3

刑警队的那台传真机在慢慢向外吐着传真纸，秦海涛收到车管所发来的传真，急忙把杨子喊过来，杨子看完上面的《机动车牌照登记表》，异常兴奋。原来，张炳文的那辆马自达车，昨天下午快下班的时候有人去上了牌照，目标终于出现了。

复仇计划
长篇侦破小说
FUCHOUJIHUA

老板娘马燕在和丈夫对账，这家车饰专卖店是他们夫妻开的，秦海涛和杨子进来后，他们依旧在忙，以为来的是顾客。

"谁是马燕？"

马燕抬起头。杨子掏出工作证给她看看，马燕和丈夫互相对视，不知来意，杨子言简意赅进行了说明，但马燕还是没明白，这车是她买的不假，但有正规手续，不是被盗抢车，也不是走私车，怎么跟公安扯上了。

"这个我们知道，刚才在车管所都查验过了。我们是想知道这辆车你们是从什么人手里买的，在什么地点进行的交易？"杨子让他们详细说明。

看来不是一时半会儿的事，马燕把计算器和提货单放进柜台，让秦海涛和杨子他们坐下，之后绘声绘色回忆起来：

"……我们一直打算买辆车，但不是价钱不合适就是样子没看上，所以才在汽车交易市场买的二手车。那天我和丈夫开着小客货去的汽车交易市场，刚把车停在门外的马路边上，就见一辆崭新的马自达车开过来，停在了我们的车前。下车后，我们发现车里是个女的，还戴着墨镜，她把写着"转让"两个字的小纸牌放在了挡风玻璃上。我碰了下我丈夫，他也注意到了这辆车，我丈夫悄悄对我说，这是辆新车，连磨合期都没过。我说你眼睛够毒的，他说那当然，白在汽修厂干了那么多年呀，说着我们就进了交易市场，在里面转了转，没看到什么合适的，其实我和我丈夫那会儿心里一直在惦记着门口那辆车哪。等我们从交易市场出来，看到那辆车还在，我说要是价钱合适咱就买，谁不愿意开新车是吧，我丈夫敲了敲车窗，里面那个女的正在看杂志，她落下了车窗，我丈夫问她这车转让呀，那个女的点了点头。我们又问打算卖多少钱，那个女的只说了句上车吧。我们上车后发现，其实车内各个细节都表明了这辆车是个新车，我心里特别满意，就让她说个价，那个女的还在低头看杂志，漫不经心地说了句十五万。我丈夫高兴地捅了我一下，他还假装着平静的样子让那个女的打开车前盖，之后又试了试车，最后我丈夫悄悄告诉我，就它啦。"

杨子问是不是十五万成交的，马燕回答是十四万，还不无得意地指指她丈夫："他说什么地方有点毛病，一下就砍下去1万。那女的也没说什么，就说要现金，我说好哇，你跟着我们的车马上去银行。后来我们就一手交钱一手交货办妥了，那天晚上我们乐得呀，这辆车他说一下省了十万，真是辆新车呀……"

秦海涛打断她，为什么他们一直到昨天，也就是上车牌的最后期限才去办理的手续。马燕说她丈夫去进货昨天才回来，等他们赶到车管所的时候是有点晚了。

"这个女的多大年龄，多高，是胖是瘦，还是……"

马燕打断了杨子，说年龄和自己差不了一两岁，高矮也和她差不多。秦海涛问她，如果看见此人是否能认出来。

列车在奔腾之中，长长的两条轨道由宽变窄，越来越长。王佳魁一个人坐在卧铺车厢的走廊上，明晃晃的太阳照得他睁不开眼睛，他又想起昨天晚上的那一幕：

曲径通幽，出现在眼前的是用石头砌成的一个不大的拱门，拱门两侧镌刻的花纹已经残缺不全，脚下是由青石板垒砌成的石阶，王佳魁站在门前定了定神，他推开了莫晓南姑妈家的房门。好像约好了对方在等他一样，门虚掩着，他轻轻推开，穿过天井来到了厅堂。

"……来了？南南走的时候还说，这两天要来人，我一直在等……你是刚到吧？你看，外面下着雨，你也没带把伞。快坐吧，饭早就做好了，饿了吧？……"

眼前一定是莫晓南的姑妈，此番话使王佳魁始料未及，站在厅堂中他呆住了。随后他一个人走进莫晓南的卧室，这里也是莫晓南出嫁前的闺房。王佳魁默默感受着这里的气息，窗外的雨不紧不慢下着，就像十年前那场雨一样……窗前桌子上放着一个小圆镜，床幔里是莫晓南的碎花被，衣架上仍然挂着那件从未穿过的红色新娘装。

"……南南从小的快乐就比其他孩子少，心里的东西太深，深的让人心酸。我一辈子没有孩子，把她当做自己亲生的一样……十年前，南南料理完她父母的后事回来，就把自己关在这里不见任何人，后来她回到了渤海，走的时候把她父母的骨灰也抱走了……这次南南走的时候说，要出趟远门，可能很长时间回不来了……"

姑妈的声音似乎一直跟随在王佳魁的身后，他一个人独自撑伞来到石拱桥上。乌棚船在河面轻摇而行，河水中倒映着两岸点点灯光，蒙蒙细雨笼罩着宁静的水镇。他似乎看到了十年前二十岁的莫晓南急匆匆上了这座石拱桥，然后拼命往前跑去……王佳魁眼中隐隐有泪光闪过。

车厢内很安静，只有列车行进中与铁轨摩擦的声音，这时秦海涛打来了电话，听完他的汇报，王佳魁说不用找莫晓北核实了，卖车人不是莫晓北，是莫晓南……他眉睫之间虽是冷峻，内心却在隐隐作痛。

4

小梁跟随省城的小型货运车来到影楼后院的停车场，因为他有东西要放到莫晓北办公室，就随赵会计上了楼，赵会计把门打开后，他把张炳文的那封信放下，他是怕搬家中有什么闪失，所以对这封信格外小心，只等这边安排妥当后再送到莫晓南家。

昨天黄昏莫晓南赶到省城的装饰公司时，那里已是人去屋空，小梁的手机又关机，所以她只好返回了渤海。刚才她给小梁打了电话，但电话无人接听，看看时间，她分析他们应该从省城已经到了渤海，就打车来到了公司。莫晓北办公室的门虚掩着，莫晓南进来后，一眼就看到了桌子上张炳文转给她的那封信，她没有打开，装进了包里。

隔壁办公室传来搬动桌椅的嘈杂声，十分混乱，她把门带上便下了楼。没人注意到她，就像是一阵风，她来去都没留下踪影。

正是学校下课时间，操场上不少学生在室外活动，莫晓南和点点隔着铁艺护栏一外一内。点点从护栏里伸出手擦去莫晓南流下的眼泪，她不知道发生了什么事，只感到有点不安。莫晓南平静下来，还没等她开口，点点就大人似的安慰起她……上课铃声响了，莫晓南在护栏空隙处亲吻了点点的额头。

一辆挂着地方牌照的轿车，静静等候在莫晓南居住的生活小区门口。车内是秦海涛、杨子和马燕夫妇。这对夫妇坐在后座上已经有点不耐烦了，马燕耷拉着脸，嘴里唠唠叨叨的，秦海涛回过头对他们进行解释："你们再耐心等等，配合一下我们的工作，刚才物业公司不是给她家打电话了吗？家里没人，她肯定回来。"

一辆出租车驶来，当莫晓南从车里出来后，马燕夫妇立刻认了出来。秦海涛再次让他们确认，马燕说绝对没错，一眼就认出来了，这个女人有点特别。看莫晓南走进生活小区，秦海涛让杨子先把马燕夫妇送回店里，杨子明白，马上发动了车，车一溜烟开走了。秦海涛同王佳魁取得了联系，王佳魁让他马上回局里办理逮捕莫晓南的法律手续。

渤海市第一届集体婚礼暨大型蓝色婚典开始了，在婚礼进行曲中，新人们一起放飞了手中的气球，几百只五彩艳丽的气球一起冲天而上，顿时丽人湾广场的天空变成了气球的海洋。之后，一对对新人把装着美好愿望的漂流瓶扔向了大海，一只只形状各异的瓶子随着海水在上下起伏，一阵阵欢声笑语荡漾在新人们灿烂的脸颊上。

王佳魁从火车站直接去了影楼，得知莫晓北在丽人湾后迅速赶了过来。莫晓北看到王佳魁从一辆出租车上急匆匆下来，马上迎了过去。当她听到王佳魁说莫晓南有杀害张炳文重大嫌疑时，她突然喊道："不！不！是庄位轮！不是晓南，不是莫晓南！"

王佳魁定了几秒种后转身离去，莫晓北呆呆地站着，耳边的喧闹声一下消失了……突然她意识到什么，向停车场拼命跑去。路天遥一直在注视着这一切，虽然听不清他们在说什么，但看见莫晓北的举动，

复仇计划 FUCHOUJIHUA 长篇侦破小说

知道一定发生了什么大事，他马上跟了过去。

王佳魁刚踏进刑警队的大门，门卫就从收发室出来喊住了他，然后把一个长方形小纸盒交给他。纸盒用胶带封着，上面写着"刑警队王佳魁收"。一看字迹娟秀的毛笔小楷，他心里一惊，他有种不祥的预感，急忙问门卫这个女人走了多长时间，门卫回答半个小时左右。王佳魁转身奔向停在院里的吉普车，门卫在后面纳闷，王队长怎么会知道是个女人送来的。

在电梯门开启的同时，王佳魁就冲了进去，到了三十三楼，他几步就奔到了莫晓南家门前，但是无论是按着门铃还是拍门，里面都无人应答。突然，他怔住了，想到了一个地方，一个让他心悸的地方，他转身又跑向电梯。与此同时，莫晓北边开车边给莫晓南打电话，但是她的手机已关机。王佳魁的吉普车从小区疾驶出来，然后飞奔而去。片刻，莫晓北的车从另一个方向驶进了生活小区，随后，路天遥的车也驶来。几分钟后，莫晓北和路天遥的车一前一后又驶出生活小区，迅速朝王佳魁走的方向追去。

山坡上芳草青青，莫晓南身穿一袭白色长裙，一步步走向绝尘崖崖顶。站在崖顶，看着远方深邃的大海，莫晓南把母亲留下的那几页燃残的日记撕碎了，她手一扬，碎纸片随风飘去。接着，她打开了张炳文的那封信：……我已来日不多，医生说大概还有一个月的时间，我想这封信到你手里时，也可能是你最需要的时候，就算我最后给你有个交待吧……

张炳文的信，印证了一个多月来萦绕在莫晓南心中无法解开的困惑。那天晚上，张炳文脸色惨白地从卫生间出来时，莫晓南端着水果盘，手里拿着水果刀正好从厨房出来，她看见张炳文难受的神情，就焦急地迎了上去，然而张炳文却突然暴发了一股力量，迎着莫晓南猛一下扑上前，紧紧抱住了她……随后，张炳文搭在莫晓南肩上的双臂缓缓滑落，他背靠着墙慢慢倒下，那把水果刀恰好刺进了他的心脏，血悄悄地从衬衫里浸了出来……莫晓南惊呆了，双手还保持着端果盘的姿势，她颤抖，浑身在颤抖……

天空乌云压顶，莫晓南绝望地笑了，手一扬，那封信飘下了绝尘崖。

山坡上只有一条羊肠小道，王佳魁拼命往上跑去。突然起风了，大雨就要来临。莫晓南站在绝尘崖的崖边上，海风吹着她平静的脸颊，她回头留恋地望了一眼，王佳魁正好从山坡上爬了上来。

十米，他们中间相距只有十米，王佳魁正要上前，莫晓南断然阻止。这种阻止是不可逾越的，是死得其所的一种阻止。他刚要开口，莫晓南又止住，她异常平静，像是在对自己诉说："……一切都已经不可改变了。说实话，这些证据并不是我最终想得到的东西，因为，在我得到它的同时，我知道，我已经失去了一切，既然命运就是这样安排的，我只有欣然接受。所有的，所有的一切我只能用生命去化解了。你看，这一切是多么美好，但它已经不再属于我了……飞的感觉一定很好……"

或许是同时或许是王佳魁早已迈出去那一步，突然她在他眼前消失了。也几乎是同时，传来的是王佳魁痛心疾首的呼喊声……绝尘崖上暴雨如注。

莫晓南留给王佳魁的是证据：一把只有庄位轮指纹的水果刀和一盒录像带。莫晓南已死，没有任何人证明庄位轮没有杀人，"她是魔鬼！"他在刑警队歇斯底里的喊声，被窗外飘泼的大雨淹没。

5

三个月后的一天，莫晓北和点点来到绝尘崖，双手合十，面向大海。在她们身后不远处，王佳魁内心五味杂陈。任何超越法律轨迹的

复仇计划
长篇侦破小说
FUCHOUJIHUA

行为，最终毁灭的是自己，这句话，既是他的感叹，也是给自己心中画上的一个句号。

路天遥捧着一束白菊花，拍了拍王佳魁和李想，他还是那么自信，他让他们放心，在远隔千山万水的另外一个国度，他会随时通报莫晓北和点点的情况。李想眼圈红了，影楼他已义无反顾承担了下来，装饰公司他也担任了重要角色，临危受命，他内心百感交集，生与死，因和果，在短短的几个月时间里，他的灵魂经历了无与伦比的荡涤，否极泰来，他喟然长叹。

雨后的绝尘崖，一道彩虹凌驾上空，他们站在那里的身影渐渐地越变越小……